VOCÊ ME GANHOU NO OLÁ

VOCÊ ME GANHOU NO OLÁ

ALEXIS DARIA

TRADUÇÃO
Mariana Rimoli

Rio de Janeiro, 2022

Copyright © 2020 by Alexis Daria. All rights reserved.
Título original: You Had Me at Hola

Todos os personagens neste livro são fictícios. Qualquer semelhança com pessoas vivas ou mortas é mera coincidência.

Direitos de edição da obra em língua portuguesa no Brasil adquiridos pela Editora HR LTDA. Todos os direitos reservados. Nenhuma parte desta obra pode ser apropriada e estocada em sistema de banco de dados ou processo similar, em qualquer forma ou meio, seja eletrônico, de fotocópia, gravação etc., sem a permissão do detentor do copyright.

Direitos exclusivos de publicação em língua portuguesa cedidos pela Harlequin Enterprises II B.V./ S.À.R.L para Editora HR Ltda.

A Harlequin é um selo da HarperCollins Brasil.

Contatos: Rua da Quitanda, 86, sala 218 — Centro — 20091-005
Rio de Janeiro — RJ
Tel.: (21) 3175-1030

Diretora editorial: *Raquel Cozer*

Editor: *Julia Barreto*

Copidesque: *Marina Munhoz*

Revisão: *Kátia Regina Silva*

Design de capa: *Elsie Lyons*

Ilustração de capa: *Bo Feng Lin*

Adaptação de capa: *Weslley Jhonatha*

Diagramação: *Abreu's System*

CIP-Brasil. Catalogação na Publicação
Sindicato Nacional dos Editores de Livros, RJ

D233v

   Daria, Alexis
     Você me ganhou no olá / Alexis Daria ; tradução Mariana Rimoli. – 1. ed. – Rio de Janeiro : Harlequin, 2021.
     392 p.

     Tradução de : You had me at hola
     ISBN 9786587721668

     1. Romance americano. I. Rimoli, Mariana. II. Título.

20-68355
                                        CDD: 813
                                        CDU: 82-31(73)

Camila Donis Hartmann – Bibliotecária – CRB-7/6472

*Para minhas Primas Poderosas, que inspiraram este livro.
E para Rita Moreno, por iluminar o caminho.*

*Em memória de Tara Lee
22 de abril de 1988 — 12 de outubro de 2019*

Nota da Editora

Nas próximas páginas, você vai conhecer a história de Jasmine e Ashton, dois atores tentando avançar na carreira (e na vida). Para que tire o máximo da leitura, uma breve explicação sobre o mundo das novelas e *soap operas* ajuda a contextualizar e ambientar o romance.

Jasmine é uma atriz que ficou famosa por seu trabalho em *soap operas*. *Soap operas* são um gênero televisivo, com histórias dramáticas ou cômicas, muito popular nos Estados Unidos. Apesar de serem parecidas com as novelas brasileiras, decidimos manter o termo *soap opera* porque o formato tem duas especificidades: as produções começam sem previsão para terminar, então é comum que fiquem anos no ar (*General Hospital*, uma das mais famosas, está em exibição há mais de cinquenta anos!); e são sempre televisionadas no período da tarde. Algumas das *soap operas* mais conhecidas (e mencionadas neste livro) são: *Days of our Lives*; *The Young and the Restless*; *Passions*; *The Bold and the Beautiful* (esta chegou a ser transmitida no Brasil em dois momentos diferentes, com os títulos *Paixão e Ódio* e *Malha de Intrigas*).

Ashton é um ator famoso no ramo das novelas latinas (ou *telenovelas*, no original). Elas são bem parecidas com as novelas brasileiras e duram, normalmente, menos de um ano. O termo "novela mexicana" se popularizou porque o México foi um dos pioneiros do gênero, exportando muitas de suas novelas, mas, uma vez que outros países latinos começaram as próprias produções e o gênero evoluiu, decidimos manter o termo "novelas latinas". Algumas das mais conhecidas (e mencionadas neste livro) são: *Maria do bairro*; *Marimar*; *Yo soy Betty, la fea*; *Café, con aroma de mujer*.

Esperamos que você ame este livro tanto quanto nós!

Capítulo 1

ABANDONADA!

A palavra reluziu na frente de Jasmine em letras amarelas brilhantes, estampadas logo abaixo de uma foto do rosto dela. Em maiúsculas, claro, e logo em seguida: *Detalhes exclusivos sobre a humilhante separação da estrela de soap operas Jasmine Lin e do playboy e rock star McIntyre.*

— Quem pendurou isso aqui? — perguntou Jasmine, tapando as palavras com a mão, como se o gesto pudesse fazer com que elas desaparecessem, como se toda aquela provação constrangedora pudesse ser escondida com tamanha facilidade.

Tinha sido bem difícil desviar dos tabloides com a foto dela estampada em lugares como o supermercado e o aeroporto, mas Jasmine achou que estaria segura na cozinha da avó, no Bronx. Só que não. Lá estava mais uma daquelas capas detestáveis, presa na porta da geladeira com ímãs no formato de uma panela de paella e da bandeira de Porto Rico.

— Nós pedimos para a *abuela* tirar isso daí, mas ela disse que a foto era boa — respondeu a prima Ava atrás dela.

— Porque ela *é* boa! — a voz da *abuela* Esperanza elevou-se com indignação, vinda da pia da cozinha.

Ela secou as mãos em um pano de prato e se juntou a Jasmine em frente à geladeira.

— Boa? — Jasmine apontou para a capa. — Eu pareço um cervo iluminado pelos faróis de um carro, vendo um filme com todos os meus términos passar diante dos meus olhos.

— *¿Que qué?* Não... Você está linda, mas precisa caprichar mais no hidratante. — A *abuela* deu um tapinha na bochecha de Jasmine.

Jasmine ignorou a crítica sobre sua rotina de *skincare* e olhou mais de perto a capa da revista. Um paparazzo havia tirado a foto num dos raros dias de chuva em Los Angeles, no momento em que ela saía do salão de beleza onde tinha ido fazer a sobrancelha. A manchete — ABANDONADA! — combinada com aquela imagem — olhos lacrimejando e cabelo desarrumado — dava a entender que McIntyre a tinha deixado porque ela estava horrível, ou que ela estava horrível porque McIntyre a tinha deixado. De uma forma ou de outra, aquilo era ridículo e incrivelmente ofensivo.

E estava em bancas de jornais e geladeiras por toda parte, para que todos vissem.

— Você devia ficar feliz por ter uma foto atual na porta da geladeira — interrompeu a outra prima, Michelle, com um calafrio exagerado, segurando o bule de café. — A minha mais recente é do segundo ano do ensino médio, quando eu ainda usava franja e aparelho nos dentes.

— Aquela foto *também* é boa — protestou Esperanza.

A geladeira estava coberta com fotos dos doze netos de Esperanza e Willie Rodriguez em diferentes fases da infância — ainda que já fossem todos adultos —, presas por uma coleção de ímãs reunidos ao longo de toda uma vida, vindos de vários lugares do mundo. Todos os netos tinham descendências diferentes, e Jasmine sempre pensou que a variedade de tons de pele na porta da geladeira da avó poderia ser usada como uma paleta de bases para maquiagem.

Jasmine, Ava e Michelle tinham todas cabelo escuro, mas a semelhança parava por aí. Michelle, cujo pai era italiano, tinha olhos castanho-claros, um tom de pele bege quente e cabelo liso. Jasmine tinha a pele de um tom marrom dourado, olhos castanho-escuros e um cabelo ondulado e volumoso que ela normalmente alisava para seus papéis. Ava, cuja mãe tinha nascido em Barbados, era mais alta que as outras e naturalmente bronzeada, com olhos cor de mel. O cabelo cacheado estava na altura dos ombros, resultado de um recente corte pós-divórcio.

Mas as diferenças na aparência não importavam. Elas eram uma família.

Jasmine lançou um último olhar fulminante para a capa da revista, mas não se atreveu a arrancá-la do lugar. Mesmo aos 30 anos, ainda tinha medo de despertar a fúria da avó.

— Esquece essa foto. *Ven acá, nena.* — A *abuela* abriu os braços e envolveu Jasmine.

Jasmine afundou naquele abraço, inspirando o doce perfume de baunilha e pó facial de Esperanza. Fazia muito tempo que não visitava a avó, que não ficava na companhia daquela mulher tão querida por ela. Os sinais de que Esperanza estava envelhecendo eram evidentes, embora ela ainda usasse um corte Chanel no cabelo, agora grisalho, e passasse batom todos os dias. *Se você não está de batom e de brinco, é como se estivesse nua,* dizia. Mas foi só depois de adulta que Jasmine entendeu o verdadeiro significado daquele hábito:

os acessórios funcionavam como uma armadura contra um mundo que queria tratar a avó como alguém menor e menos importante do que a mulher linda e brilhante que era. Ao se preocupar com a própria aparência, forçava as pessoas a levarem-na a sério.

Jasmine deu mais uma olhada na capa da revista, que parecia zombar dela por cima do ombro de Esperanza.

Nunca mais, prometeu a si mesma. Nunca mais permitiria que sua vida amorosa desse à indústria nacional do entretenimento uma razão para colocar um holofote sobre ela. Jasmine Lin Rodriguez estava cansada de relacionamentos. Ela soltou a avó, que assumiu o lugar de Ava no fogão, e se juntou às primas na bancada, onde Michelle servia canecas fumegantes de café. Depois de inspirar fundo e sentir o cheiro do Café Bustelo misturado ao odor permanente de tempero Sazón daquela casa, Jasmine tomou um gole do líquido amargo, desejando que fosse uma taça de vinho.

Michelle indicou com a cabeça a porta da cozinha.

— Porão?

— Porão — concordou Jasmine.

As três pegaram as canecas e rumaram para o andar de baixo.

O porão reformado era o esconderijo delas havia muito tempo, um refúgio afastado do restante da família, onde podiam falar sobre suas expectativas, seus sonhos e sobre garotos idiotas. McIntyre certamente se encaixava na terceira categoria, embora Jasmine não tivesse o menor interesse em falar sobre ele, nunca mais. Se pudesse apagá-lo da memória, ela o faria. Não, melhor: o apagaria da memória dos *outros*. Assim, ele não seria mais famoso e ninguém se importaria com o fato de ela ter sido namorada dele.

— Onde mesmo você está hospedada? — perguntou Michelle quando elas se acomodaram no sofá.

O móvel, quando pertencera ao andar de cima, era forrado com um plástico, mas, depois de sobreviver a doze netos, a proteção foi removida e o sofá foi relegado ao porão.

Jasmine tomou outro gole de café.

— A ScreenFlix me colocou no Hutton Court. É um desses hotéis residenciais.

A empresa, o maior serviço de *streaming* do país, tinha escalado Jasmine para o papel principal no remake de *La patrona Carmen*, uma novela venezuelana dos anos 1990. Depois do sucesso de remakes americanos de novelas latinas como *Betty, a feia*, *Jane The Virgin* e *A rainha do Sul*, a ScreenFlix tinha entendido o recado. Elas eram a onda do momento.

Para Jasmine, que ficara famosa atuando em *soap operas* e recebera inclusive uma nomeação para o Emmy Daytime, estrelar uma série na ScreenFlix podia significar a grande virada. Se tudo corresse bem, aquilo a levaria a outros projetos na empresa de *streaming*, ou até mesmo a um programa com um orçamento maior na TV fechada ou no horário nobre.

Michelle levantou as sobrancelhas.

— Hum, que chique.

Jasmine deu de ombros.

— É, mas é em Midtown.

— East ou West? — perguntou Ava.

— East.

Michelle torceu o nariz.

— Péssimo. Não tem nada por lá.

— Nem me fale. Se fosse só mais um pouquinho afastado eu estaria dormindo no meio da rodovia.

Mas Jasmine não tinha muito do que reclamar. A ScreenFlix tinha um contrato com a rede de hotéis, e sua agente havia negociado para que ela ficasse em um dos quartos com vista para o East River. E como era fácil chegar aos estúdios de lá, o Hutton Court seria sua casa pelos próximos três meses.

Ava e Michelle trocaram olhares, sem nem se darem o trabalho de disfarçar. Jasmine esperou um pouco, então perguntou:

— O quê? O que foi?

— Jas — Michelle a encarou —, volta para cá.

Jasmine afundou no sofá. Ela sabia que isso ia acontecer. Toda vez que retornava a Nova York para uma visita ou a trabalho, as primas começavam uma campanha para persuadi-la a ficar permanentemente. As três tinham quase a mesma idade e haviam sido companhia constante umas das outras, unidas como irmãs. Com certeza mais unidas que Jasmine e sua irmã de verdade, Jillian.

Jasmine tomou ar para argumentar, mas Ava começou a falar antes que ela pudesse dizer uma palavra.

— Escuta. Estão filmando um monte de programas em Nova York agora, e você poderia ficar mais perto da gente.

— E de todo o resto da família. — Jasmine balançou a cabeça. — Não, obrigada.

Michelle deu de ombros.

— Um pequeno detalhe.

— Já falamos sobre isso. As *soap operas* são filmadas em Los Angeles, e ainda tem um milhão de outras oportunidades por lá. Não posso deixar a cidade. — Por mais que ela quisesse. — Além do mais, eu tenho um plano.

Michelle ergueu ainda mais as sobrancelhas.

— Conta.

— Adoro bons planos. — Ava largou sua caneca. — Vamos ouvir esse.

— É meu Plano da Mulher de Sucesso.

As sobrancelhas de Michelle se uniram.

— O que isso significa?

— Um roteiro para atingir meus objetivos profissionais. — Jasmine apontou para o teto, em referência à foto na porta da geladeira no andar de cima. — Número um: Mulheres de Sucesso não são capa de revistas de fofocas.

— Isso não é verdade — Michelle a interrompeu. — Olha só a Jennifer Aniston. Colocam a coitada na capa de revistas de fofocas por qualquer besteira.

Era um bom argumento. Jasmine não queria aparecer outra vez na capa de um tabloide, embora aceitasse de bom grado seguir os passos profissionais de Jennifer Aniston.

— Você poderia abordar isso de uma forma mais positiva — sugeriu Ava gentilmente. — Tipo, listando o que mulheres de sucesso *fazem* em vez de dizer o que elas *não fazem*.

Era a cara de Ava sugerir aquilo, mas ela estava certa. As duas estavam.

— Tudo bem. — Jasmine arrancou uma folha do bloco de notas na mesinha de centro. O papel era decorado com motivos praianos nas bordas (chinelos de dedo, um guarda-sol, um baldinho e uma pazinha de plástico) e, no topo, numa elaborada letra cursiva, estava escrito "Esperanza". — O que eu deveria escrever então?

— Que tal: "Mulheres de Sucesso só aparecem na capa de revistas de fofoca por uma boa razão" — sugeriu Ava.

— Isso não é muito apelativo — resmungou Jasmine, mas escreveu a sugestão da prima com a canetinha que ficava presa ao bloco de notas.

— Qual o segundo passo? — perguntou Michelle.

O rosto de Jasmine ficou quente quando ela murmurou:

— Dois: Mulheres de Sucesso não precisam de um homem para ser felizes.

As primas se entreolharam novamente. Era um daqueles olhares que elas sempre trocavam quando o assunto era a vida amorosa de Jasmine.

— O que acha de: "Mulheres de Sucesso são completas e felizes por conta própria"? — disse Ava, num tom carinhoso.

Jasmine não acreditava muito naquilo, mas, como o objetivo do plano era impedir que um romance atrapalhasse sua carreira, escreveu o que Ava ditou.

— E o terceiro passo? — perguntou Ava.

Droga. Por que ela resolvera mencionar aquele plano idiota, afinal? Jasmine pensou rápido.

— Hum... Mulheres de Sucesso levam a carreira a sério.

Michelle revirou os olhos.

— Você acabou de inventar isso!

— Tá bom. — Jasmine jogou a caneta na mesa. — Três: Mulheres de Sucesso não ficam em casa chorando pelo ex.

Ava fez um carinho no ombro de Jasmine enquanto Michelle pegava a caneta de volta e escrevia alguma coisa. Quando terminou, ela empurrou o papel para Jasmine.

Mulheres de Sucesso são jefas donas da porra toda.

— Eu quase escrevi "donas e rainhas", mas com esse *jefa* seria redundante — explicou Michelle.

Jasmine deu um sorrisinho, ignorando o nó em sua garganta.

— Obrigada.

As três ficaram em silêncio por um momento, tomando golinhos de café, então Ava colocou sua caneca de volta na mesa e apoiou as mãos no colo.

— Você quer falar sobre isso? — perguntou em voz baixa.

Era o mais próximo que ela podia chegar de perguntar diretamente sobre McIntyre. Sutileza e paciência eram as ferramentas preferidas de Ava, o que fazia dela uma excelente professora. Michelle, uma consultora de marketing bambambã que havia se tornado designer gráfica freelancer, era menos propensa a rodeios, mas costumava seguir o exemplo de Ava quando concordava com sua atitude.

— Vocês viram as revistas de fofoca, então já entenderam. — Jasmine soltou um longo suspiro. — Obviamente McIntyre e eu não estamos mais namorando.

— A gente sabe que essa não é a história completa — disse Ava.

— Ele era um cretino, de qualquer maneira — falou Michelle ao mesmo tempo.

Então o celular de Jasmine tocou. *Salva pelo gongo.* A última coisa que ela queria naquele momento era relembrar a dolorosa e humilhante experiência de ter sido publicamente traída por um astro do rock.

— É minha agente — sussurrou Jasmine, atendendo o telefone. — Oi, Riley.

— Oi, Jasmine. — O tom alegre de Riley tomou conta dos ouvidos de Jasmine. Riley Chen era jovem e amigável, mas uma pit bull quando se tratava de negócios, e conseguia fechar acordos com uma ferocidade que fizera dela uma estrela em ascensão na agência. — Chegou bem a Nova York?

— Cheguei. Deixei minhas malas no hotel e agora estou visitando minha família.

— Não vou te atrapalhar, então. Mas quis ligar porque imaginei que você ainda não viu seu e-mail, e sei que você não gosta de surpresas.

Um arrepio de terror percorreu o estômago de Jasmine. *O que tinha acontecido agora?* Consciente de que as primas a observavam sem disfarçar o interesse, ela manteve a expressão neutra.

— Não, ainda não olhei meu e-mail.

— Não é nada sério — disse Riley depressa, como se tivesse percebido a apreensão na voz de Jasmine. — Só uma mudança na escalação do par romântico.

— Hã?

Aquilo era, *sim*, algo sério. Nas leituras em Los Angeles, a química com o cara que ela achou que beijaria na série tinha sido boa.

— O ator que ia fazer o papel quebrou a perna em Aspen — continuou Riley.

— Ah, que droga. Foi um acidente de esqui? Estamos no verão...

Uma vez que eles já tinham assinado o contrato, ele não deveria fazer nada perigoso, tipo esquiar. Não quando estavam a poucos dias de começar as filmagens.

— É... não exatamente. — Riley baixou a voz. — Aparentemente ele foi se encontrar com alguém lá e tropeçou quando saiu do carro. Parece que estava tentando não ser reconhecido.

Jasmine franziu o cenho.

— Como você sabe disso?

— Alguém filmou tudo com o celular e vendeu para a *Buzz Weekly*.

Jasmine gemeu. A *Buzz Weekly* era a revista que tinha publicado a história de McIntyre, tornando Jasmine conhecida.

Mas não por um bom motivo, ela pensou, relembrando o primeiro ponto de seu Plano da Mulher de Sucesso.

— Eu sei — disse Riley. — A gente odeia a *Buzz Weekly*. Mas eu assisti ao vídeo, e o cara dá tipo uma pirueta antes de se esborrachar por uma escada. Eram só uns três degraus, mas de tijolo. Ele quebrou a perna e ainda arranhou o rosto.

— Nossa! Foi feio, então.

— Mas não precisa ficar com pena dele. Uma garota de biquíni apareceu correndo para ajudar, e ficaram sabendo que ela tem só 19 anos, enquanto ele tem quase 40.

Jasmine apertou o ossinho do nariz. Sempre havia um escândalo novo em Hollywood. Ainda que fosse reconfortante pensar que esse novo escândalo poderia fazer com que esquecessem o dela, Jasmine tinha suas dúvidas. McIntyre era bem famoso.

E agora, por extensão, ela também era.

Riley ainda não tinha terminado.

— Tudo isso para dizer que ele está fora do projeto. Você vai ter um novo par em *Carmen no comando*.

Aquilo era uma mudança importante.

— Sabe se vamos ter novas leituras, para ver se teremos química? Ou o negócio já está fechado?

— Já está fechado — disse Riley, num tom de voz solidário. — Os produtores não querem atrasar as filmagens, e ele está terminando de gravar um piloto, então não tem tempo para testar a química.

— E quem é?

A ligação cortou por um segundo.

— ...shton Suarez.

Jasmine pestanejou.

— O quê? Você disse Ashton Suarez?

Uma de cada lado dela, Ava e Michelle arregalaram os olhos.

— Isso — confirmou Riley. — Já ouviu falar dele?

— Hum... já.

Puta merda. Claro que já. Ashton Suarez era o ator de TV favorito de sua avó. Por quase uma década, Esperanza tinha assistido a todas as novelas em que ele trabalhara. Ela ia ficar louca quando descobrisse.

— Ah, que bom. Isso facilita as apresentações. Vocês vão se conhecer na mesa de leitura. Bom, vou deixar você em paz. Divirta-se com sua família!

Jasmine murmurou uma despedida para Riley e baixou lentamente o celular até a mesa. Tinha sido uma total estupidez dizer o nome dele em voz alta perto das primas. *Reação exagerada em três... dois...*

Michelle apertou o pulso de Jasmine, os olhos castanhos arregalados.

— Ashton. Suarez — repetiu ela. — Ashton Suarez, *puta merda...*

— Ele é *El León Dorado*! — guinchou Ava.

Michelle jogou a cabeça para trás, apoiando as costas da mão na testa com um gesto dramático.

— *El Matador!*

— *El Hombre Seductor!*

— *El Duque de Amor!*

— Eu sei, eu sei — interrompeu Jasmine.

Ashton tinha feito umas vinte novelas diferentes em espanhol, e elas ficariam ali o dia inteiro se as primas resolvessem listar o nome de todos os personagens dele.

— Acho que meu preferido é o Leão Dourado — ponderou Ava. — Era tipo uma mistura de *O poderoso chefão* com *Indiana Jones*.

— Eu gostei daquele em que ele fez um xerife das antigas. — Michelle se empolgou. — Ele ficava muito estiloso naquele uniforme.

— Tá bom, já ch... — começou Jasmine, mas Ava a interrompeu.

— Ele fez um vilão recentemente, gostei dele de barba. Só acho que mataram o personagem muito rápido.

— Ava! — Michelle abriu a boca, horrorizada. — Sem spoilers!

Ava deu de ombros, sem nenhum remorso.

— Se você passasse mais tempo com a *abuela* já saberia disso.

Enquanto as duas discutiam sobre os melhores papéis de Ashton, Jasmine digeria as últimas notícias. Ashton Suarez era uma aparição constante nas novelas latinas, e, mesmo que o espanhol de Jasmine não fosse bom o suficiente para entender tudo o que ele dizia, ela o tinha visto várias vezes na TV de Esperanza ao longo dos anos. Ele era um homem bonito, ainda que às vezes tivesse uma tendência a atuações meio exageradas.

Não que Jasmine pudesse apontar muitos dedos. O papel dela em *O esquadrão do glamour*, sua *soap opera* mais recente, que se passava numa agência de modelos, tinha exigido um nível de dramaticidade que até sua *abuela* fã de novelas havia achado meio ridículo. Mesmo assim, Cordelia, a personagem de Jasmine, uma esposa-troféu que dava a volta por cima, tinha roubado a cena. Os fãs tinham adorado o romance proibido entre Cordelia e Keane, o fotógrafo de moda viciado em jogo. Para Jasmine, Cordelia sempre teria um lugar especial em seu coração: a personagem lhe valera uma indicação para o Emmy Daytime e lhe garantira o papel de Carmen.

Não importava que Jasmine não falasse espanhol. Seu sotaque era perfeito, mesmo que sua conversação deixasse um pouco a desejar. Da última vez que tentara conversar com a avó em espanhol, Esperanza dissera que Jasmine estava machucando seus ouvidos.

Seu irmão mais novo, Jeremy, pegou bastante em seu pé quando descobriu que ela teria que falar espanhol para o papel, mas calou a boca rapidinho depois de Jasmine o lembrar que ele sabia ainda menos do idioma do que ela. Ainda que o espanhol fosse a primeira língua de seu pai, a mãe, apesar de ser metade porto-riquenha, metade filipina, falava muito pouco espanhol ou filipino, e por isso o principal idioma em casa era o inglês. Trabalhar nessa nova série seria tipo um curso intensivo e de imersão na língua, e ela esperava sinceramente conseguir enfrentar o desafio.

Michelle levantou a mão, interrompendo os pensamentos de Jasmine.

— Espera. Tive uma ideia.

Jasmine gemeu. As ideias de Michelle eram sempre brilhantes, mas também sempre colocavam as três em maus lençóis. Como na vez que saíram escondidas para um show em Nova Jersey num dia de semana e perderam o último ônibus para voltar para casa. Precisaram ligar para o primo mais velho, Sammy, e pedir que ele as buscasse. O silêncio dele tinha custado caro.

— Quero ouvir essa ideia — disse Ava.

Claro que ela queria. *Cúmplice.* Jasmine fez uma cara feia para ela.

— Eu não.

Mas Michelle não podia ser detida quando tinha uma ideia.

— O aniversário de 80 anos da *abuela* está chegando... Se você trouxesse Ashton Suarez para a festa como seu convidado, ela ficaria nas nuvens. Você ganharia o primeiro pedaço de bolo pelo resto da vida.

Jasmine mordeu o lábio, incapaz de discordar. Não seria o acontecimento do ano na vida da avó, seria o acontecimento da *década*.

— E, se você o trouxer, está liberada de participar dos preparativos da festa — acrescentou Ava.

— Não sabia que eu teria que participar dos preparativos da festa.

— Claro que vai. Todo mundo tem que participar.

— Até o Tony? Ele está em Londres.

Ava deu de ombros.

— Não se preocupe, vou arrumar alguma coisa para ele fazer. Todos os primos precisam ajudar.

Quantas vezes Jasmine tinha ouvido aquela frase? "Todo mundo precisa ajudar" tinha sido uma das diretrizes de sua vida desde que ela se entendia por gente, ou até antes de ter nascido. A despeito de qualquer briga ou discussãozinha sem importância que pudesse haver entre seus integrantes, a família Rodriguez se unia quando era necessário. E o aniversário de Esperanza seria um evento sobre o qual todos falariam por muitos anos.

Mais uma razão para não acrescentar um elemento desconhecido a essa mistura. Mas Jasmine estava disposta a fazer qualquer coisa pela avó. Incluindo pedir ao novo colega de trabalho um favor possivelmente constrangedor.

Talvez Ava e Michelle estivessem certas. Talvez fosse hora de voltar para casa.

O teto rangeu, seguido pelo som de passos acima da cabeça das três, movendo-se na direção da escada.

— Não contem a ninguém — sussurrou Jasmine. — Eu ainda nem conheci o sujeito. E se ele for um babaca?

Afinal, era algo bem comum entre caras da indústria do entretenimento. Tipo McIntyre.

— Dizem que ele é meio metido — ponderou Ava —, mas profissional. Parece que é fácil trabalhar com ele.

— Não deixe que isso a impeça de convidá-lo. — Michelle deu um tapinha no ombro de Jasmine e, com a sobrancelha erguida, lançou a ela um olhar que queria dizer: *É melhor você arranjar um jeito de trazer esse cara para a festa.*

Jasmine se afastou dela.

Alguém abriu a porta do porão e desceu a escada. O primo Sammy apareceu e Jasmine guardou depressa o Plano da Mulher de Sucesso no bolso da calça jeans. Ela não estava a fim de aturar as implicâncias dele.

— O que você quer, Sammy? — perguntou Michelle.

— Ora, ora, se não são as Brujas Boquirrotas — disse ele, marchando até elas.

Jasmine revirou os olhos. Sammy as chamava daquele jeito fazia pelo menos uns quinze anos, e nunca tinha graça. Principalmente porque elas nem eram as maiores fofoqueiras da família.

Sammy deu um sorrisinho.

— Você me fez perder uma aposta, sabia?

Jasmine não gostou do aparente rumo da conversa.

— Como assim?

— Eu achava que você e McIntyre iam durar pelo menos uns três meses, mas você faz mesmo parte do Clube das

Solteironas, né? — Ele fez um gesto indicando as três mulheres sentadas no sofá.

Enquanto Michelle e Ava gritavam com Sammy, mandando-o embora dali, Jasmine gemeu e cobriu o rosto com as mãos. Ela realmente havia cogitado voltar a morar ali? Nem pensar. Compraria a passagem de volta para Los Angeles no segundo em que as filmagens terminassem.

Capítulo 2

As portas do elevador apitaram, depois se abriram com um zunido, e Ashton Suarez entrou no escritório da ScreenFlix em Midtown Manhattan pela primeira vez.

A decoração do lugar era moderna e espaçosa — paredes de vidro, poltronas de couro e um monte de plantas. O logotipo laranja e cinza da ScreenFlix estava por todo canto, ao lado de pôsteres de algumas das mais recentes produções originais da plataforma de *streaming*, como *Os casos clandestinos do Detetive Yang*, *Showbiz*, *Festeiros* e *Os sonhadores*. Janelas enormes davam para o extenso gramado do Bryant Park.

Fazia anos que Ashton não trabalhava para uma nova produtora. O estúdio em Miami onde eram filmadas suas novelas já era tão familiar que ele quase não prestava mais atenção ao ambiente a sua volta. Apesar de os estúdios de filmagem da ScreenFlix não serem ali, fez uma pausa para reparar no ambiente ao seu redor.

E para encorajar a si mesmo.

Vê se atua direito, pendejo. *Era isso que você queria.*

O primeiro encontro com um novo elenco sempre o deixava nervoso, e o fato de que aquela produção em particular poderia significar tudo ou nada para sua carreira não ajudava para que se acalmasse. A ScreenFlix era uma aposta e tanto.

Uma pessoa da produção, que aguardava ali por perto, abriu-lhe um sorriso amigável.

— Olá, sr. Suarez. Meu nome é Skye. Estou aqui para acompanhá-lo até a sala de conferências.

Skye tinha o cabelo bem curtinho, uma pele de porcelana, usava um bóton que indicava sua preferência pelo uso de pronome de tratamento neutro e carregava um tablet debaixo do braço.

— Obrigado. — Ashton afundou as mãos nos bolsos antes que começasse a roer as unhas. Ele precisava de algo em que se apoiar, alguma coisa para segurar. — Sabe onde posso conseguir um café?

— Vou levá-lo à sala verde primeiro — disse Skye, sinalizando para que Ashton seguisse seus passos. — O senhor pode relaxar um pouco lá antes da leitura.

Enquanto Ashton seguia Skye, repassou mentalmente as anotações sobre a série que o produtor havia enviado na noite anterior. Ainda que já tivesse lido aquilo incontáveis vezes, rememorá-las fazia com que se sentisse mais preparado e no controle da situação. Além disso, dava a ele algo em que pensar, para que não ficasse remoendo o declínio de sua carreira de ator.

Carmen no comando contava a história da vida amorosa e das conquistas profissionais de Carmen Serrano, uma assessora de imprensa que trabalhava para uma empresa especializada em agendar eventos para celebridades de origem hispânica quando iam a Nova York. Ashton tinha sido escalado para o papel de Victor Vega, um cantor famoso. Na novela original, Victor era um dos clientes de Carmen, mas os roteiristas tinham feito uma grande mudança: Victor seria o ex-marido de Carmen.

A dinâmica de um ex-marido era muito diferente da de um novo interesse amoroso. Teria que haver um nível de familiaridade imediata entre os personagens, uma certa bagagem emocional e uma tensão sexual subjacente. A série inteira girava em torno do desenvolvimento do romance entre Carmen e Victor. E Ashton não apenas não tinha feito uma leitura para testar a química entre eles, como também nunca tinha visto sua parceira, Jasmine Lin. Claro, ele tinha interpretado dezenas de galãs românticos, mas conhecia bem a maioria dos atores da área de Miami e se sentia confortável com eles. Jasmine era uma completa desconhecida.

O sarrafo nunca tinha sido tão alto. Ele possuía uma boa fama no mundo das novelas latinas desde que estrelara *La maldición del león dorado*. E, até poucos meses antes, se sentia seguro nessa posição... até que pegou o papel de vilão em *El fuego de amor*. Ainda que tivesse sido uma mudança de ares bem-vinda em relação a seus típicos trabalhos como mocinho, os roteiristas o colocaram como parte de um triângulo amoroso e *o mataram*. Quer dizer, mataram o personagem. Mas o choque e a sensação de traição foram os mesmos. Na novela, ele havia perdido a vida e a mocinha para outro protagonista — Fernando Vargas, um ator chileno dez anos mais novo que ele.

Desde que interpretara *El León Dorado*, cinco anos antes, Ashton sempre participara das produções até o último capítulo. Apesar de levarem tiros, facadas e caírem de despenhadeiros, seus personagens sempre sobreviviam e, em alguns casos, tinham um final feliz. Mas essa sequência havia sido interrompida, e ele temia que aquilo prejudicasse sua carreira.

Seu agente conversou com os roteiristas e produtores, apresentando várias opções para tentar mantê-lo na trama. O gêmeo mau, uma volta dos mortos — qualquer fórmula batida. Nada disso fez diferença. Eles acharam que a morte do personagem era o melhor arco narrativo e, de qualquer forma, Ashton só deixaria de aparecer poucos capítulos antes do fim da novela. Qual era o problema?

O problema era que Ashton, com quase 40 anos de idade e quinze de carreira, estivera investindo seu tempo no universo das novelas porque acreditava que aquilo um dia poderia levá-lo além. Estava esperando por uma chance de provar seu valor, mas em vez disso fora removido da trama mais cedo.

Ele continuava sem saber se havia feito alguma coisa que aborrecera um produtor ou se os telespectadores tinham simplesmente se cansado dele. Houve um pequeno burburinho nas redes sociais quando o capítulo foi ao ar, mas àquela altura já era tarde demais. De lá para cá, ele não tinha conseguido mais nada além de participar de alguns pilotos pouco promissores.

Por isso, quando recebeu o convite para *Carmen no comando*, Ashton agarrou a oportunidade. Foi uma substituição de última hora, providenciada pelos deuses do casting, graças à gravação de um teste enviada por um de seus agentes num impulso. Ainda que fosse um remake de novela, o fato de estar na ScreenFlix o colocaria diante de uma enorme audiência e, com sorte, no caminho para se tornar o próximo Javier Bardem.

No fundo, porém, Ashton temia que aquela fosse sua última oportunidade. Se nada desse certo, o que aconteceria com ele?

Carajo. Era muito para sua cabeça.

Por fora, ele parecia perfeitamente calmo enquanto seguia Skye pelo escritório, passando por salas envidraçadas e áreas com plantas de conceito aberto cheias de mesas onde pessoas trabalhavam em seus computadores. Ninguém nem sequer olhou para ele — é provável que estivessem acostumados a ver atores circulando por ali o tempo todo —, mas ainda assim ele se sentia exposto.

Mas por dentro ele estava se esforçando para não pensar em como tudo aquilo poderia dar errado.

Skye parou diante de uma porta aberta e fez um gesto floreado.

— Seu café o espera — disse, e Ashton conseguiu reunir forças suficientes para sorrir e agradecer.

A sala verde tinha uma pequena copa adjacente, com três tipos diferentes de máquina de café. Mesmo que ainda fosse pouco mais de oito da manhã, a primeira xícara de café de Ashton havia sido mais de três horas antes, e ele precisava de mais uma para acordar. Como estava estressado, optou por satisfazer seu desejo por doces com uma das cápsulas de expresso com baunilha dispostas em uma cesta.

Enquanto a bebida ficava pronta, Ashton conferiu o relógio. Ele se encontraria com Jasmine pela primeira vez em vinte minutos, na mesa de leitura. Era ridículo se sentir tão nervoso daquele jeito. Sua colega de elenco havia trabalhado em *soap operas*, que tinham um cronograma de produção tão exaustivo quanto as novelas latinas, chegando a filmar um episódio inteiro num único dia. Isso significava que ela provavelmente teria uma boa ética de trabalho e seria bastante profissional — qualidades que ele admirava numa parceira de cena. Ele daria o seu melhor para parecer encantador e se certificar de que começariam com o pé direito. Tudo ficaria bem.

Exceto por uma coisa.

Depois de aceitar o papel, Ashton fizera uma busca pelo nome de Jasmine no Google, esperando encontrar o de sempre: uma página da Wikipédia com uma foto e a data de nascimento, uma lista no IMDb com todos os seus papéis, seu perfil nas redes sociais, talvez alguns vídeos no YouTube. Em vez disso, fora surpreendido ao ler, logo entre os primeiros resultados, notícias recentes sobre o término de seu namoro com um músico do qual ele nunca ouvira falar e que era conhecido apenas pelo sobrenome.

McIntyre, um cara magrelo com cabelo oleoso e tatuagens, tocava guitarra, tinha fama de antipático e cantava sussurrando. O primeiro pensamento de Ashton ao ver as fotos fora "corta essa droga desse cabelo", e isso fez com que percebesse que estava mesmo ficando velho. Também se perguntara o que Jasmine tinha visto naquele cara, e então se repreendera. Não era da sua conta julgá-la nem imaginar nada a respeito dela.

Os tabloides estavam adorando a história. E, por mais que se solidarizasse com Jasmine, Ashton não queria ser tragado pelo circo que a mídia estava fazendo ao redor dela. Já era difícil para ele manter a vida pessoal longe das fofocas da mídia latina, e teria que ser ainda mais cuidadoso para não fazer ou falar qualquer coisa que desse aos tabloides de língua inglesa motivo para prestar mais atenção nele. Apenas o fato de dois atores interpretarem o principal par romântico muitas vezes já era o suficiente para suscitar boatos, e a beleza de Jasmine era estonteante, o que fazia dela uma candidata perfeita para rumores de um *affair* por trás das câmeras. Não era culpa dela, mas as pessoas com frequência se interessavam por histórias inventadas. A verdade era que Ashton não tinha tempo para romances, fosse por trás das câmeras, fosse de qualquer outro tipo. Mas a imprensa não se importava com a verdade, só com o que vendia revistas ou garantia cliques. Fora do trabalho, era melhor que ele mantivesse distância de Jasmine.

Com a xícara cheia daquele néctar doce e cafeinado, Ashton se demorou adicionando mais açúcar e creme. Ele vinha se esforçando ainda mais em seus treinos e mantendo a dieta, de modo que tomar um café do jeito como gostava era um de seus poucos vícios restantes. Uma vez terminado o processo, deu um passo para trás, afastando-se da mesa, na esperança de encontrar sua nova colega de trabalho e se apresentar a ela.

Em vez disso, sentiu que pisava em algo que não era o assoalho, e alguém atrás dele soltou um grito.

Ashton se virou, surpreso, e deu um encontrão em um corpo. Houve um *splash*, seguido de um barulho de algo caindo. O aroma do café se intensificou. E ele encarou com horror a visão de uma mulher usando blusa branca e calça cor-de-rosa, que tinham ficado cobertas por manchas marrons gotejantes. Cubos de gelo estavam espalhados pelo piso, ao lado de seus sapatos de salto agulha.

Já é bem ruim derramar café em alguém no primeiro dia do emprego novo, mas aquela não era qualquer pessoa. Era Jasmine Lin, sua nova parceira. Uma mulher maravilhosa — a pele dourada brilhando em contraste com o branco da blusa, úmida e colada ao corpo e aos seios — que naquele momento parecia querer matá-lo. As sobrancelhas escuras estavam franzidas, e os lábios grossos semiabertos deixavam à mostra os dentes cerrados. O nervosismo contra o qual Ashton lutara durante toda a manhã veio à tona e escapou de sua boca.

— Hum… *Hola*. — Na tentativa de fazer uma piada, ele apontou para o copo vazio na mão dela. — *Supongo que no te ibas a beber eso.*

Quando ela olhou para ele, boquiaberta, Ashton sentiu o estômago contrair. A oportunidade de começar com o pé direito tinha ido por água abaixo.

Capítulo 3

A combinação entre o café gelado, o espanhol inesperado e a presença do familiar e lindo rosto de Ashton deixou Jasmine sem voz. Sua blusa de seda estava colada à pele fria, graças à tampinha defeituosa de seu copo de café, que escorregou no segundo em que Ashton esbarrou nela.

Ashton. Sentindo o corpo esquentar por dentro, apesar do banho de gelo acidental, ela queria poder bebê-lo como se ele fosse um capuccino fumegante num dia frio. Ele tinha cabelo cacheado e curto, barba por fazer, pele bronzeada e olhos castanho-escuros bastante sensuais. Parecia ainda mais alto pessoalmente, e ainda mais magnético, como a gravidade de um enorme planeta atraindo-a para sua órbita.

Ela se sentiu enfeitiçada por ele de um jeito inexplicável, mas aquela, afinal, era a mágica da TV: fazer com que você se sinta próximo de pessoas que não conhece e desenvolva familiaridade e carinho por personagens criados para você. Fazer com que torça por eles, se apaixone por eles, os ame ou odeie.

E ali estava Ashton, em carne e osso, e ainda mais lindo ao vivo, se é que era possível. O Leão Dourado. Jasmine tinha assistido a alguns episódios, graças à insistência de Michelle, e a capacidade dele de captar a atenção dos telespectadores era magistral.

Num esforço para ignorar a maneira como seu coração se acelerava por estar perto de Ashton, Jasmine se concentrou no que ele dizia.

Como não queria ter que admitir que não era fluente em espanhol, Jasmine pescou as palavras, as repassou em sua mente e traduziu uma a uma.

Hola. Aquelas primeiras sílabas, fluidas e profundas, que Ashton usara para cumprimentá-la fizeram com que ela se arrepiasse.

Supongo que no te ibas a beber eso.
Acho que você não ia beber isso.

O quê? Ele havia sido sarcástico? Ou tinha falado sério? Merda, ela não sabia.

Por segurança, Jasmine estreitou os olhos.

— Era para ser uma piada?

Ele ergueu as sobrancelhas, como se estivesse surpreso por ela ter respondido em inglês. Ela estava acostumada com essa reação.

— Hum... É. Uma piada. Mas uma piada sem graça, eu acho.

Em inglês, sua voz grave era cadenciada e suave. Ele pegou um punhado de guardanapos de papel na mesa e os estendeu para ela.

— Sou Ashton Suarez.

— Sei quem você é. Minha avó é apaixonada por você.

Deus, ela tinha mesmo dito aquilo? Jasmine pressionou os guardanapos contra o corpo, o que pouco adiantou para absorver o café marrom que ensopava sua camisa. E, pior ainda, embora fosse difícil dizer de seu ponto de vista, ela tinha quase certeza de que a seda branca tinha se tornado transparente. Ela tentou puxar o tecido molhado, para que não ficasse colado como uma segunda pele, mas ele tornou a grudar em seus seios. *Ótimo.*

— Pode me mandar a conta da lavanderia.

A expressão no rosto dele era de desapontamento, e a preocupação em seus olhos fez com que parecesse mais jovem, como um garotinho.

— Não se preocupe. Deve ser impossível limpar isso. — Ela soou mais irritada do que pretendia, então acrescentou: — Tudo bem, é só uma roupa.

Só uma roupa que ela havia levado duas horas para escolher, com a ajuda das primas. Jasmine conteve um suspiro. Não queria fazer com que Ashton se sentisse mal, mas, caramba, que inconveniente.

— Desculpe por ter pisado no seu pé — Ashton se apressou a dizer, como se de repente tivesse se dado conta de que não havia se desculpado ainda. — E esbarrado em você. E derrubado seu café.

Ela deu de ombros e abriu um sorriso sem graça.

— Foi um acidente. Mas acho que eu precisava da cafeína.

Ele estendeu o próprio copo.

— Quer o meu?

Será que ele já tinha dado um gole? Não importava. Em breve ela estaria beijando esse cara. E seria rude recusar sua bandeira branca.

— Claro, obrigada.

Os dedos de Jasmine roçaram os dele e ela estremeceu. Para esconder o rubor em suas bochechas, levou apressadamente o copo à boca. Tomou um gole. E engasgou.

— Meu Deus! Quanto açúcar você colocou?

Ele fez uma careta.

— Muito?

Jasmine devolveu o copo a ele.

— Obrigada, mas acho que chega de café por hoje.

Ela fez um gesto para a blusa e Ashton seguiu seu movimento com os olhos. Ah, Deus, ela tinha atraído mais uma vez a atenção dele para a camisa transparente colada aos seios. Brilhante.

Com o que pareceu um grande esforço, Ashton conseguiu afastar os olhos do colo de Jasmine e voltar a encará-la. A expressão dele era neutra, mas Jasmine percebeu a ondulação de seu pescoço quando ele engoliu em seco.

Ela sentiu a pele esquentar de vergonha e, que droga, pela atração. Tinha imaginado que o primeiro encontro entre os dois seria bem diferente. Precisava sair dali.

Jasmine gesticulou na direção da porta da sala verde.

— Eu... hã... preciso me trocar.

Não fazia a menor ideia de onde ia encontrar outra roupa.

Ele fez que sim.

— *Por supuesto*.

— Hum... tchau.

Jasmine saiu correndo na direção do banheiro.

Uma olhada no celular mostrou que tinha menos de dez minutos antes do início da leitura, e ela estava encharcada de café extra forte e leite de coco. Sem querer se atrasar logo no primeiro dia, Jasmine fez sinal para uma assistente do escritório. A mulher tinha cabelo louro na altura do ombro e um tique nervoso na sobrancelha.

— Oi. Sou Jasmine Lin. Qual seu nome?

— Penny.

Penny empalideceu ao perceber o terrível estado da roupa de Jasmine ensopada de café.

— Como você pode ver, estou tendo uma emergência de figurino. — Jasmine colocou todo o dinheiro que tinha na carteira, uma fortuna de trinta e quatro dólares, na mão de Penny. — Será que você poderia correr até a loja mais próxima e comprar uma muda de roupa para mim? Acho que preciso de um look novo.

Penny uniu as sobrancelhas claras.

— Que tipo de look?

— Qualquer um, desde que você esteja de volta em cinco minutos. — Jasmine apontou para a porta do banheiro. — Vou estar lá dentro tentando tirar essa mancha de café da blusa de seda.

Com um aceno de cabeça, Penny saiu correndo e Jasmine entrou no banheiro. Uma mulher negra mais velha estava lavando as mãos numa das pias. Ela usava um terno cinza bem cortado e um turbante estampado. Parou o que estava fazendo quando percebeu o estado da roupa de Jasmine e então apontou com o polegar a cabine para pessoas com deficiência.

— Tem uma pia ali dentro — disse ela. — Acho que você vai precisar.

Jasmine agradeceu enfaticamente e se trancou na cabine espaçosa. Tirou a roupa molhada e pegajosa e a colocou debaixo da água fria da torneira.

Ela detestava ter que admitir, mas aquele banho de café tinha sido uma distração bem-vinda. Era mais fácil lidar com o susto de levar um banho de bebida gelada do que com a descarga de desejo que sentira quando colocara os olhos em Ashton, então Jasmine se apegara àquilo. Porque, naquele momento, McIntyre e seus estúpidos olhos verdes comoventes tinham desaparecido de sua mente, junto com toda a ansiedade e o desamparo que ela vinha sentindo desde que vira a foto do cantor na capa de uma revista de fofoca beijando outra no México.

O embaraço de Ashton por ter derrubado café nela fora genuíno, e até mesmo adorável, mas ela não conseguira prestar atenção em mais nada a não ser no magnetismo de seu novo par romântico. Aquele era o *modus operandi* de Jasmine, afinal. Um término muitíssimo desastroso — ainda que as coisas com McIntyre tenham sido bem mais desastrosas que o normal —, seguido de uma paixão arrebatadora por outro homem emocionalmente indisponível. Tapa-buraco, relacionamento, término. E então tudo de novo.

Mas não dessa vez, muito obrigada. Afinal, ela era uma Mulher de Sucesso. *Carmen no comando* era um grande passo para ela, e Jasmine não deixaria que uma atração indesejada ficasse no meio de seu caminho para o estrelato. Por mais sexy que fosse seu par romântico.

Sozinho na sala verde, Ashton recolheu os cubos de gelo do chão, depois se jogou numa cadeira e passou a mão pelo rosto. Bem, aquilo tinha sido um *puta* de um desastre. Ele nunca se esqueceria da cena de Jasmine se afastando dele mancando por causa de um pisão no pé e com a blusa toda molhada. Ela sempre se lembraria dele como o cara que arruinara seu primeiro dia de trabalho.

Ele tomou um golinho do café que Jasmine lhe devolvera, embora estivesse tão tenso que mais cafeína e açúcar talvez não fossem uma boa ideia. Quando a encontrasse novamente, ele se desculparia com mais ênfase. Arrumaria um jeito de consertar as coisas com ela... e, ao mesmo tempo, manteria distância. Talvez eles conseguissem rir disso tudo. O ideal seria que fosse antes da leitura, mas provavelmente era pedir demais.

Ele tinha destruído a roupa dela e precisava dar um jeito nisso.

Mas primeiro... Ashton fechou a porta da sala verde e pegou o celular para fazer um FaceTime com o pai em Porto Rico.

O telefone tocou algumas vezes antes que o rosto marrom-escuro de Ignacio Suarez aparecesse na tela.

— ¡Hola, mi hijo¡

Aquelas palavras, ditas num vozeirão de barítono, as mesmas que Ashton tinha ouvido todos os dias de sua vida, colocaram um sorriso em seu rosto.

— ¡Hola, pa! ¿Cómo estás?

Ele escutou enquanto o pai lhe passava um boletim do estado de saúde do *abuelito* Gus e da *abuelita* Bibi. A mãe de Ashton tinha morrido fazia dez anos, mas os pais de Ignacio sempre tinham sido uma grande parte da vida dele. Eles estavam agora na casa dos 80 anos, e o bem-estar dos dois era a maior preocupação e o maior incentivo para o trabalho de Ashton.

Outro incentivo apareceu na telinha do celular, com o cabelo bagunçado e grandes olhos castanhos, encarando Ashton e derretendo seu coração.

— ¿*Es mi papá?* — guinchou uma vozinha, e Ashton riu.

— *Sí, mi hijo, es tu papá* — disse ele.

Ignacio se afastou um pouco da tela para dar espaço para Yadiel, o filho de 8 de anos de Ashton.

Ele ouviu Yadiel com atenção. O menino lhe contou sobre o último programa de TV a que havia assistido (*Jovens Titãs em ação*), sobre o jogo de videogame com o qual andava obcecado no momento (Minecraft) e sobre a revista em quadrinhos que estava lendo (*Homem-Aranha*). Ashton não entendeu quase nada do que ele contou e desejou, não pela primeira vez, estar perto do filho para ver TV, jogar e ler com ele.

— *Papi*, quando você volta para Porto Rico? — Yadiel terminou seu discurso.

— Não sei ainda, Yadi.

Ashton não tinha uma resposta melhor. Yadiel morava com Ignacio e os *bisabuelos* em Humacao, enquanto Ashton passava a maior parte do ano em Miami. Logo depois de nascer, Yadi morou em Miami com o pai, mas após o Incidente o menino foi ficar com Ignacio, e Ashton vendeu a casa e se mudou para um apartamento num arranha-céu.

Quando Yadiel era menor, Ashton conseguia passar mais tempo com ele em Porto Rico. Mas depois que sua carreira decolou, e com Yadi estudando numa escola particular, havia cada vez menos tempo para encarar o voo de duas horas e meia de Miami até San Juan todo fim de semana.

Depois que o furacão María destruiu a ilha por completo, o absoluto fracasso do governo federal em prover recursos e ajuda e a incapacidade de tratar a população de Porto Rico como os cidadãos americanos que eles eram por direito de nascimento fizeram com que Ashton levasse a família para Miami por um tempo. Ele adorava tê-los por perto e poder estar junto de Yadiel todos os dias. Mas, durante todo aquele período, não conseguia parar de se lembrar do que acontecera quando Yadiel vivera lá pela primeira vez. Assim que a escola do filho reabrira, Ashton os mandara de volta.

A saudade que Ashton sentia do filho era um buraco sem fim, mas crescer na ilha, longe do caos da mídia, era mais seguro para o garoto. Ashton adoraria poder passar o verão com Yadiel em Porto Rico, mas precisava pagar as contas, e, agora que era responsável por quatro gerações da família, elas eram muitas — em especial depois de reformar o restaurante dos Suarez, que ultimamente atendia apenas metade dos clientes comparado ao movimento de antes.

— Aconteceu alguma coisa legal aí no set? — perguntou Yadiel. Ele adorava ouvir histórias dos bastidores do "trabalho do *papi*".

— Bom, hoje ainda é o primeiro dia, mas… bem, aconteceu.

Yadiel arregalou os olhos quando Ashton contou como derrubara café em Jasmine. Ashton simulou os movimentos, adicionou efeitos sonoros e interpretou a si mesmo como um bobo desastrado, para a diversão do filho. Yadiel estava às gargalhadas quando o pai terminou a história, o que o reanimou. Ele adorava fazer o filho rir. Quem sabe um dia teria a oportunidade de fazer mais comédias em sua carreira.

Alguém bateu à porta.

— Ashton? Você está aí?

Oh-oh. Yadiel era a razão pela qual Ashton mantinha sua vida privada em sigilo. Ele queria que o filho tivesse uma criação o mais normal possível, mesmo que isso significasse ter que ficar longe dele. Ashton experimentara alguns sustos com fãs no começo da carreira — ele nunca esqueceria o terror do som de vidro se quebrando no quarto do filho ainda bebê —, por isso fazia de tudo para manter Yadiel seguro, protegido e em segredo.

Ashton mandou um beijo para a tela do celular e baixou a voz para um sussurro.

— *Adiós, mi amor*.

— Tchau, *papi*.

Encerrando a ligação, Ashton gritou:

— *Pase*. — E então repetiu em inglês, só para garantir: — Pode entrar.

Marquita Arroyo, uma conterrânea porto-riquenha e a *showrunner*, entrou na sala. Alta e de pele clara, tinha uma cabeleira cacheada e um sorriso largo.

— Tudo bem? Tem umas pessoas que querem conhecer você antes de começarmos a leitura.

Ashton tomou mais gole de café e então o deixou de lado. Hora do show.

JASMINE ESTAVA SEMINUA no banheiro feminino vazio, tentando secar o sutiã no secador de mãos com ele vestido no corpo, quando alguém bateu a porta.

— Oi? Trouxe suas roupas.

— Estou aqui!

Jasmine correu de volta para a cabine e colocou a cabeça para fora. Penny entrou depressa e entregou a ela uma sacola de plástico com os dizeres "Eu ❤ Nova York" e algumas roupas dobradas dentro dela.

— Espero que sirva — disse Penny, pouco convencida. — Não tinha muita opção, e você ficaria surpresa de saber quanto custam essas roupas de turista.

Jasmine apertou a sacola contra o peito e se fechou de novo na cabine.

— Tenho certeza de que está ótimo. Muito obrigada!

Jasmine olhou dentro da sacola e... congelou. Droga, ela devia ter sido mais específica quanto ao *tipo de look*.

O short de corrida de nylon pelo menos era preto e sem nenhuma logomarca. Era mais curto do que ela teria escolhido, mas não era a coisa mais curta que ela já usara em um compromisso profissional. Ela ia dar um jeito.

A camiseta, por outro lado...

Jasmine desdobrou a peça e a encarou. Era fúcsia, com detalhes pretos, capuz e as letras NYC estampadas em tamanho garrafal. Cafona, claro, mas era o que se poderia esperar de roupas compradas numa loja de suvenires. Mais preocupante, entretanto, era o fato de a camiseta ser muito, muito pequena.

Jasmine examinou de perto a etiqueta. Era tamanho médio... infantil. As duas peças tinham etiquetas de liquidação e juntas tinham custado trinta e três dólares e uns trocados. Pelo jeito não dava mais para comprar muita coisa com trinta e quatro dólares.

Ela colocou a cabeça para fora da cabine, mas Penny já tinha ido embora havia muito tempo, provavelmente com medo de que Jasmine arrancasse sua cabeça ou sugerisse que elas trocassem de roupa. O que, pensando em retrospecto, teria sido uma ideia melhor, mas agora era tarde.

Jasmine olhou para sua blusa, que agora estava toda molhada e ainda com manchas amarronzadas, e então checou o relógio. Estava atrasada.

Ela se espremeu na camiseta, que serviu — ainda que por pouco — como um *cropped*. O tecido era grosso, mas esticava. Ficou ainda mais justa nos ombros, mas cobria seu peito melhor do que a blusa de seda molhada. Ela enfiou as roupas encharcadas na sacola de plástico e saiu da cabine, então se olhou no espelho de corpo inteiro do banheiro.

Com a camiseta de tamanho infantil, o short de ginástica, os sapatos de salto alto pretos e as joias douradas e brilhantes, ela com certeza passava uma *imagem*, ainda que não fosse uma imagem que gritasse *Mulher de Sucesso*. Estava mais para Sporty Spice num encontro romântico. Talvez a roupa manchada de café não fosse tão ruim assim, mas ela não tinha tempo para secar tudo, ainda mais naquele secador de mão tão fraco do banheiro feminino.

Então se lembrou do ditado de sua avó: *Se você não está de batom e de brinco, é como se estivesse nua.*

Depois de retocar o batom magenta, Jasmine tirou uma foto sua no espelho, para mandar para Ava e Michelle no grupo das Primas Poderosas. Era hora de chamar reforços.

Ava respondeu primeiro.

> **Ava**: Hum, o que você está vestindo?

A resposta de Michelle veio um segundo depois:

> **Michelle**: Gata.

> **Jasmine**: Tive um acidente com café gelado. Por favor, digam que ainda estou linda.

Michelle respondeu com um GIF da Natali Wood em *Amor, sublime amor* girando e dizendo: "Me sinto linda!".

Ava mandou um da Barbra Streisand em *Funny Girl* que dizia: "Oi, linda".

Era isso. Jasmine jogou a cabeça para a frente e para trás para arrumar o cabelo, endireitou os ombros e colocou a mão na cintura.

— Ande como uma *jefa*, lembra? — disse ela para o próprio reflexo.

Por dentro, não acreditava naquilo nem por um segundo, mas era uma atriz boa o suficiente para não deixar que a vergonha transparecesse em seu rosto.

Então saiu do banheiro e se dirigiu até mesa de leitura como se estivesse desfilando na porra de uma passarela.

Capítulo 4

Entre a conversa com Yadiel e uma série de interações positivas com a *showrunner*, o primeiro assistente de direção e o diretor do primeiro episódio, a confiança de Ashton voltou com tudo. Depois de trabalhar na tv por mais de quinze anos, ele se sentia em casa naquela agitação, mais do que em seu apartamento em Miami ou em sua suíte no Hutton Court. Claro, aquele papel tinha muita coisa em jogo, mas ele daria conta. Era um dos melhores em sua área — não, não um dos melhores, *o* melhor — e estava ali para mostrar ao público norte-americano — e aos produtores e agentes — o que ele sabia fazer. Fácil, fácil.

Ele seguiu Marquita até a sala de conferência onde seria feita a leitura. Uma porção de gente estava amontoada no corredor, incluindo executivos da ScreenFlix, produtores, roteiristas e alguns atores que Ashton reconhecera das notícias sobre a série. Fazia muito tempo que ele não era escalado para uma produção onde não conhecia ninguém. Tudo que ele queria era entrar na sala de conferência e sentar em seu lugar, mas se apresentou a Peter Calabasas, um ator de tv veterano que faria o pai de Carmen. Peter, um homem afro-latino-americano rechonchudo, com uma barba escura, era bom de papo, e eles logo engataram numa conversa sobre beisebol.

Então Jasmine chegou e Ashton levou um susto.

Ela continuava estonteante e incrivelmente sexy, mas... que roupa era aquela?

Sabe-se lá como, Jasmine arrumara um novo look, e, embora o cabelo e a maquiagem continuassem impecáveis, ela parecia uma modelo fitness que tinha entrado na sala errada, e não a atriz principal de uma série sobre uma executiva de relações públicas.

A culpa invadiu Ashton. Como ele se sentiria se tivesse que aparecer no primeiro dia de trabalho usando short de academia? Claro, alguns atores usavam roupas casuais nas leituras. Havia uns três ali de calça jeans. Mas interpretar o personagem principal implicava um certo senso de liderança. Era comum que todos se esforçassem para passar um ar profissional, pelo menos antes que as jornadas de trabalho de vinte e quatro horas levassem todo mundo à exaustão. Ashton não era o protagonista, mas, como fazia parte do par romântico central, estava usando uma camisa social azul bem passada, calça preta e mocassins de couro italianos.

Jasmine, como ele tinha visto naquela manhã, havia se vestido muito bem. Mesmo coberta de café, estava claro que escolhera um look estiloso e sofisticado. Ela até tinha feito um comentário sobre isso, mas ele estava tão mortificado que não tinha entendido direito o que ela dissera. Por causa do erro de Ashton, Jasmine parecia pronta para ir à academia... de salto alto.

Ele se sentiu um idiota de novo. Sério mesmo que tudo que ele lhe oferecera fora o próprio café e uma oferta besta de pagar a conta da lavanderia? Qual era o problema dele? Ela nunca o perdoaria, e Ashton não podia culpá-la por isso.

— Certo, vamos começar! — Marquita bateu palmas.

Todos pararam de falar e entraram na sala para tomar seus lugares em torno da mesa de conferências. Plaquetas de papel branco com o nome dos atores impresso indicavam o lugar de cada um. Em frente a todos os assentos havia uma cópia do roteiro, um pequeno montinho de fichas para anotações, um copo e uma garrafa de vidro com água e fatias de limão.

Como um dos personagens principais, Ashton estava sentado bem ao lado de Jasmine, mas ele estivera tão distraído que nem sequer pensara na questão até aquele momento.

Ele afundou na cadeira de metal desconfortável e se ocupou de folhear o roteiro, o corpo inteiro em alerta quando Jasmine se sentou ao seu lado. Ashton deu uma olhada na direção dela, acompanhando o deslizar de suas longas pernas — à mostra — enquanto ela as cruzava debaixo da mesa.

— Me desculpe mais uma vez — sussurrou, mas ela não olhou para ele.

Um leve encolher de um ombro foi a única pista de que ela havia ouvido o que ele falara.

Os demais integrantes do elenco tomaram seus lugares ao redor da mesa. No outro lado de Jasmine estava Miriam Perez, a atriz que faria sua mãe, e Nino Colón, o ator trans que interpretaria o assistente de Carmen. Miriam estava levemente bronzeada, com o cabelo cacheado tingido de louro, e Nino tinha a pele marrom-escura e um corte de cabelo estiloso. À direita de Ashton estavam Peter Calabasas e Lily Benitez, que seria a irmã de Carmen. Lily tinha uma cabeleira escura e cacheada e estava usando um batom vermelho forte que combinava com sua pele bronze.

Antes de começarem, Marquita se apresentou e, com um breve discurso, desejou boas-vindas a todos. Então pediu que cada ator se apresentasse. Ashton estava com dificuldades para se concentrar, mas percebeu a variedade de experiências entre eles. Ele havia feito novelas latinas, Jasmine atuara em *soap operas*. Lily havia começado como modelo *plus size* de lingerie. Nino fora dançarino da Broadway. Miriam tinha feito comédia *stand-up* e esquetes cômicas nos anos 1980 e 1990. E Peter tinha uma sólida carreira de mais de trinta anos na TV, desde séries de humor a programas policiais.

No começo do roteiro, Carmen conversava com a irmã a respeito de seus planos para os negócios da família antes de sair para trabalhar. A cena era em inglês e, apesar de os olhos de Ashton estarem acompanhando as palavras no roteiro, ele estaria mentindo se dissesse que estava prestando atenção. Em vez disso, sua cabeça o conduzira a uma espiral de derrotas que começava com ele derrubando o café e terminava com sua carreira arruinada.

A cena seguinte mostrava Carmen no trabalho, interagindo com seu assistente e depois com o pai. Ashton se concentrou o suficiente para pegar a deixa de Peter, então se sentou ereto, recorrendo a todos os seus anos de experiência para declamar suas falas, enquanto mentalmente se torturava por ter estragado sua primeira impressão com Jasmine.

Eles passaram para cena do reencontro, cuja parte final era uma discussão em espanhol.

— É muito atrevimento de sua parte voltar aqui para me pedir ajuda — disse Jasmine ao lado dele.

Ashton estava tão concentrado nela que seria impossível perder a deixa. O personagem dele retrucou em um espanhol forte e rápido. Ele fez uma pausa após a fala, aguardando a resposta de Jasmine. Devia começar com *"¿Y quién diablos piensas que eres?"*, e então Carmen o colocaria no lugar dele.

Mas Jasmine se atrapalhou com a fala dela, confundindo as vogais. Ela parou, encarando com atenção o roteiro à sua frente, e Ashton supôs que ela estivesse repetindo as palavras em sua cabeça. Jasmine começou novamente e conseguiu recitar todo o trecho, ainda que mais devagar e com menos intensidade do que havia demonstrado ao ler as falas em inglês.

Eles terminaram a leitura da cena, mas a dificuldade de Jasmine com o espanhol o deixou intrigado. Ashton repassou o momento do café em sua cabeça mais uma vez, relembrando a longa pausa e a maneira como ela o encarara depois que ele tentara fazer uma piadinha...

Seria possível que ela não falasse espanhol?

Tanto o roteiro quanto o elenco e a equipe de produção de *Carmen no comando* eram bilíngues. Isso era parte importante do marketing da série. Como poderia funcionar se a atriz principal não fosse fluente em espanhol?

Ele observou Jasmine em uma cena em espanhol com Miriam Perez. Talvez estivesse sendo injusto. O sotaque dela era perfeito, ainda que a pronúncia fosse um pouco inconsistente.

Aquilo era algo com que ele costumava se preocupar. Embora tivesse um bom inglês, Ashton tinha sotaque e às vezes deparava com expressões idiomáticas que não reconhecia logo de cara ou não conseguia traduzir para o espanhol com facilidade. Será que o público americano aceitaria bem um novo galã com sotaque de Porto Rico? Poucos atores latinos tinham chegado ao estrelato — nomes como Javier Bardem, Diego Luna e Gael García Bernal. Haveria espaço para Ashton Suarez nessa lista?

O silêncio repentino o fez pestanejar. Jasmine o encarava, esperando. Não só ela, *todo mundo* estava olhando para ele. *Carajo.* Era sua vez de falar.

Na pressa de virar as páginas, ele esbarrou em seu copo, derrubando água com limão no roteiro e na mesa. Ele empurrou a cadeira para trás antes que a água molhasse sua calça. À sua esquerda, Jasmine se levantou num pulo, como se tivesse sido espetada por uma agulha.

Ashton imaginou um buraco se abrindo sob seus pés e o tragando. Aquilo teria sido melhor do que tudo que acontecera naquele dia.

— Molhei você? — perguntou ele baixinho.

— Não dessa vez — respondeu ela.

Era impressionante como a vergonha podia doer como uma queimação no estômago.

Dois assistentes correram com papel-toalha para arrumar a bagunça, e Ashton se afastou para lhes dar passagem.

— Me desculpem — murmurou ele. — Cafeína demais.

Jasmine disfarçou uma risada com uma tosse falsa.

Ela estava rindo dele. Seria uma risada boa? Tipo *haha, temos uma piadinha interna sobre café*? Ou ruim, do tipo *nossa, que idiota, sempre derramando bebidas*?

Ele não se atreveu a olhar para ela para descobrir. Todos estavam esperando por ele. Ashton sentiu o pescoço ferver. Outro assistente lhe entregou um roteiro novo. Dessa vez, ele prestaria atenção. Algo que já deveria estar fazendo, de qualquer maneira. Em qualquer outro set, em qualquer outro dia, era o que teria feito.

Mas naquele dia... naquele dia estava tudo dando errado.

De alguma maneira conseguiu terminar, ainda que tivesse ficado estressado, todo tenso, sem conseguir se acalmar.

Estava parecendo Yadiel quando tentava permanecer sentado durante a missa de domingo. Tinha sido a pior leitura da qual ele já havia participado.

Marquita fez um discurso de encerramento, e dessa vez Ashton prestou atenção.

— Foi um ótimo começo, pessoal! Estou empolgada para embarcar nessa jornada com vocês. Agora, aproveitem o resto do fim de semana, nos vemos na segunda de manhã bem cedinho.

Antes que Ashton pudesse se virar para Jasmine para se desculpar por quase ter derrubado *outra* bebida nela, ela deslizou de sua cadeira e contornou a mesa para conversar com Lily Benitez.

Tudo bem. Ele falaria com ela antes de ir embora. Estava se sentindo péssimo por ter arruinado sua roupa e não queria chegar ao fim do dia sem tentar consertar as coisas. A produção inteira girava em torno de eles dois oferecerem ao público um romance entre seus personagens. Se ela achasse que ele era um idiota, aquilo nunca daria certo.

E Ashton precisava que desse.

Enquanto ele se despedia do outros, ouviu a voz de Jasmine em algum lugar atrás dele.

— Ah, minha roupa? — Ela riu. — Derrubei uma xícara gigante de café em cima de mim pouco antes de começarmos. Tive que dar um jeito.

A pessoa com quem ela estava falando deu uma risada e concordou:

— O show tem que continuar.

— Exatamente.

Ashton se virou para olhá-la de canto de olho. Ela estava conversando com um dos produtores da ScreenFlix, mas havia mais alguém com eles — alguém usando um crachá de visitante e gravando a conversa com um celular.

Um repórter.

Ashton fez um direita volver e saiu rápido dali. Peter o chamou e ele acenou para o colega, mas continuou andando. No fim do corredor, encontrou Skye e pediu que lhe indicasse onde ficavam os elevadores.

Só depois que as portas se fecharam atrás dele e o elevador começou a descer foi que Ashton finalmente conseguiu respirar fundo.

Ele *odiava* falar com a imprensa. Os repórteres de celebridades em Miami já estavam acostumados com seu jeito recluso e tinham chegado ao ponto de fazer piadas gentis a respeito disso, mas ele agora estava em Nova York. Não sabia o que esperar da mídia ali. E a última coisa que queria era que um repórter o gravasse pedindo desculpas a Jasmine. Aquilo despertaria curiosidade, e ele não poderia arriscar boatos e perguntas invasivas. A segurança de seu filho era mais importante.

Depois. Ele falaria com Jasmine depois.

O CLIMA ESTRANHO da leitura do texto ditou o tom da primeira semana de Jasmine em *Carmen*.

Não que ela tivesse tido problemas para se ajustar. O ritmo da produção era bem mais lento em comparação com o das gravações de *soap operas*, onde eles filmavam mais de cem páginas por dia e era esperado que acertassem a cena no primeiro take. Ter mais de uma semana para filmar um episódio era um luxo que beirava à decadência.

Ela imaginava que Ashton estaria achando o mesmo, mas não tinha como ter certeza, porque ele nunca estava por perto para que ela pudesse perguntar.

Depois da leitura inicial, ele tinha lançado um olhar para ela e ido embora sem se despedir. É claro que ele aparecia para os ensaios e estava lá na hora das filmagens, mas desaparecia novamente assim que a cena era concluída. Que droga, ele mal *olhava* para ela, a menos que o roteiro pedisse isso.

Jasmine tentava não levar para o lado pessoal, mas levar para o lado pessoal era uma de suas maiores habilidades. Felizmente os primeiros episódios pediam certa estranheza entre os dois.

Carmen Serrano, a personagem de Jasmine, trabalhava numa firma de relações públicas que pertencia à sua família, em Nova York. Era uma mulher durona, do tipo que não levava desaforo para casa. Uma típica Mulher de Sucesso. Jasmine bem que poderia aprender algumas coisas com ela.

Carmen começava o programa em maus lençóis — os negócios da família estavam indo mal, e o último cliente, aquele que poderia levá-los de novo ao topo, era ninguém menos que seu ex-marido, Victor Vega, um pop star internacional.

Jasmine entendia Carmen. Ela também tinha problemas com o ex.

A maioria das cenas que Jasmine já tinha filmado era com os atores que interpretavam a família de Carmen. Eram todos muito agradáveis, e Peter Calabasas, que fazia o papel de seu pai, Ernesto Serrano, lembrava o avô de Jasmine, Willie Rodriguez. Ela se sentia tão à vontade com ele e com Miriam Perez, que fazia a mãe de Carmen, Dahlia, que aceitara o convite para ensaiarem juntos os diálogos em espanhol, o que fez com que Jasmine acertasse de primeira as cenas quando elas foram filmadas.

Até então, ela tinha tido pouca interação com Ashton no set, mas aquilo logo mudaria. Naquele dia, eles gravariam a cena do reencontro entre Carmen e Victor. Depois de passar a manhã tomando baldes de café enquanto fazia o cabelo e a maquiagem, Jasmine estava pronta para enfrentar a situação.

Quando Ashton chegou ao set, estava atraente e sexy. Para viver Victor, ele havia feito a barba e penteado o cabelo escuro e cacheado para trás, afastando-o do rosto. Jasmine desejou que houvesse nele algo que a distraísse de sua beleza excessiva... tipo uma máscara ou um saco de papel.

O figurino também não ajudava. Para compor o look de músico, haviam vestido Ashton com uma calça preta justa, camiseta cinza de gola em V e uma jaqueta de couro. O perfume dele era uma deliciosa mistura de notas doces e picantes, de alguma maneira sexy e reconfortante ao mesmo tempo.

Jasmine se virou e tomou um gole de água de uma garrafinha de aço inox. Ela precisava se recompor.

Um dos maquiadores se aproximou para corrigir o excesso de brilho no rosto dela. Com os olhos fechados e o cheiro do pó compacto invadindo sua mente, Jasmine fez um discurso motivacional para si mesma.

Vamos lá, jefa, você consegue. Deixe que Carmen assuma o controle e acerte suas falas. É só trabalho. Você já fez isso um milhão de vezes.

Jasmine respirou fundo três vezes. Ela mergulhou na parte dentro de si que se conectava com a personagem, na parte dentro de si que era empoderada e sabia de seu valor. Era uma parte pequena, mas estava lá, bem lá no fundo. Ela era uma Mulher de Sucesso, caramba. Uma Mulher de Sucesso no controle e segura de si.

Quando abriu os olhos, Jasmine agradeceu ao maquiador e então caminhou despretensiosamente até Lily Benitez, que interpretava sua irmã, Helen. Lily estava no campo sonoro de

Ashton, por isso Jasmine invocou a coragem de Carmen e a colocou sobre si como se fosse o véu de noiva de sua bisavó.

— Pronta para perder no dominó? — perguntou Jasmine, referindo-se ao jogo que haviam começado no camarim de Miriam.

Lily, que era bastante competitiva, bufou com desdém.

— Até parece.

Enquanto elas conversavam, Jasmine examinava Ashton de canto de olho. Ele estava ouvindo — tinha que estar, não havia a menor possibilidade de que não estivesse —, mas não se virava na direção delas.

Jasmine estava quase o chamando, apesar de não saber ao certo o que dizer. *Sabe jogar dominó?* Não, era uma pergunta estúpida. Ele provavelmente sabia. *Por que seu cheiro é tão bom?* Hum, não. Muitíssimo inapropriado, embora fosse verdade. *Ei, preste atenção em mim!,* então, seria muito infantil, e Jasmine não quis nem pensar de onde vinha aquele impulso.

Em vez disso, ela não disse nada. Apenas continuou o papo com Lily. Um minuto depois, a primeira assistente de direção, Ofelia Gomez, pediu que todos assumissem seus lugares, e não havia mais nada a fazer a não ser começar.

Capítulo 5

CARMEN NO COMANDO

EPISÓDIO 1

Cena: Carmen e Victor se reencontram pela primeira vez.
INT: Dia de trabalho de Carmen — DIURNA

— Ação!
Carmen entrou às pressas no escritório — um sofisticado espaço de trabalho decorado em branco com detalhes dourados — e pegou um tablet em cima de sua mesa. O pai a seguiu, um pouco mais devagar.
— E então, quem é esse novo cliente importante com quem assinamos? — Ela tocou na tela no tablet. — Ainda não recebi os documentos.
O pai abaixou a cabeça, como se tivesse medo de encará-la.
— É um cantor. E isso pode ser um pouco… difícil.
De sua mesa, Carmen levantou a cabeça para olhar para o pai e lhe lançou um sorriso estonteante.

— *Papi*, não há ninguém melhor que eu nesse trabalho. Vamos lá, quem é o cara?

Com uma expressão resignada, Ernesto se encaminhou até a porta de vidro de escritório.

— *Déjalo pasar* — pediu.

O homem que surgiu fez o sorriso confiante de Carmen desaparecer. Uma miríade de emoções passou por ela, todas estampadas em seu rosto. Choque, dor e então... raiva.

Mas o homem parecia tranquilo e seguro, como se tivesse todo o direito de estar ali. Seus lábios se curvaram em um sorriso sensual e ele acenou com a cabeça.

— *Hola,* Carmen.

A voz dele era sedosa e profunda, envolvendo-a, encorajando-a a relaxar. Em vez disso, Carmen endureceu sua postura. Com movimentos tensos e controlados, ela largou o tablet, para evitar jogá-lo em cima dele, e apoiou as mãos na superfície fria da mesa, como que para se ancorar. Apertou os lábios, formando uma linha fina, enquanto desviava o olhar do recém-chegado para o pai.

— Isso é sério? — perguntou num tom ácido, quebrando o silêncio, mas não a tensão. — Meu ex-marido é o novo cliente?

Num programa de televisão, aquela deveria ser a deixa para um intervalo comercial, mas, como se tratava de uma produção para um serviço de *streaming*, a cena continuou.

Ernesto se aproximou de Carmen num tom conciliatório.

— *Mi hija, óyeme...*

— Não, não vou te escutar. — Carmen abanou a mão no ar. — A resposta é não. Não vou trabalhar com ele.

O pai de Carmen não desistiu.

— Como você mesma disse, ninguém é a melhor no trabalho de reconstruir a imagem de celebridades. Se puder reacender a carreira de Victor, os clientes baterão à nossa porta. Por favor, *mi hija*. Faça isso por nossa família.

Carmen fuzilou Victor com o olhar.

— O. Que. Você. Fez?

Victor teve a decência de parecer levemente envergonhado. Seu pescoço se movia enquanto ele engolia em seco. Em seguida, ele levantou uma das mãos e coçou a nuca.

— Eu... hum... posso ter... cancelado uma turnê mundial.

Carmen fez que sim com a cabeça e lentamente soltou um suspiro.

— Eu provavelmente saberia disso se não tivesse deletado qualquer traço de você da minha vida.

Victor levou a mão ao peito e se encolheu.

— Ai. Essa doeu.

— *¡Basta!* — disse Ernesto, se colocando entre os dois. — Vocês são dois adultos. Não conseguem trabalhar juntos?

Carmen mordeu o lábio inferior, como se estivesse pensando no que ele acabara de dizer, e então balançou a cabeça.

— Não, *papi*. Não consigo. Eu *não vou* trabalhar com ele. Agora, se me dá licença, tenho coisas mais importantes a fazer do que desperdiçar meu tempo falando com essa *basura*. — Ela apontou para a porta. — Victor, *para fora*.

Victor e Ernesto trocaram olhares, mas o cantor ergueu as mãos em sinal de rendição e deixou o escritório.

Com um suspiro profundo, Carmen se deixou cair em sua cadeira. Quando voltou a encarar o pai, sua expressão mostrava como se sentia traída.

— *Papi*, como pôde fazer isso comigo?

— *Lo siento, querida. Pero...* — O pai se sentou na cadeira diante da mesa de Carmen com os ombros caídos. — *Pero Victor es nuestra única esperanza.*

Carmen franziu as sobrancelhas.

— *No entiendo*. Por que Victor é nossa única esperança? — e seu tom era de incompreensão.

— Porque... — Havia um nó na garganta do pai. — Porque, *mi hija,* nós estamos prestes a perder a empresa.

Carmen deixou que o choque transparecesse em seu rosto.

— Mas... eu pensei que estivéssemos indo bem. Você nunca disse...

— Eu sei. Desde que *tío* Fredo morreu, temos passado por dificuldades. Ele era o mais forte, o mais esperto entre nós dois. Eu era bom com pessoas, mas Fredo era bom com números.

— Isso faz três anos... — Carmen balançou a cabeça, ainda sem entender. — Por que você não me contou? Eu poderia ter ajudado.

— Você e Victor estavam passando por problemas, eu não queria te preocupar ou dar ainda mais trabalho. De qualquer forma, agora... acho que não há nada mais a fazer para salvar a empresa a não ser assinar com Victor.

Carmen pressionou as mãos na mesa e fechou os olhos por um momento. Quando tornou a abri-los e encontrou o olhar do pai, foi como se ela estivesse usando uma armadura. Os olhos frios, os ombros eretos, a voz firme.

— Vou trabalhar com Victor, mas com duas condições — disse ela, levantando um dedo antes que o pai pudesse comemorar. — Primeira: eu cuidarei das finanças da empresa.

— Você vai estar ocupada...

— Não tão ocupada que não possa trazer a empresa para o topo das prioridades. Os Serranos são os melhores, lembra? — O traço de um sorriso passou por seus lábios, mas ela o espantou e levantou um segundo dedo. — Segunda: ninguém vai começar a dar pitacos sobre eu e Victor, entendeu?

A expressão do pai era de completa inocência.

— ¿*Qué quieres decir? Ideias?*

— Você sabe exatamente o que eu quero dizer — rebateu Carmen, se levantando. — Só porque vamos trabalhar juntos *não* quer dizer que Victor e eu vamos voltar. Pode tirar isso da sua cabeça. E o mesmo vale para a mamãe.

O pai levantou as mãos.

— Ok, *bueno*. Acredito em você.

— Agora pode chamá-lo de volta. Sei que ainda está lá fora. Ele só vai embora quando acha conveniente.

Carmen deu a volta na mesa e, com as mãos na cintura, aguardou.

Victor retornou com um sorrisinho debochado grudado no rosto.

— Eu sabia que você não resistiria a mim.

— Você ficaria surpreso de saber a que eu consigo resistir — respondeu Carmen com os dentes cerrados. — Agora mesmo, estou resistindo à tentação de jogar um peso de papel na sua cabeça.

— Não tenho medo. — Ele deu um sorriso forçado e gesticulou para indicar a mesa de trabalho minimalista.

Carmen ergueu o queixo e devolveu a bola para ele.

— Quer me explicar por que você cancelou uma *turnê mundial*?

A expressão dele se fechou, e as sobrancelhas escuras se contraíram enquanto ele desviava o olhar do dela.

— Não.

— É claro que não. — Carmen se voltou para o pai. — E então, qual o plano? Qual é nosso objetivo aqui?

Victor respondeu por ele.

— Há outra turnê se aproximando, com alguns cantores latinos. Quero participar.

Carmen o olhou de cima a baixo.

— Não vai ser nada fácil conseguir que alguém ofereça um lugar numa turnê logo depois de você ter cancelado outra.

— Especialmente porque eles estão pensando em convidar Dimas del Valle — o pai de Carmen começou a falar.

— Dimas? — Carmen voltou a encarar Victor. — Você odeia esse cara.

A expressão de Victor se anuviou e ele murmurou um rosário de insultos em espanhol.

— *Oye*. — Carmen estalou os dedos e se aproximou de Victor, invadindo o espaço pessoal dele, chegando mais perto do que ela faria com qualquer outro cliente. Perto o suficiente para sentir as notas do perfume dele. Ela cutucou o peito dele para chamar a sua atenção. Aquele peito firme, forte. — Eles vão decidir sobre isso em breve, e se você não melhorar sua imagem e se mostrar visível, escolherão Dimas para a turnê. É isso que você quer?

Victor fechou a cara, e seus olhos escureceram.

— Você sabe que não.

Carmen balançou a cabeça de leve.

— Então precisa ficar longe de problemas. Isso significa nada de festas, nada de bebedeiras e nada de aprontar por aí com os idiotas dos seus amigos. Onde você está hospedado?

Quando ele ergueu o canto da boca, Carmen estreitou os olhos.

— Sempre que você faz essa cara, sei que não vou gostar do que você vai dizer em seguida.

O sorriso de Victor se tornou zombeteiro.

— Bem, se tenho que me manter longe de problemas, só tem um lugar para isso.

— Onde, num mosteiro? — zombou Carmen.

O sorriso de Victor era lento e malicioso.

— Não, melhor ainda. — Ele esperou um segundo para conseguir o efeito desejado, e então falou: — Na casa dos seus pais.

Carmen arfou.

— *Ay, carajo*.

— Corta!

Capítulo 6

Jasmine se virou para o diretor, que exibia um grande sorriso.

— Foi perfeito — disse ele de sua cadeira, olhando para a tela do monitor. — Vamos filmar a entrada de Victor mais uma vez, mas depois passamos para a próxima cena.

Jasmine se afastou para o lado e aceitou agradecida a garrafa de água passada por um dos assistentes de produção.

— Ótimo trabalho, Jas. — Peter Calabasas se juntou a ela, seguido por dois maquiadores que imediatamente começaram a retocar o rosto dos atores. — Você tem um talento natural.

— Você torna tudo mais fácil, *papai* — disse Jasmine com um sorriso. — Vai tomar uns drinques com a gente na sexta à noite?

— Não perderia por nada — disse ele. — Obrigada por organizar a festinha.

— Um elenco é como uma família.

Ela ainda não havia convidado Ashton, mas tinha esperança de que ele aceitasse.

— Feche os olhos, Jasmine — pediu o maquiador, e Jasmine obedeceu. Quando tornou a abri-los, ela examinou o set.

Como era de esperar, Ashton já tinha desaparecido.

Ela sentiu uma pontada dolorida. Será que era culpa sua?

Já havia se passado uma semana, e ela ainda não tivera uma conversa de verdade com Ashton. Bem, tirando o desastre do primeiro encontro. A blusa branca que ela usara naquele dia tinha ficado destruída, mas sua avó operara alguma mágica de lavanderia em sua calça cor-de-rosa que a deixou como nova.

Tudo seria mais fácil se ela pudesse ensaiar algumas falas com ele, como fazia com Lily, Mirian e Peter. Mas Ashton tinha sido bem claro. Ele não queria nada com ela — nem com o resto do elenco, se a impressão dela estivesse correta. As primas estavam certas: ele era inalcançável e se mantinha distante. Jasmine devia simplesmente deixá-lo para lá.

Ainda assim, não parecia certo deixar de convidar Ashton para beber com eles. Ela falaria com ele. Se ele aceitasse, ótimo; se dissesse que não...

Ela esperava que ele não dissesse que não.

A cena do reencontro tinha dado certo porque era esperado que Carmen se sentisse balançada pela aparência de Victor. O que não era difícil, uma vez que Jasmine ainda ficava uma pilha de nervos na presença de Ashton. Mas e quando Carmen e Victor começassem a se sentir mais confortáveis na presença um do outro? Jasmine tinha medo dessas cenas.

Em especial do beijo no terceiro episódio.

Marquita contara a Jasmine que os produtores haviam contratado uma coordenadora de intimidade — um profissional focado especificamente em ajudar os atores a se sentir confortáveis em cenas mais íntimas — para ensaiar o primeiro beijo entre Carmen e Victor.

Jasmine já havia filmado diversas cenas de beijo e de sexo durante sua carreira, e isso nunca fora um problema. Mas ela nunca tinha achado que seu par romântico a odiava. Em geral, conseguia construir uma boa relação com alguém antes de ter que demonstrar intimidade diante das câmeras. Só que Ashton estava tornando aquilo impossível.

Para ser sincera, ela estava louca para saber como seria beijá-lo. Os lábios dele eram tão... *sensuais*. Macios e carnudos, com um arco bem definido no lábio superior. Ele os usava com habilidade durante as cenas, assim como suas sobrancelhas escuras e ágeis e seu olhar expressivo.

Era totalmente possível se encantar pelas habilidades cênicas de alguém, e Jasmine já tinha se dado mal com isso antes. Ela havia começado a assistir a um episódio legendado de *La maldición del león dorado* toda noite antes de dormir para entender melhor a técnica de atuação de Ashton, e também porque a história era divertida. Dava para entender por que Ava gostava da novela. O segredo era se assegurar de que ela admirava apenas a habilidade dele como ator, nada mais.

Tudo bem, ela podia admirar a sensualidade de Ashton também, mas era só isso. Puramente objetivo.

Até porque o que sempre a fazia passar de uma simples quedinha para a paixão não era beleza nem competência; era atenção.

Então talvez fosse melhor mesmo que Ashton a ignorasse. Porque se ele de repente passasse a lhe dar atenção...

Lembre-se de McIntyre, ela disse a si mesma.

Jasmine tinha ido a um show dele num impulso, para acompanhar uma amiga de Los Angeles que tinha passes VIPS para o *backstage*. A música era legal — não era bem o estilo dela, mas dava para entender por que as pessoas gostavam. O problema começou quando Jasmine entrou no camarim para conhecê-lo. McIntyre era um artista dinâmico, mas também um galanteador incorrigível. Era seu superpoder: quando ele encarava alguém com aqueles olhos verdes, fazia com que a pessoa se sentisse única. Importante. Alguém que realmente fazia diferença.

Como a filha do meio carente de atenção que era, Jasmine caíra como um patinho.

E olhe onde aquilo a tinha levado. Estampada nas capas de revista. Incapaz de entrar em suas redes sociais. Perseguida por paparazzi no caminho para os estúdios da ScreenFlix.

Jasmine estava cheia daquilo. E, se tinha aprendido alguma coisa com todos os ex de merda que tivera, era que ela ficava melhor sozinha.

Só precisava se convencer disso.

Um assistente de produção se aproximou dela, checando algo numa prancheta.

— Querem que você filme uma cena extra no escritório antes de sair — disse ele.

Jasmine o seguiu, respirando fundo três vezes para espantar o desânimo. Era o que ela queria. Ia fazer a cena e então convidaria Ashton para tomar drinques com o restante do elenco. Moleza. Não tinha com que se preocupar.

Não mesmo.

NA SEGURANÇA DE seu camarim, Ashton pôde finalmente respirar.

Era o que você queria, cabrón, ele relembrou a si mesmo. Aquele trabalho era o próximo passo em seu plano de carreira, o que o aproximaria de seus objetivos. Ele podia se imaginar sendo entrevistado no tapete vermelho, respondendo com um "E tudo começou a mudar com *Carmen no comando*".

Mas só se a série fosse um sucesso. E aquilo não aconteceria se ele não parasse de olhar para o próprio umbigo.

Ele começou a fazer um café, e o cheiro e o som familiares da pequena cafeteira acalmaram seus nervos em frangalhos. O ambiente em si — pintado com o esquema de cores laranja, cinza e branco, características da ScreenFlix, e decorado com móveis modernos — não era muito relaxante. Mas era limpo e espaçoso, e o sofá era confortável o suficiente para um cochilo, ainda que fosse pequeno para alguém da sua altura.

Por mais que ele quisesse que sua carreira decolasse, sentia saudade de Miami. Sentia saudade dos outros atores de novela locais e dos profissionais com quem costumava trabalhar. Sentia saudade de seu apartamento, claro e espaçoso, e do trailer que ele havia personalizado ao longo de anos trabalhando com a mesma equipe de produção. Não tinha fotos de Yadiel, é claro, algo que pesava dentro dele, mas o rolo de câmera de seu celular estava cheio de fotos dos dois com filtros de bichinhos no rosto. Ele sentia falta de poder encontrar Yadiel com mais frequência.

E, para ser sincero, sentia falta de ser um peixe grande num lago pequeno. Sua carreira tinha sido construída ao longo de quinze anos atuando em novelas latinas, e ele conquistara certa fama, embora ainda não achasse que fosse suficiente. Apesar de sua grande necessidade de privacidade, ele queria *mais*.

Mas agora que estava prestes a conseguir isso, sentia como se estivesse afundando. Não fazia sentido.

Talvez fosse só porque não gostava de estar tão longe de Yadi. Ele se preocupava com o filho o tempo todo e tinha certeza de que estava perturbando o pai com suas perguntas frequentes para saber se estava tudo bem. Ignacio havia respondido à sua última mensagem com um "ESTAMOS BIEN" em maiúsculas, e Ashton podia imaginar o pai digitando com as narinas infladas e uma irritação indisfarçada.

Talvez fosse porque ele não conhecia ninguém ali. Ashton sabia como era visto: frio, distante, reservado. Sua persona tinha sido cuidadosamente construída para facilitar o trabalho de afastar repórteres intrometidos e entrevistas de última hora. Se ele mantivesse as pessoas longe, ninguém conseguiria enxergá-lo mais a fundo e, como consequência, ninguém saberia nada sobre sua vida. Era uma postura que ele adotara no trabalho também, com as pessoas do elenco, mas, depois de muitos anos, aos poucos passara a sentir-se mais confortável com seus colegas de novela. Ali, porém, trabalhando em *Carmen*, ele se sentia mais uma vez como um novato, e tinha fechado a guarda.

E ainda havia Jasmine.

Ele não poderia ter pedido uma parceira de cena melhor. Ela era disponível, generosa e vulnerável. E, quando não estava na personagem, seu bom humor e sua jovialidade atraíam a atenção dele, apesar de seus esforços para se manter distante.

Todos a amavam. E, ainda que Ashton conseguisse fingir ser aquela pessoa aberta e despreocupada, ele nunca poderia ser assim de verdade.

Quando o café ficou pronto, ele acrescentou um monte de leite e açúcar que estavam no frigobar e mexeu. O cheiro o reconfortou, fazendo-o lembrar do jeito como sua mãe preparava seu *cafecito* de manhã. Talvez ele devesse pedir uma máquina de café expresso em seu camarim. Tinha dado apenas o primeiro gole quando alguém bateu à porta.

— Sou eu, Jasmine — disse a voz do outro lado.

Com o coração disparado, Ashton pousou a xícara, só por precaução. Ainda se sentia mortificado pelo primeiro encontro entre eles. Por um segundo, pensou em fingir que não estava, mas aquilo era ridículo. Ele se levantou e abriu a porta.

Jasmine o cumprimentou com um sorriso radiante que fez seu coração acelerar mais ainda. Ela era tão linda, e tinha sido bastante compreensiva depois do incidente com o café, mesmo que estivesse completamente no direito de lhe dar um esporro.

— Oi, Ashton — disse ela. — Só queria contar que vamos tomar uns drinques depois do trabalho, na sexta. Fizemos reserva num bar de tapas que a Miriam recomendou. Quer vir com a gente?

— Ah…

A mente de Ashton ricocheteou entre sim e não. Ele deveria aceitar. Que mal haveria? Mas uma ansiedade desconhecida o impedia. Era aquela maldita metáfora do lago. Aquele era um lago maior, e ele tinha medo até de colocar o dedo do pé nele.

— *Gracias, pero no* — disse ele finalmente. — *Para la próxima.*

— Ok — O sorriso de Jasmine perdeu a força, e sua voz estremeceu. — Talvez na próxima.

Fechando a porta, Ashton balançou a cabeça. O que havia de errado com ele? Por que não conseguia confiar naquelas pessoas nem para sair com elas por uma noite?

Porque você não confia em ninguém, uma voz sussurrou no fundo de sua mente.

Era verdade. Ele não confiava em ninguém. Só em seu pai e em seus avós. Com os anos, ele havia ficado cada vez mais retraído.

Ele nem sempre tinha sido assim, caramba. Aos vinte e poucos anos, havia aproveitado a fama crescente, frequentando festas e clubes com seus amigos atores e curtindo tudo o que a vida noturna de Miami tinha para oferecer.

Mas então, quando se tornou pai, tudo mudou.

Assim que Yadiel nasceu, a mãe dele — uma atriz de novelas com que Ashton tivera um caso rápido — abriu mão da guarda do filho, depois de fazer uma lista de exigências. Como era uma católica devota, havia feito o que achava certo e tivera o bebê, mas não queria ser mãe. Aquilo arruinaria sua carreira. Ashton poderia ter a guarda definitiva de Yadi desde que mantivesse a identidade dela em segredo e pagasse pelos tratamentos cirúrgicos para lhe devolver o corpo pré-gravidez. E não era só isso: ela nunca mais queria trabalhar com ele.

Para Ashton, que crescera como filho único, a perspectiva de ser pai era assustadora, mas emocionante. Na primeira vez que segurou Yadiel nos braços, no hospital em Orlando, seu coração se desfez em pedacinhos e se recompôs, tornando-se algo mais forte do que ele jamais poderia imaginar, forjado no amor mais puro que alguém poderia sentir. O filho era tudo para ele, e a felicidade e o bem-estar de Yadiel valiam qualquer preço. O nascimento de Yadiel também devolvera a alegria a Ignacio, que na época estava tendo dificuldade de se manter de pé depois da morte da esposa.

Mas isso não significava que não haveria sacrifícios ou estresse. Toda vez que a temporada de furacões se aproximava, Ashton acompanhava a previsão do tempo roendo as unhas e suando, pronto para embarcar num avião e resgatar a família a qualquer momento.

E, quanto mais crescia em sua carreira, mais preocupado ele ficava com a possibilidade de que sua fama afetasse o filho. Ainda tinha pesadelos em que era acordado no meio da noite por um barulho. Em que se levantava, como fazia desde que se tornara pai, para checar se seu filho estava dormindo.

E encontrava uma figura sombria do lado de fora da janela quebrada no quarto de Yadiel.

Tudo havia mudado depois que um admirador fanático passara a persegui-lo, irritado porque Ashton não respondia a suas cartas, e tentara entrar no quarto do menino. Aquilo tinha acontecido quando um jornal local de Miami publicara uma matéria que mostrava as regiões onde os atores de novela moravam. Ashton nem era tão famoso naquela época, morando num bairro residencial simples com sua renda de ator de novela, que não era tão alta quanto as pessoas pensavam. Mas aquilo tinha sido o suficiente para o homem descobrir onde ele morava.

Mesmo tendo levado o filho para Porto Rico depois do Incidente — como ele se referia ao ocorrido —, demorou um longo tempo para que se sentisse seguro novamente. Ashton continuou com sua carreira, mas se fechou. A mídia latino-americana podia ser implacável, por isso ele fez tudo o que estava a seu alcance para manter o filho a salvo e em segredo. Ainda que isso significasse ficar longe dele.

Ainda que isso significasse ter que se fechar para tudo e para todos. Incluindo novos colegas de trabalho.

Bastava pensar no Incidente para que ele ficasse ansioso, e estar longe de casa não ajudava.

Ele tomou um grande gole de café, pegou o celular e mandou outra mensagem para Ignacio para saber se estava tudo bem.

Capítulo 7

<u>CARMEN NO COMANDO</u>

EPISÓDIO 2

Cena: Carmen e Victor vão a um tapete vermelho de um evento.
EXT: Tapete vermelho — NOTURNA

Na extremidade do tapete vermelho, Carmen ajustou o corpete de seu vestido, mostrando-se desconfortável ao levantar o tomara que caia de paetê azul.

— Ainda não entendo por que tenho que aparecer em fotos *com você*.

Victor sorriu em sua direção, e ela sentiu um frio na barriga provocado pela força de sua atenção.

— Porque você é minha acompanhante.

— Não, não sou. — *Dê o fora, frio na barriga. Isso não é real.* — Eu sou sua assessora de imprensa. Ou sua babá. Não acompanhante.

Victor abaixou a cabeça e o tom de voz.

— Antigamente você adorava passar pelo tapete vermelho de braço dado comigo. — As palavras doces a deixaram arrepiada.

— Sim, mas antigamente eu era sua esposa — retrucou Carmen com rispidez enquanto tentava ignorar as coisas deliciosas que a voz dele fazia com ela. — E agora não sou mais.

Victor endireitou a postura e endureceu a expressão. Carmen tentou ignorar o peso em sua consciência, deixando seu olhar correr pelo tapete vermelho, onde outras pessoas muito bem-vestidas posavam para fotos sob os estouros dos flashes. Os cenógrafos e os técnicos de iluminação tinham se superado dessa vez.

— Somos os próximos — disse Victor com frieza.

Sim. Ela o magoara. Mas ele a magoara também. Eles tinham se divorciado por uma série de razões, e uma delas foi porque não conseguiam parar de machucar um ao outro.

Ou pelo menos essa foi a história que lhe ocorreu quando leu o roteiro.

Carmen respirou fundo, colocou um sorriso no rosto e caminhou sobre o tapete, pendurada no braço de Victor.

Flashes brilharam. Figurantes se movimentaram em silêncio. O barulho da multidão seria acrescentado depois. Carmen sorriu, inundada pelo nervosismo e pela necessidade de parecer profissional. Ela não estava ali como sua acompanhante, mas sim como sua assessora. Seu único objetivo era ajudar a reconstruir a imagem de Victor para salvar a empresa de sua família. Ela *não* estava ali para se divertir ou para aproveitar a noite com ele.

Ainda que estivesse aproveitando.

Enquanto eles caminhavam até seu lugar, Victor perguntou pelo canto da boca:

— Não é tão ruim, é?

— É horrível — disse Carmen sob um sorriso forçado. Mas ela não estava se referindo às luzes ou às pessoas. Estava se referindo àquela proximidade, ao cheiro do perfume dele, que a envolvia como uma nuvem de conforto, ao corpo forte dele ao seu lado.

Era tudo horrivelmente... maravilhoso. Ela queria se aproximar ainda mais, ficar colada nele, se deixar envolver por seu calor e sentir a pele dele na sua.

Foco, Jasmine.

— Corta!

Ah, graças a Deus.

Capítulo 8

Apesar de sua completa exaustão, Ashton pegou o último voo para San Juan depois da gravação do segundo episódio. As últimas cenas tinham exigido dele não apenas fisicamente — graças a um porre de Victor e uma briga com o cantor rival —, mas também emocionalmente, pois os percalços do relacionamento entre Victor e Carmen haviam chegado a um novo patamar.

A filmagem da cena da briga havia exigido muitos takes, a ponto de Ashton se arrepender de ter insistido em que não precisava de um dublê para gravá-la. Não que o verdadeiro dublê com quem ele contracenara o tivesse machucado, mas cenas de luta podiam ser bastante cansativas. Outra preocupação havia sido a presença de Jasmine em cena, já que Carmen era chamada para apartar a briga. A última coisa que Ashton queria era machucá-la sem querer, por isso ele ficou atento a ela a todo segundo, desde o momento em que ela entrava no tapete vermelho ao lado dele até quando o envolvia com os braços para afastá-lo da briga e depois tocava seu rosto com delicadeza para verificar os hematomas.

Atuar era reagir, e eles haviam aproveitado as deixas um do outro, mesmo quando Ashton mergulhara profundamente em si mesmo para encontrar a dor de Victor. Jasmine acompanhou sua emoção enquanto Victor passava da ira à exaustão. Os momentos de silêncio entre eles depois da briga talvez tenham sido uma das melhores atuações de sua vida.

Mas no fim da semana ele estava pronto para partir, e a saudade de casa era como um peso em seu estômago. Na sexta à noite ele saiu do estúdio direto para o aeroporto, e do aeroporto para o apartamento que mantinha em San Juan, onde dormiu por algumas horas. De manhã, dirigiu até o condomínio fechado em Humacao em que o filho, o pai e os avós viviam em segurança.

Atento a qualquer figura suspeita, Ashton estacionou na calçada e entrou na casa de tijolos salmão e terracota. Mesmo com a família tendo se mudado depois do Incidente, ele nunca mais se sentiu totalmente seguro. Lá dentro, Ignacio se aproximou com uma *taza de café com leche* enquanto Ashton ajustava o sistema de segurança. Ashton cumprimentou o pai e, agradecido, tomou um gole de café.

— *¿Yadiel está durmiendo?* — perguntou Ashton, seguindo Ignacio até a cozinha.

— *Sí*. — Ignacio se sentou à mesa e colocou os óculos para retomar a leitura do jornal. — Ele vai ficar feliz em ver você quando acordar.

Ashton se sentou, mas estava inquieto.

— Está tudo bem? Nada de anormal?

Ignacio abaixou o jornal e lançou a Ashton um olhar gentil por cima dos óculos.

— Não acha que eu contaria a você se houvesse algo de anormal?

— Claro.

Ashton não acreditava cem por cento nele, mas não queria aborrecer o pai àquela hora da manhã.

— Quando foi que você chegou?

— Ontem, tarde da noite.

— Ah. Dormiu no apartamento?

— Dormi.

Ignacio só levantou as sobrancelhas e continuou lendo a respeito dos últimos protestos políticos. Ele não precisava dizer nada, porque já haviam tido aquela conversa diversas vezes. O pai achava uma idiotice que Ashton mantivesse duas casas em Porto Rico e um apartamento em Miami, mas sabia por que Ashton não se sentia confortável em dormir naquela casa.

— E por quanto tempo acha que ainda teremos de pedir aos amigos e professores de Yadi que assinem termos de confidencialidade? — perguntou Ignacio diretamente.

Ashton apenas suspirou.

— Não exagere.

— Você o manteve em segredo por todo esse tempo — continuou o pai, num tom suave. — Mas não pode fazer isso para sempre.

Ashton sabia disso, mas tinha se convencido de que era possível. O som de passos na escada o livrou de ter que responder. Deixando a xícara sobre a mesa, ele se levantou enquanto Yadi entrava, usando um pijama do Homem-Aranha.

— *Papi!* — gritou o menino, e então se jogou nos braços de Ashton.

Ashton o levantou e o abraçou com força. Yadi era pequeno para sua idade, e logo Ashton não poderia mais fazer isso. Ele desejou, não pela primeira vez, poder estar ali todos os dias quando o filho acordasse.

Yadiel desceu do colo do pai, cumprimentou o avô e em seguida foi se servir de um copo de suco.

— Bem, aproveitando que você está aqui, vou abrir o restaurante mais cedo — disse Ignacio a Ashton. Ele largou o jornal, deixando-o aberto na página de entretenimento. — Parece que seu amigo Fernando Vargas está se saindo bem.

Ashton deu uma olhada na página e soltou um gemido. Seu "rival" em *El fuego de amor* tinha conseguido um papel importante num filme para o qual Ashton não havia nem sido convidado a participar dos testes.

Yadiel terminou o suco e segurou a mão de Ashton com os dedos pegajosos.

— *¡Vem, papi!* Vem ver o castelo que eu construí no Minecraft!

Ashton deixou que o filho ocupasse seus pensamentos naquele fim de semana. Eles passaram todos os minutos acordados juntos, enquanto Ignacio, *abuelita* Bibi e *abuelito* Gus se ocupavam com o restaurante. Ashton até deixou que Yadiel faltasse à missa de domingo, o que não agradou muito à *abuelita* Bibi.

Ashton instalou uma rede de badminton no quintal, e os dois jogaram por horas, até ficarem suados e com calor. Eles nadaram na piscina, e Yadiel mostrou que havia aprendido a buscar anéis coloridos no fundo. E assistiram a incontáveis filmes de super-heróis, durante os quais o menino estava sempre pronto para explicar qualquer contexto da história sobre o qual Ashton não tivesse conhecimento.

No domingo à noite, depois que Ashton colocou Yadiel para dormir, Ignacio chamou o filho num canto antes que ele saísse para o aeroporto.

— Está tudo bem na série? — Ignacio perguntou.

Ashton deu de ombros.

— Tudo indo.

Ele havia passado todo o fim de semana tentando não pensar sobre aquilo.

— Ah. Isso significa que você está fazendo seu número de desaparecimento por trás das câmeras como sempre?

— *Pa*, para com isso.

— Você não era assim, só isso.

Ashton baixou a voz.

— Isso foi *antes*.

— Já faz anos.

Ashton balançou a cabeça e alcançou a porta.

— Tenho que ir.

Ignacio segurou o braço do filho e o olhou nos olhos.

— Era isso que você queria, *mi hij*o. Não estrague tudo.

No carro, Ashton pensou nas palavras do pai. Por que ele tinha ido até lá naquele fim de semana? Sim, ele adorava passar um tempo com o filho, mas teria sido melhor descansar e decorar as falas para o terceiro episódio.

Parte dele queria se afastar de todo aquele estresse. Outra parte queria ver com os próprios olhos que Yadi estava feliz e em segurança. Mas, mesmo depois de confirmar que estava tudo bem, ele continuava em dúvida.

Tudo indo, dissera ao pai. No fundo, ele tinha certeza de que era capaz de fazer um trabalho melhor ao interpretar Victor. Ashton era perfeccionista demais para achar qualquer atuação sua um *ótimo* trabalho, mas ele sabia quando estava com o pé no freio. Se aquela série seria a chance de catapultar sua carreira, ele precisava dar o seu melhor.

Foi com esse pensamento em mente que ele encontrou Jasmine na entrada do Hutton Court naquela noite.

Ela parou para olhá-lo quando ele se aproximou no hall dos elevadores, onde ela havia acabado de apertar o botão de subir.

— Está chegando tarde — observou Jasmine, olhando-o de cima a baixo enquanto ele fazia o mesmo.

Ela parecia cansada, mas estava maravilhosa num vestido roxo esvoaçante que deixava seus braços e ombros à mostra.

— Eu poderia dizer o mesmo de você — gracejou ele, o cansaço fazendo-o falar demais.

— Estou vindo do Bronx. Aniversário de 1 ano da filhinha do meu primo Ronnie. — Ela revirou os olhos. — Nada mais adequado para um aniversário de 1 ano que uma festa com open bar.

— Sua família é de Nova York? — perguntou ele, mais curioso a respeito dela do que deveria.

O elevador chegou e as portas se abriram. Os dois entraram e ela apoiou um ombro na parede do elevador.

— Sim. E, quando estou aqui, todos esperam que eu visite meus pais, meus irmãos, sobrinhos, tias, tios, primos etc. — Ela foi contando nos dedos. — Por que diabo minha família é tão *grande*?

— Eu fui visitar meu pai em Porto Rico — disse ele, ainda que definitivamente não estivesse planejando contar isso a ela.

— Sério? — A expressão dela se suavizou. — E como foi?

— Ótimo.

O elevador apitou e parou no andar de Jasmine. Se estivessem na TV, o elevador teria parado de funcionar, eles ficariam presos lá dentro juntos e então... quem sabe? Mas as portas se abriram. Ele nunca saberia.

Jasmine se endireitou e Ashton colocou uma das mãos para fora, para manter a porta aberta para ela.

— Bem, a gente se vê amanhã de manhã.

— Certo. Temos a reunião com a coordenadora de intimidade antes de começarmos a filmar o terceiro episódio.

O terceiro episódio. O episódio do beijo.

Talvez Jasmine também estivesse pensando no beijo que viria, porque ela mordeu o lábio inferior e baixou a cabeça, como se de repente estivesse com vergonha de olhar para Ashton.

— Hã, boa noite.

— *Buenas noches* — murmurou ele enquanto ela passava, deixando para trás um perfume cítrico e adocicado.

Ele continuou segurando o elevador, olhando enquanto ela seguia pelo corredor. Quando Jasmine olhou para ele por sobre o ombro, ele soltou a porta. O elevador se fechou, bloqueando sua visão.

Capítulo 9

Jasmine demorou para pegar no sono depois do encontro com Ashton no elevador, mas no fim acabou conseguindo cochilar. Quando o alarme soou na manhã seguinte, ela apertou a soneca apenas duas vezes. Amaldiçoou Ronnie e seu open bar num domingo à noite.

Na festa, ela atualizou Ava e Michelle sobre o comportamento de Ashton, e as primas lhe asseguraram que ela não deveria levar o comportamento recluso dele para o lado pessoal. Ava tinha até pesquisado alguns sites de fofoca em espanhol, e todos confirmavam a fama de Ashton de ser um bom colega de trabalho, mas também meio estrelinha.

Se por um lado Jasmine não podia negar o talento dele para atuação, sua esquete de desaparecimento constante era um pouco irritante. Mas quando ela *conseguia* falar com Ashton — como no elevador ou depois de ele ter derrubado café nela —, ele parecia normal. Prático, um pouco desajeitado, doce e agradável. E muito sexy. Qualquer que fosse o perfume que ele usasse também ajudava, e ela nem gostava tanto assim de perfumes masculinos.

Mas o pior era que, embora a atuação dos dois fosse boa, Jasmine estava convencida de que eles poderiam extrair mais dos personagens se simplesmente *conversassem* por mais do que dois minutos.

Antes de gravarem a cena do beijo, Jasmine e Ashton foram orientados a comparecer a uma reunião com a diretora do episódio, Ilba Montez, e com a coordenadora de intimidade, Vera Parks. Marquita Arroyo, a *showrunner*, também estaria presente.

Como ainda não haviam vestido o figurino, Jasmine estava usando um short rasgado e uma camiseta branca e tinha prendido o cabelo num rabo de cavalo. Ashton tinha escolhido uma calça jeans desbotada que fazia com que suas pernas parecessem ter quilômetros de extensão e uma camisa bege estilo *guayabera*, como as que o avô de Jasmine usava.

Ashton não tinha o direito de ficar tão sexy usando uma camisa de velho, mas ele aparentemente não recebera o memorando.

Os cinco se encontraram numa pequena sala de reuniões, todos tomando cafés em copos descartáveis.

Vera não era o que Jasmine esperava. Em primeiro lugar, ela era jovem. Mais nova que Jasmine, pelo menos, talvez com uns vinte e poucos anos. Tinha o cabelo liso e escuro, a pele clara e impressionantes olhos verdes. Estava usando calça cargo verde militar e duas regatas surradas sobrepostas. Mas, quando Jasmine a olhou nos olhos, foi tragada pela intensidade do que viu. Quando Vera olhava para ela, era com toda a sua atenção. Seu sorriso era caloroso e genuíno, e Jasmine instantaneamente se sentiu à vontade com ela.

— Oi, Jasmine — disse Vera, apertando a mão dela. — É um enorme prazer conhecê-la.

Apesar de ser praticamente madrugada e das preocupações de Jasmine a respeito de Ashton, ela se sentiu relaxar.

— Obrigada, Vera. Estou animada para trabalharmos juntas.

Vera foi cumprimentar Ashton, e Ilba Montez assumiu seu lugar diante de Jasmine.

Ilba era uma mulher baixinha, de cerca de 50 anos, com uma luminosa pele marrom, grandes olhos castanhos e sorriso fácil. Seu cabelo preto ondulado era curto e ela estava vestida de forma bem casual, com calça jeans e uma camiseta do *Doctor Who*.

— Minha esposa e eu adoramos sua atuação em *O esquadrão do glamour* — confessou Ilba quando se apresentou. — Sou uma grande fã de *soap operas*. Acho a forma como contam as histórias muito criativa. Espero que elas voltem à moda.

— Eu também — respondeu Jasmine com uma risada, mas Ilba balançou a cabeça.

— Não, essa série vai alavancar sua carreira. Você vai ver.

Ela deu uma piscadinha, e então as duas tomaram seus lugares em torno da mesa.

Apenas Vera permaneceu em pé, as mãos apoiadas no encosto da cadeira.

— Sejam bem-vindos. — Ela lançou um sorriso a todos na sala. — Obrigada por me convidarem. Eu já li o roteiro e estou animada para ajudá-los na produção. Alguém aqui já trabalhou com uma coordenadora de intimidade antes?

Jasmine pensou que a pergunta era dirigida a ela e a Ashton, mas Ilba e Marquita também responderam. Marquita foi a única que disse sim.

Vera assentiu, como se não estivesse surpresa.

— Isso é uma novidade nas produções, embora não devesse ser. Apenas para contextualizar, é um cargo que surgiu no teatro, mas que agora tem sido mais usado na TV e no cinema. E quanto a cenas de luta? Algum de vocês tem experiência nisso?

Tanto Jasmine quanto Ashton murmuram, assentindo. Jasmine já havia filmado algumas brigas entre mulheres quando trabalhava em *soap operas*. Ela também tinha tido aulas de luta coreografada na faculdade e, mais recentemente, antes de alguns testes para papéis de super-heroínas. Ela não tinha sido chamada, mas ainda tinha alguma esperança.

— Então sabem a importância de ensaiar os movimentos para garantir a máxima segurança — continuou Vera. — Meu objetivo como coordenadora de intimidade é fazer com que atores, diretores e toda a equipe estejam na mesma página e de que há um consentimento explícito em cada etapa.

Bom, aquela era uma mudança positiva. Jasmine não se lembrava de já terem perguntado se ela concordava ou não em fazer alguma coisa durante as filmagens.

— Uma das primeiras coisas que temos que fazer é determinar o contexto — continuou Vera. — E com isso eu quero dizer: por que essa cena está aqui? Isso faz sentido para a história e para os personagens?

— A última coisa que queremos é colocar os atores numa situação desconfortável para uma cena que não tem importância para a história — concordou Marquita.

Vera se virou para Ashton:

— Ashton, por que acha que esse episódio precisa de um momento íntimo entre os personagens?

Jasmine o espiou de canto de olho. Ela mal podia esperar para ouvir a resposta dele.

★ ★ ★

Coño. Ashton engoliu com dificuldade enquanto todas as mulheres na sala olhavam para ele.

— Você quer dizer... hum... o beijo?

Qual era o problema dele? Ele estava parecendo Yadiel, que gaguejava sempre que as pessoas se beijavam nos filmes, mesmo que fosse em desenhos animados.

O sorriso de Vera era paciente, mas ele sentia que ela havia percebido sua vergonha ao pronunciar a palavra *beijo*.

— Sim. Carmen e Victor trocam um beijo apaixonado nesse episódio. Você acha que isso é necessário para a história?

Ashton achava importante que essas perguntas fossem feitas. Em geral, a maior parte dos papéis que envolvem casais descambava para interações meio sem sentido, mas era bom que houvesse uma pessoa na equipe preocupada com a integridade da história. Aquilo era algo que ele nunca considerara em seus papéis em novelas, que costumavam exigir que ele beijasse, brigasse, gritasse e algumas vezes chorasse num mesmo capítulo. A *necessidade* não era sequer considerada. Quanto mais drama melhor. Muita emoção e muito drama equivaliam a muita audiência.

Mas, ainda que *Carmen no comando* fosse baseada em uma novela latina, o tom da série era diferente da produção original, *La patrona Carmen*, que estava mais para um dramalhão entre rivais de profissão. Ashton pensou na trama do terceiro episódio, no qual Carmen continuava focada em melhorar a reputação de Victor depois de sua desastrosa aparição no tapete vermelho no episódio anterior.

— Nos conte um pouco sobre a cena — incitou Vera.

Ele não estava muito seguro em relação à metodologia, mas continuou:

— Bem, Carmen inscreve Victor em um programa de competição culinária com objetivo de conseguir dinheiro para caridade.

Vera se dirigiu a Jasmine.

— Algo a acrescentar com relação ao contexto?

Jasmine respondeu prontamente, como uma estudante dedicada:

— É uma boa jogada de marketing, mas Carmen sabe que Victor é um péssimo cozinheiro. Ela foi casada com ele, afinal de contas. Ela sabe tudo sobre ele.

— Culinária, comida, a proximidade dentro da cozinha… isso pode criar um ambiente de bastante intimidade — acrescentou Marquita. — É isso que queremos com a cena: aproximar Carmen e Victor.

— Mas Carmen também não sabe cozinhar. — Jasmine se anima, seu tom de voz subindo com a empolgação. — Ela pede à sua mãe que ensine Victor a preparar um prato antes de ele ir para o programa.

— Então você acha que faz sentido, dentro do contexto da história, que Carmen e Victor se beijem nesse episódio? — pergunta Vera.

Jasmine pressiona os lábios e olha para o teto enquanto pensa. Ashton percebe que está prendendo a respiração enquanto espera que ela responda, curiosa para saber o que ela vai dizer.

Então o olhar de Jasmine encontra o dele. Ela percebe que ele a está encarando, mas aquela não é a pior parte.

E qual é a pior parte? O calor nos olhos dela. Ashton o sente na fração de segundo antes de Jasmine voltar a atenção a Vera.

Não, aquela também não é a pior parte. A pior parte mesmo é o calor que ele sente na própria pele em resposta àquele olhar. O olhar dela desencadeia algo nele, fazendo com que um relâmpago de desejo percorra seu corpo, enrijecendo-o. Ele se ajeita, desconfortável, enquanto Jasmine responde a Vera.

— Carmen e Victor têm história — explica Jasmine. — Sim, eles estão divorciados e há dor e mágoa, mas também há amor e atração. A chama entre eles ainda existe, e, como Marquita falou, o calor e a proximidade da cozinha... podem reacendê-la.

Ela olha para Ashton mais uma vez, então baixa as mãos para a mesa. Foi imaginação dele ou a Jasmine pareceu um pouco... ofegante?

— É fácil para eles lidar com a parte da atração — continua ela. — As outras coisas... bem, aí é que complica. Então eles agem no... ah, meu Deus, é um trocadilho ruim... mas eles agem *no calor do momento*.

Marquita e Ilba riram, Vera deu um sorrisinho, e Ashton ficou agradecido pela quebra de tensão. Será que Vera percebeu a maneira como Jasmine estava olhando para ele? Ele esperava que ela não chamasse a atenção deles por estarem se encarando como dois adolescentes cheios de hormônios.

Vera olhou para Ashton.

— Então faz sentido que eles se beijem nesse momento?

Sem pensar muito, Ashton responde:

— Ele ainda a deseja. Nunca deixou de desejá-la.

A sala fica em silêncio enquanto as outras pessoas fazem que sim com a cabeça.

Jasmine olha para ele do outro lado da mesa. Sua expressão é intensa e indecifrável. Ashton não sabe o que aquilo significa. Mas queria saber.

— Também é a primeira vez que os dois ficam sozinhos — destaca Marquita. — Nós propositalmente construímos a tensão entre eles ao longo dos dois primeiros episódios. Quando a mãe de Carmen os deixa a sós na cozinha, já há bastante *calor*.

Todos riem e continuam a fazer trocadilhos bobos até que Vera indica o fim da reunião.

— É extremamente importante que mantenhamos a comunicação aberta — diz ela. — Vou informar aos próximos diretores, mas quero que todos vocês se sintam confortáveis para me trazer qualquer dúvida. Vamos questionar e obter o consentimento dos participantes em todas as etapas das filmagens.

— Teremos tempo no cronograma para ensaiar qualquer cena que desejem com a ajuda de Vera — explicou Marquita aos demais. — Ela pode ajudar a coreografá-los.

— O último passo é um encerramento — disse Vera. — Ao final de cada cena, encorajo os atores, nesse caso Jasmine e Ashton, a criar algum tipo de ritual para quebrar o encanto do trabalho e trazê-los de volta à vida real.

Ashton trocou um olhar com Jasmine. Atores costumam ter uma porção de rituais e superstições, mas ele não conseguiu pensar em nada que poderiam fazer.

— Isso é tudo. Obrigada por estarem abertos ao processo. — Os olhos de Vera pousaram em Ashton quando ela pronunciou a palavra "abertos", e ele teve a sensação de que ela sabia de sua hesitação. — Vejo vocês amanhã no ensaio.

Naquela noite, Jasmine encontrou Michelle para jantar num bar de vinhos em Greenwich Village. Depois de duas taças — e quarenta e cinco minutos gastos falando dos detalhes do planejamento da festa —, Jasmine se sentiu à vontade para falar sobre o único assunto possível. Um assunto sexy.

— Acho que estou gostando de Ashton — ponderou ela.

— Achei que tivesse dito que ele não falava com você.

Michelle era direta, mas não rude. Ela encheu a taça das duas com a garrafa de merlot que tinham pedido.

Jasmine franziu o cenho.

— Ele ainda não fala.

— Então como sabe que gosta dele?

Jasmine soltou um suspiro e se recostou na cadeira.

— Certo. Eu me sinto atraída por ele. Ele é um bom ator, o que ajuda. E quando tenho algum pequeno relance sobre sua vida... gosto do que vejo.

— Em que ponto da escala você está?

Anos antes, Michelle criara uma Escala Jasminiana de quatro fases para ajudar Jasmine a determinar a progressão — ou decadência, como Michelle preferia chamar — de seus sentimentos amorosos.

A primeira fase da escala era Atração. Era o momento da curiosidade, quando Jasmine começava a pensar no cara e a notar todas as coisas fofas e charmosas a respeito dele, em geral ignorando defeitos e sinais de perigo.

Depois vinha a Paixonite. Nela, Jasmine começava a flertar, se aproximava fisicamente e deixava claro que está interessada.

A terceira fase, da Paixão, era quando ela começava a perder a noção e a capacidade de julgamento, mostrando-se disponível demais e fazendo de tudo pelo cara em questão.

Depois disso, só havia mais um passo: Caída de Amores, no qual ela se jogava de cabeça num abismo emocional.

— Acho que ainda estou no primeiro ponto — disse Jasmine.

Michelle tinha razão. Ela ainda não passara tempo suficiente com Ashton para alcançar o nível da Paixonite.

— Então ainda há esperança. — Michelle sorriu, enfiando uma batata frita na boca.

Jasmine roubou algumas batatas dela.

— Oba.

Michelle se inclinou por cima da mesa e colocou a mão no braço dela.

— Olha só, Ashton é um gato. Se você *fosse* afogar as mágoas com alguém, não poderia fazer uma escolha melhor.

— Estou tentando *não* afogar as mágoas.

— Lembre-se do Plano da Mulher de Sucesso.

Como ela poderia esquecer? E, enquanto pensava no assunto, Jasmine adicionou mentalmente uma quarta regra: "Mulheres de Sucesso não usam o colega de trabalho como tapa-buraco".

Falando nisso...

— Vamos filmar a cena do beijo amanhã — ela deixou escapar.

Michelle arregalou os olhos, e então caiu na gargalhada diante da ansiedade de Jasmine.

— Vamos fazer um brinde — disse Michelle, erguendo a taça. — Aqui jaz Jasmine. Nós a amávamos. Causa da morte: se apaixonou pelo colega de trabalho.

Jasmine pegou sua taça e bebeu metade dela num gole só.

— É tão ruim assim ter uma paixonite?

— Ah, então é uma paixonite? Você está no segundo ponto da escala?

— Não.

Ainda não.

— Não há nada de errado em ter uma paixonite — disse Michelle num tom gentil. — Mas você nunca para na paixonite.

Jasmine queria ter paixonites. Sua vida seria muito mais fácil se pudesse achar alguém interessante, nunca fazer nada a respeito, e então esquecer por completo. Mas ela não era assim, e não queria ser. Era pedir demais querer encontrar um amor, ter um relacionamento com alguém que a amasse incondicionalmente e a aceitasse como ela era?

Pelo jeito sim, porque ela havia beijado um monte de sapos ao longo dos últimos anos, e todos eles tinham partido seu coração.

— Não vou afogar minhas mágoas com Ashton — disse ela com firmeza, mais para si mesma do que para Michelle.

A prima ergueu uma sobrancelha desconfiada, então levantou novamente sua taça.

— Um brinde a isso — disse ela, mas não pareceu muito convencida.

— Não conte para a Ava.

— Ah, eu *com certeza* vou contar para a Ava.

Jasmine soltou um suspiro.

— Tudo bem. Pode contar. Vai me poupar do trabalho de mantê-la informada.

Michelle riu enquanto Jasmine terminava sua taça.

Capítulo 10

Vera estava esperando por Ashton quando ele chegou ao set para o ensaio particular cedinho na manhã seguinte. As cenas seriam filmadas numa cozinha profissional que normalmente era usada para a gravação de talk shows, mas que havia sido redecorada para parecer a cozinha do andar térreo da casa dos Serranos em Spanish Harlem. A produção tinha revestido as superfícies com madeira escura e adornado o local com lâmpadas amarelas e potes de cobre, além de pendurar panelas no teto. Três paredes haviam sido construídas ao redor dos elementos da cozinha — uma pia de um lado, um fogão de outro, uma escada falsa no fundo e uma ilha com topo de madeira no centro.

Como ainda estavam só ensaiando, Ashton estava de calça jeans e com a camiseta que colocara depois de sair de seu treino na academia às cinco da manhã. Jasmine chegou logo depois dele, parecendo radiante num macaquinho florido. Ela não era alta, mas parecia ser só pernas, e Ashton precisou se concentrar para não ficar olhando feito um tarado enquanto ela desfilava para lá e para cá naquele shortinho.

— Bom dia — disse ela, abrindo um sorriso sonolento. Droga, ela era adorável.

— *Buenos días* — respondeu ele, e então se lembrou de falar inglês. — Cansada?

Ela fez que sim.

— Ainda não tomei café. Eu não queria... você sabe, tomar café antes de beijar alguém. É meio nojento.

Ele não conseguiu evitar um sorriso, pois tinha pensado a mesma coisa naquela manhã. Escovara os dentes, passara fio dental e então usara o enxaguante bucal três vezes depois de tomar café.

Ilba e Marquita chegaram depois. Seriam apenas os cinco no set para o ensaio, a pedido de Vera.

Eles se sentaram em cadeiras dobráveis enquanto Vera repassava os pontos que haviam discutido no dia anterior em relação a comunicação e consentimento.

— Vocês dois chegaram a pensar em algum tipo de ritual? — perguntou Vera, direcionando seu olhar intenso e brilhante para Ashton e Jasmine.

Carajo, ele nem tinha pensado naquilo, mas Jasmine levantou a mão meio insegura, como se estivessem na escola.

— Tive uma ideia — disse ela com a voz vacilante quando seu olhar cruzou com o de Ashton. — E se a gente fizesse... um "bate aqui"? Depois que Ilba gritasse "corta". Vocês sabem, para sair do personagem.

Ashton recordou os oito anos fazendo o mesmo gesto com Yadiel a cada vez que o menino alcançava um objetivo: andar, amarrar o cadarço, aprender a somar, manobrar o skate e conseguir ficar de pé nele. Ele não conseguia se lembrar do nome daquela manobra, mas Yadiel tinha ficado tão orgulhoso por não ter caído depois de realizá-la pela primeira vez que eles trocaram um bate aqui duplo, usando as duas mãos. Yadiel chamou de ultra-bate-aqui.

Todas estavam esperando a resposta dele, então Ashton concordou.

— Ok. Claro, um bate aqui.

Com Jasmine aquele seria um gesto inofensivo, o som e o movimento das palmas das mãos servindo para lembrá-los de quebrar a estranheza natural de um beijo diante das câmeras.

Porque *era* estranho, não importava quantas vezes ele fizesse aquilo.

A última mulher que ele tinha beijado em cena fora uma atriz de novela experiente em *El fuego de amor*. Na verdade, eles já haviam feito outro trabalho juntos, uns seis anos antes, quando também haviam se beijado. Os dois fizeram piadas sobre aquele momento, brincando sobre como estavam muito mais velhos naquele momento. Mas Ashton não tinha aquela intimidade com Jasmine. Tudo o que tinha era aquela sensação de eletricidade correndo por suas veias quando ela estava por perto.

A culpa era dele. Ele deveria ter se esforçado mais para se aproximar dela antes daquele momento. Que se danassem a mídia e sua fobia social, porque aquela era sua *chance*. E ele estava prestes a desperdiçá-la por ter passado tempo demais se escondendo em seu camarim.

— Aí chegamos ao beijo apaixonado, no calor do momento, entre os dois ex-amantes — começou Vera, indiferente aos conflitos internos de Ashton. — Deve também haver alguma relutância, certo? Mas então eles se rendem, e finalmente se entregam ao que sentem.

Ashton olhou para Jasmine. Se entregar? Não seria muito difícil fingir. Mas sentir atração pela companheira de cena às vezes tornava tudo ainda mais estranho. Ele precisava se livrar desses sentimentos e se concentrar. Aquilo era *trabalho*.

— Pensei neles mais se agarrando um ao outro do que se apalpando — disse Ilba.

Vera concordou.

— Sim, são duas pessoas que se amaram a ponto de terem sido casadas. Que passaram anos separadas e agora estão desesperadas para revisitar aquilo que tiveram. Mas também é uma coisa às escondidas, na cozinha da família dela, e a mãe de Carmen pode voltar a qualquer momento. Eles vão se abraçar, não tirar a roupa. — Ela se virou para Jasmine e Ashton. — O que vocês acham disso?

Jasmine concordou.

— Tem um pouco de tensão, também. Eles vêm se alfinetando desde que se reencontraram, mas a raiva e as implicâncias mascaram os reais sentimentos que eles escondem... tanto a mágoa quanto a presença do amor.

Os demais assentiram em concordância, e então Ilba perguntou a Marquita:

— Quão ousados devemos ser? Tipo, beijo de língua ou...

Vera olhou para Jasmine, e o que quer que tenha visto no rosto dela a fez interromper bruscamente:

— Sem língua. Não será necessário.

Ashton queria saber o que Jasmine estava pensando. Ele preferia não usar a língua em cena. Era esquisito e um pouco incômodo. Já havia muito em que pensar sem precisar envolver línguas e saliva. Como teriam sido as experiências de Jasmine? Ela já devia ter feito muitas cenas de beijo. Mas era tarde demais para perguntar. Estavam prontos para começar.

Enquanto Marquita e Ilba conversavam sobre algum ponto do roteiro, Vera chamou Ashton num canto.

— Está desconfortável com alguma coisa? — perguntou ela em voz baixa. — Tanto em fazer como em receber. Ou prefere não ser tocado de nenhuma maneira?

Era a primeira vez que alguém lhe fazia aquela pergunta. Ele gostaria de poder ter conversado assim com algumas de suas parceiras de cena do passado, mas aquilo era algo que em geral a equipe de produção considerava "parte do pacote", em especial para um ator homem. Todo mundo sempre achava que ele se sentia plenamente confortável em tocar em mulheres que não conhecia, ou em ser tocado por elas.

Como ele não respondeu de imediato, Vera abriu um sorriso encorajador.

— Eu fiz meu dever de casa. Sei que você é bastante profissional. Mas, se ainda assim houver algo que o deixe desconfortável ou que você não queira fazer, por favor, fale comigo. Este é um ambiente seguro para você também.

— Hum, obrigado — disse ele, sem saber ao certo o que falar. Na verdade, não se importava de ser tocado no contexto de uma cena. E com certeza não se importava de ser tocado por Jasmine, ainda que ter uma plateia mudasse a dinâmica significativamente. Mas ele gostou que Vera tivesse perguntado. — Só quero ter certeza de que ela, Jasmine, está confortável.

— Eu também. — Vera se afastou dele para ir falar com Jasmine.

Enquanto conversavam, o olhar de Jasmine encontrou o de Ashton do outro lado do set. Ela disse alguma coisa a Vera e balançou de leve a cabeça. Ele daria tudo para ouvir o que ela estava falando, mas, de novo, talvez fosse melhor não saber.

E então... não havia mais o que fazer a não ser ensaiar o beijo.

Ilba cuidou da primeira parte.

— Vocês ficam aqui — disse ela, apontando. — Trabalhando juntos na ilha da cozinha, preparando o prato.

— Vamos estar segurando a comida? — perguntou Jasmine, parecendo confusa quando se juntou a Ashton na bancada.

Marquita e Ilba trocaram um olhar, e a *showrunner* fez que não com a cabeça.

— Não, não é uma cena de pastelão — disse Marquita. — Vocês estão admirando os pratos prontos.

— O que diz o roteiro? — perguntou Ilba, virando as páginas.

— Eles se beijam — responderam Jasmine e Ashton em uníssono.

Ele olhou para ela, e depois desviou o olhar. Fora algo que tinha notado quando estava decorando suas falas. Não havia nenhuma orientação da direção exceto "Eles se beijam". Havia um mundo de possibilidade naquelas palavras.

Vera repassou sua cópia do roteiro.

— Tudo bem. A mãe de Carmen recebe um telefonema e diz: "É a *tía* Jimena. *Un momentito*", então sai da cozinha. Carmen revira os olhos e diz…

— "Ela vai levar uma hora." — Jasmine pegou a deixa.

— Victor aproveita a oportunidade para se aproximar um pouco — disse Ilba.

Ashton se aproximou um pouco de Jasmine, mas Vera balançou a cabeça.

— Ashton, vamos tentar ser um pouco mais sutis. E se você fizesse assim?

Vera parou ao lado de Ashton, imitando a pose dele: o lado direito do quadril apoiado na bancada, o rosto voltado para Jasmine, que estava à sua esquerda.

— Em vez de simplesmente se aproximar, que tal se você... — Vera deslizou o quadril ao longo da beirada da bancada, na direção de Ashton. Num movimento delicado, ela se aproximou, deixando seu corpo de frente para o dele, sem nunca perder o contato visual.

Ashton assentiu, impressionado.

— Posso fazer assim.

Ele tentou algumas vezes, até tornar o movimento natural.

— E o que eu devo fazer? — perguntou Jasmine.

— E se você apoiasse os cotovelos na bancada? — sugeriu Ilba.

Ao notar que Jasmine precisava se abaixar demais, Marquita balançou a cabeça.

— Você é muita alta — disse a *showrunner*. — Tire o sapato. Vou providenciar que esteja usando chinelo durante a filmagem.

Jasmine tirou a sandália plataforma e repetiu a pose casual. As outras mulheres assentiram.

— Esse é o momento que leva ao beijo — explicou Vera. — Os personagens agora estão bem confortáveis. Baixaram suas defesas e estão se lembrando do que gostam um no outro. Ashton, comece deslizando, chegando o mais próximo que conseguir de Jasmine, mas sem tocá-la. Você está se abrindo para ela sutilmente, não de uma maneira sufocante.

— O que faço com os braços? — perguntou ele.

Eles pensam em algumas opções — as mãos na bancada, nos bolsos ou na cintura — e acabam decidindo que ele deve estar de braços cruzados quando se virar para Jasmine. Mas a instrução é que pareça "relaxado, não na defensiva".

Então passam a trabalhar com Jasmine — em sua reação, sua pose, os movimentos dos olhos e as expressões faciais.

É quase uma dança, e Ashton entende por que chamam de coreografia. Eles dividem a cena em emoções e atribuem a cada um desses sentimentos um movimento, um olhar, uma posição. Então fazem tudo de novo, ajustando e aperfeiçoando cada trecho até criar a interação completa.

Fazia muito tempo que ele não dedicava tanta atenção aos detalhes de uma cena e tinha esquecido como gostava desse aspecto de seu trabalho. A maioria das produções tinha adotado um estilo de filmagem rápido e pouco técnico, baseado nas emoções afloradas e nas atuações teatrais.

Aquilo era... legal, ele achava. Mais tranquilo, apesar da estranheza.

— Vamos fazer agora com as falas — disse Vera a ele, e Ashton assumiu seu lugar junto à bancada.

Quando Ilba deu o sinal, Ashton deslizou para perto de Jasmine. Com os braços cruzados no peito, ele mergulhou no charme descomplicado de Victor — algo que ele desejava poder empregar em sua vida real — e sorriu.

— Acha que tenho alguma chance de vencer?

Jasmine olhou para ele sob os longos cílios. Ela comprimiu os lábios antes de responder, como se estivesse pensando no que dizer.

— Acho que sim. *Se* você se lembrar de cada passo da receita, executá-los perfeitamente e terminar a tempo.

Ele franziu as sobrancelhas.

— Sem pressão.

Ela amoleceu. Nada óbvio, mas, ainda assim, um relaxamento notável em sua postura, no tom de voz, na expressão. Falou sério, sem sarcasmo, quando repetiu:

— Sem pressão.

Pronto. Era a hora em que ele — Victor — fazia seu movimento. Descruzando os braços lentamente, Ashton levantou as mãos.

De repente, Vera estava junto deles.

— Fiquem assim — disse ela, baixinho. Pegou a mão de Ashton e gentilmente a pousou no rosto de Jasmine.

Ashton colocou a mão na lateral do rosto de Jasmine como Vera havia orientado. Seus dedos percorreram a mandíbula dela e depois se curvaram em torno de seu pescoço, abaixo da orelha. A pele de Jasmine estava quente. Ele se imaginou pressionando os lábios nos dela. Como seria?

— Diga sua fala. — As palavras de Vera eram suaves, a fim de não interromper a tensão que corria entre os três.

— Você tem alguma coisa aqui — Ashton baixou a voz.

Com a mão de Vera conduzindo a dele, o polegar de Ashton percorreu o restante da curva da maçã do rosto de Jasmine. Vera deu um empurrãozinho no dedo dele e Ashton acariciou o rosto de Jasmine de maneira suave, gentil. Então Vera se virou, apoiando as mãos nos braços de Jasmine. Devagar, Jasmine ergueu os cotovelos. Seus olhos escuros estavam fixos nos de Ashton, ainda que Vera a movesse como se fosse uma boneca, uma marionete. Mas Vera não os controlava, ela os guiava. Eles haviam concordado com aquilo, e era bastante poderoso. Vera fazia parte daquilo.

E, meu Deus, era algo incrivelmente íntimo.

Os cílios de Jasmine se fecharam um pouco e Ashton percebeu maravilhado a facilidade com que seus olhos se tornaram convidativos. Então o canto de seus lábios carnudos se ergueu num leve traço de sorriso no momento que Carmen desafiava o blefe de Victor.

— Não, não tenho...

Ashton estava envolvido pela mistura de alegria, sensualidade e... confiança na situação que unia os personagens. Aquilo formava um redemoinho de emoções que encantaria os espectadores. Mas ele precisava acertar a próxima etapa.

— Você está certa — disse ele, ainda acariciando languidamente o rosto dela, falando com total honestidade. — Você não tem. Mas eu só queria...

Ele se abaixou, inclinando-se para a frente. Jasmine ergueu o rosto para ele.

— Segurem aí — disse Vera, com o rosto a centímetros do deles.

Os dois congelaram. Ashton lançou um olhar questionador para Vera, mas a coordenadora de intimidade estava sorrindo.

— Isso foi ótimo — disse ela. — Vocês dois estão se sentindo bem?

Afastando-se, Ashton assentiu, e Jasmine concordou com um murmúrio.

Ashton ficara nervoso a respeito do processo, mas depois de passar por ele sentia-se melhor. Do ponto de vista da atuação, ele havia se conectado por completo com Jasmine, muito mais profundamente do que em qualquer das outras vezes em que tinham atuado juntos. Ele já podia ver como a parceria dos dois melhoraria.

Assim que Ilba e Marquita sinalizaram que aprovavam a coreografia, Vera bateu palmas.

— Ótimo. Vamos ensaiar o beijo!

B<small>EIJAR UM ESTRANHO</small> era esquisito.

Beijar um estranho com outra pessoa perto, ajustando partes de seu corpo e dando instruções, era mais esquisito ainda. Mas Vera era tão jeitosa e verdadeira que Jasmine não conseguia deixar de gostar dela. Ela também parecia entender perfeitamente os personagens, algo que muitos diretores com quem Jasmine havia trabalhado não se davam ao trabalho.

A cada etapa, Vera perguntava se eles estavam se sentindo confortáveis e se os movimentos faziam sentido para Carmen e Victor. Para a surpresa de Jasmine, Ilba e Marquita tinham permanecido afastadas, fazendo comentários e sugestões quando eram solicitadas, mas, na maior parte do tempo, deixando Vera fazer seu trabalho. Não havia ego envolvido, algo raro na indústria do entretenimento.

Vera era muito boa no que fazia. O beijo ia parecer muito sensual quando eles filmassem tudo junto. Até agora, eles tinham ensaiado apenas alguns trechos, coreografando-os como se fosse uma dança ou uma luta.

E, tudo bem, Ashton não era um completo estranho, mas aquilo tudo ainda parecia meio esquisito. Quando ele encostou os lábios nos dela pela primeira vez, não foi nada sexy. Os dois estavam olhando para Vera e se equilibrando de um jeito estranho, o lábio inferior dele contra o lábio superior dela. Vera os havia instruído para que apenas encostassem os lábios até que tivessem aperfeiçoado cada parte do movimento antes de prosseguir.

Tudo corria bem e todos estavam se comportando de maneira puramente profissional, mas Jasmine estava acostumada a rir durante as cenas românticas, compartilhando com o parceiro a esquisitice da coisa. Ali, com Ashton, era como se todo o estranhamento fosse filtrado por Vera. O que era bom, mas... será que eles conseguiriam se conectar?

Finalmente Vera pareceu satisfeita com o ensaio.

— Vocês se sentem confortáveis para passarmos toda a cena agora?

Ashton assentiu, mas o "sim" de Jasmine foi interrompido por um enorme bocejo.

Ela cobriu a boca com a mão.

— Me desculpem. Ainda não tomei café.

Ashton a encarou. Talvez ela estivesse imaginando coisas, mas ele parecia estar contendo um sorriso.

Marquita olhou o celular.

— Epa. A equipe está esperando para entrar.

Vera parecia preocupada quando se dirigiu a Jasmine e Aston.

— Não quero apressá-los agora, mas também não gostaria que fizessem a cena completa pela primeira vez na presença de toda a equipe.

Antes que Jasmine pudesse dizer qualquer coisa, Ashton deu de ombros.

— Está tudo bem. Não queremos atrasar o cronograma.

Ele ergueu uma sobrancelha para Jasmine, como se pedisse que ela concordasse, e ela acenou com a cabeça. O instinto de não desperdiçar o tempo da equipe a acompanhava desde a época das *soap operas*, e detestava saber que todos estavam esperando que eles terminassem.

— Sim — disse ela, abrindo um sorriso tranquilizador para Vera. — Tudo bem.

— Não esqueçam o bate aqui — disse Vera.

Ah, sim. O ritual de encerramento. Jasmine olhou para Ashton, cuja expressão era indecifrável. Sem dizer uma palavra, eles levantaram as mãos e trocaram um tapinha.

Mas o timing foi errado. Ela começou primeiro, e ele bateu fraco demais, provavelmente com medo de machucá-la. Mesmo assim, conseguiram fazer algo que lembrava um bate aqui.

— Maravilhoso. — Ilba pegou suas coisas. — Vamos levá-los para fazer o cabelo e a maquiagem.

Jasmine a seguiu. Talvez as pinceladas do maquiador varressem a sensação dos dedos de Ashton em sua pele. A última coisa que ela queria era que a lembrança daquelas carícias a acompanhassem o dia inteiro.

Aquele homem era um enigma, apesar de ser um enigma muito sexy. Se ela fosse esperta, ficaria bem longe dele.

Infelizmente, Jasmine nunca tinha sido muito esperta quando o assunto era homens.

Capítulo 11

CARMEN NO COMANDO

EPISÓDIO 3

Cena: A mãe de Carmen ensina Victor a cozinhar.
INT: Cozinha dos Serranos — NOTURNA

 Carmen chegou à cozinha no andar inferior da casa de seus pais, em Spanish Harlem, carregando sacolas de compras pesadas. Victor e a mãe dela, Dahlia Serrano, estavam na ilha da cozinha, cortando legumes juntos tranquilamente.
 — Vocês já não tinham ido ao supermercado? — reclamou Carmen. — Por que eu tenho que sair de novo depois do trabalho? Aquele lugar estava lotado.
 — Queremos que Victor ganhe, não queremos? *Pues, necesitamos un* acompanhamento.
 Carmen revirou os olhos, mas começou a guardar as compras na geladeira.
 — O que estão fazendo? — Ela fingiu farejar o ar. — Parece que uma plantação de alho explodiu nesse lugar.

— Estamos fazendo mofongo — respondeu Victor com um sorriso.

— Ah, seu prato preferido. — Carmen pegou uma garrafa de vinho branco que estava aberta na geladeira e se serviu de uma taça. — Perdi a conta de quantas vezes você foi para a cama cheirando a alho depois de comer o mofongo da *mami*.

— Não posso fazer nada se Dahlia é uma cozinheira de mão cheia.

Ele lançou um sorriso sedutor para a ex-sogra, que se derreteu toda. Ela soltou um risadinha e então deu um tapinha no rosto de Victor.

— *Ay, muchacho*, sentimos saudade de você — disse ela, e então pegou um avental e o jogou para Carmen. — *Póntelo, nena*. Essas bananas não vão se descascar sozinhas.

— Isso não é trapacear? — reclamou Carmen, colocando o avental por cima do vestido. — Victor vai precisar fazer tudo sozinho no dia da competição.

— Bem, não é como se você fosse uma masterchef — observou ele com um sorriso. — Pode ficar por aqui e aprender também.

— Bem, *eu* sei fazer mofongo — retrucou ela. — Acha que eu conseguiria escapar de ajudar minha mãe na cozinha? *Nesta casa?*

— Então o que aconteceu? — Ele chegou mais para perto dela enquanto Dahlia lavava os vegetais na pia. — Você nunca cozinhou para mim.

Carmen deu de ombros, atrevida.

— Eu tinha mais o que fazer com meu tempo — disse ela, esnobando-o. — Alguém precisava trabalhar.

Ele apoiou o quadril na bancada e baixou a cabeça, aproximando-se dela.

— Você está sendo injusta — disse ele em voz baixa. — Eu não me tornei um pop star internacional por acaso. Também era ocupado.

Carmen congelou. Ela largou a fruta que tinha nas mãos e, num movimento controlado, virou o rosto na direção dele. Seus olhares se encontraram, e qualquer traço de implicância ou frustração desapareceu de seu rosto.

Aquele era um momento importante. Eles praticaram muitas vezes durante o ensaio, e Ilba os informara de que seria um grande close: a hora em que Carmen e Victor se conectam emocionalmente. De novo.

— Eu sei — disse Carmen com uma voz suave. — Você tem razão. Nenhum de nós tinha tempo livre…

O momento se estendeu entre eles até que um barulho alto os sobressaltou. No timing perfeito, Dahlia deixou cair uma enorme caçarola no fogão.

— Hora de começarmos o caldo! — anunciou ela, alheia ao que acabou de interromper. Voltando os olhos para o trabalho, Carmen recomeçou a descascar as bananas e Victor reassumiu seu posto amassando alho.

— Corta!

Capítulo 12

Com a ajuda de um chef de verdade de um restaurante caribenho na cidade, eles filmaram a sequência da cozinha, que envolveu uma porção de legumes picados, risadas e provas. Ashton fora criado no restaurante da família, então nada daquilo era novidade para ele. Ele provavelmente estava mais à vontade na cozinha do que todos os outros, cercado pelo aroma de alho e dos vegetais cozidos.

Aquela parte foi filmada sem a captação de áudio, o que significava que nada do que os atores dissessem durante a gravação seria incluído na cena final. Eles deviam fingir que estavam se divertindo, e, por sorte, Miriam Perez — que interpretava Dahlia — era uma atriz de comédia com vasta experiência em improvisação. Miriam arrancava sorrisos de Jasmine e Ashton o tempo todo, fazendo coisas como oferecer a Ashton um pouco do caldo como se ele fosse um bebê, imitando o som de um aviãozinho e tudo o mais. Ashton esperava que aquela cena fosse incluída na edição final. Yadiel ia adorar. E ele tinha que admitir que estava se divertindo ao exercitar seus talentos como comediante.

Ilba estava empenhada em tornar a experiência o mais real possível, por isso orientou Ashton a ficar de olho no caldo e mexê-lo de vez em quando. Ele estava diante da panela, inalando aquele aroma que o fazia se lembrar de casa, quando Jasmine apareceu ao lado dele.

Olhando-o nos olhos, ela mergulhou uma colher limpa no caldo.

— Se um vai comer alho, todos precisam comer — disse.

Será que ela estava se referindo à cena do beijo que viria a seguir? Ashton esperava que sim, porque àquela altura só conseguia pensar naquilo, e não queria ser o único.

Ele baixou os olhos quando ela levou a colher à boca, os lábios carnudos envolvendo o talher de metal de uma forma que fez o coração de Ashton disparar. Ela passou a língua no lábio inferior para limpar uma gotinha errante e bateu os cílios ao murmurar um "hummmm".

Ashton pigarreou.

— Tenho um enxaguante bucal no camarim.

Madre de Dios, ele *não parava* de falar merda.

— Eu também, mas mesmo assim.

Jasmine abriu um sorriso sedutor quando jogou a colher no bolso do avental e se virou. Ashton precisou conter a vontade de tocá-la. Pelo canto do olho, notou a câmera que os acompanhava. Só mesmo os anos de experiência o impediram de fazer contato visual com a câmera quando ele voltou a mexer o caldo na panela.

Carajo. Aquele era o momento mais verdadeiro que haviam compartilhado até então, e seria cortado na edição final. Bom, fazer o quê. Era esperado que os personagens se aproximassem, certo? Que flertassem e retomassem o antigo romance. Aquilo se encaixava. Ninguém desconfiaria.

Mas Ashton vinha contracenando com Jasmine havia algumas semanas, e ele sabia que aquela chama nos olhos e na voz dela havia sido real. Ela estava flertando com ele, e ele não sabia bem como se sentia a respeito disso.

Mentira. Ele se sentia ótimo. O problema era que estava tão fora de forma que perdera a habilidade de flertar de volta.

Quando a diretora anunciou uma parada antes de rodarem a cena do beijo, Ashton correu para o camarim a fim de fazer a higiene bucal mais cuidadosa de sua vida. Ele imaginou que Jasmine estivesse em seu camarim submetendo-se ao mesmo ritual pré-beijo, então gargarejou mais uma vez com o enxaguante.

Por força do hábito, checou o celular antes de voltar ao set e franziu o cenho ao perceber que havia recebido uma mensagem de voz do pai. Encostando o celular na orelha, ouviu a mensagem.

— *Hola, mi hijo* — começava Ignacio, em sua saudação de sempre. — *No te preocupes, todo está bien*.

Ashton sentiu o coração parar. Sempre que o pai começava uma mensagem dizendo "não se preocupe, está tudo bem" significava que nada estava bem.

— Estamos indo para o pronto-socorro — continuava Ignacio, em espanhol. — Yadi caiu de uma árvore e machucou o pulso. Acho que foi só uma luxação, mas vou levá-lo para fazer um raio X. E seu avô ainda não melhorou da tosse, então vou levá-lo para um check-up também. *Mi madre* vai com a gente.

Ignacio terminava a mensagem com mais um "não se preocupe". Ashton fechou os olhos por um segundo e então ligou de volta para o pai. A ligação chamou, chamou e caiu na caixa postal. Resistindo à vontade de ficar ligando repetidamente até que Ignacio atendesse, Ashton decidiu mandar uma mensagem de texto, avisando ao pai que estava ocupado com as filmagens, mas que queria receber notícias assim que fosse possível. Além de correr para o aeroporto e pegar o primeiro voo para Porto Rico, não havia mais nada que ele pudesse fazer.

Não era a primeira vez que Yadiel ia parar no pronto--socorro. O menino tinha mania de escalar as coisas, o que significava que também estava sempre caindo. Mas toda vez que isso acontecia Ashton desejava estar lá para cuidar de seus machucados e curativos. E o avô estava com 83 anos, então até mesmo um resfriado era preocupante.

Alguém bateu à porta.

— Está tudo pronto — avisou uma assistente de produção.

— *Gracias* — respondeu Ashton.

Droga. Enquanto se preocupava com o estado de saúde de sua família, ele tinha esquecido completamente da cena do primeiro beijo com Jasmine. Por força do hábito, passou a mãos pelo cabelo, afastando-as em seguida. Não queria ter que explicar ao cabeleireiro por que estava todo despenteado de repente.

Ele precisava se acalmar, mas aquilo seria difícil, pois o pai estava incomunicável e Ashton não podia ficar esperando por uma resposta.

Tudo que ele podia fazer era voltar para o set e torcer pelo melhor.

Capítulo 13

<u>CARMEN NO COMANDO</u>

EPISÓDIO 3

Cena: Beijo de Carmen e Victor.
INT: Cozinha dos Serranos — NOTURNA

Ilba deu a deixa e Dahlia pegou o celular na ilha da cozinha. Ela olhou para a tela.

— É *tía* Jimena. *Un momentito*.

Foi até os fundos da cozinha e tomou a escada, saindo do set. Na bancada, Carmen reclamou:

— Ela vai demorar uma hora.

Victor cruzou os braços e deslizou o quadril ao longo da bancada, chegando mais perto de Carmen, invadindo sutilmente o espaço pessoal dela, mas sem ultrapassar o limite. Ele lhe lançou um sorriso charmoso.

— Acha que tenho alguma chance de vencer?

Carmen, que estava debruçada com os cotovelos apoiados na bancada, levantou o olhar na direção dele, avaliando-o.

— Acho que sim. *Se* você se lembrar de todos os passos da receita, executá-los perfeitamente e terminar a tempo.

Ele solta uma risada.

— Sem pressão.

E, por Carmen conhecê-lo e saber como ele se cobrava constantemente, ela repetiu as palavras baixinho, sem sarcasmo:

— Sem pressão.

Parte da tensão de Victor abandonou seu rosto quando ele olhou para Carmen. Ele descruzou os braços, tocando o rosto dela com uma das mãos. Seus dedos fortes percorreram a face dela, contornando o pescoço. Ela se arrepiou com o toque dele.

— Tem alguma coisa aqui — disse ele, no tom de voz baixo e sedutor que lhe valera um disco de platina por seu primeiro álbum.

Ele passou gentilmente o polegar pela bochecha dela.

Carmen sabia o que aquilo significava. Uma desculpa, um pretexto para tocá-la. A distância entre os dois o estava matando, e ele não conseguia mais manter as mãos longe dela. Ela o entendia, porque também sentia o mesmo.

Mas não estava disposta a deixá-lo usar desculpas.

— Não tem, não. — A voz de Carmen era confiante, mas as palavras vibravam de desejo.

A surpresa ficou evidente no rosto de Victor: ele primeiro arregalou os olhos escuros, para em seguida estreitá-los. Ela nunca tinha sido tão direta quando eles estavam juntos.

— Tem razão — disse ele. — Não tem. Eu só... Eu só queria...

E isso foi tudo.

Os dedos dele não apertaram o rosto dela. Ele não a puxou. Era importante deixar claro que ela queria aquilo tanto quanto ele, que os dois estavam na mesma página, juntos para o que houvesse.

Carmen se ergueu da bancada onde estava apoiada, levantando o rosto na direção dele, buscando-o. Ele passou o outro braço em torno de sua cintura e se aproveitou do gesto que ela fazia para puxá-la para perto. Em um único movimento fluido, os dois de repente estavam colados um ao outro, envolvidos pelo calor e pela proximidade suscitados pelos aromas da cozinha.

Por uma fração de segundo, seus olhos se encontraram, num consentimento silencioso. Sim, aquilo estava acontecendo. Sim, seus corpos desejavam aquilo. E, quando se inclinaram um para o outro, suas bocas se encontraram no meio do caminho, numa colisão de lábios.

Carmen afundou os dedos no cabelo de Victor enquanto ele firmava a mão nas costas dela. Seus lábios se espremiam um contra o outro, o peito arfava e a boca se abria enquanto eles trocavam um beijo apaixonado que parecia que duraria para sempre.

O silêncio no local era ensurdecedor, o único barulho no ambiente era o som de seus gemidos baixos e de sua respiração, captados pelo microfone entre eles. A atenção de ambos estava cem por cento focada um no outro, exceto...

Exceto pela inquietante sensação de que *faltava alguma coisa*.

E então:

— Corta! Vamos fazer de novo!

Capítulo 14

Assim que Ilba os liberou, Ashton trocou um rápido "bate aqui" com Jasmine e desapareceu. Exausta, ela recolheu o suéter e o celular de sua cadeira. Quando ligou o aparelho, a tela se encheu de mensagens de texto do grupo Primas Poderosas.

Ava: Não faça suspense! Como foi o beijo?

Michelle: Aposto que foi estranho.

Ava: Provavelmente, mas mesmo assim quero saber como foi beijar EL LEÓN DORADO.

Michelle: Tenho certeza de que EL DUQUE DE AMOR beija muito bem.

Ava: Certamente melhor que EL MATADOR.

E por aí foi, com as duas especulando sobre as habilidades bucais de Ashton e trocando emojis relacionados a seus muitos papéis.

Com um resmungo, Jasmine saiu à procura de um café enquanto lia as mensagens. Depois de pegar mais uma xícara, ela se dirigiu ao camarim para responder.

> **Jasmine**: Deus me livre de vocês duas...

> **Michelle**: Você apareceu!

> **Ava**: Foi incrível?

> **Michelle**: Foi horrível?

> **Jasmine**: Foi meio...

Nossa, como ela poderia descrever?

> **Jasmine**: Foi... ok.

Depois de uma pequena pausa, durante a qual Jasmine imaginou as primas gritando de indignação, a mensagem de Michelle surgiu primeiro na tela.

> **Michelle**: OK?

> **Ava**: Ok?????

> **Michelle**: O QUE VOCÊ QUER DIZER COM "OK"?

Jasmine esfregou a testa e tomou um grande gole de café antes de responder.

> **Jasmine**: Foi tudo bem no ensaio, mas não conseguimos passar a cena até o final, e tivemos que filmar mesmo assim, e aí......

> **Michelle**: E AÍ O QUÊ?

> **Jasmine**: E aí a diretora nos fez repetir a porra do take 17 vezes

Ela finalizou com um emoji de caveira.

> **Ava**: AI MEU DEUS

Michelle mandou dezessete emojis de beijo.

> **Ava**: Isso é muito!

> **Jasmine**: Nem me diga! Meu rosto tá doendo!

> **Ava**: Por que foi só ok?

Era difícil colocar aquilo em palavras. Ilba também não soubera explicar durante as filmagens; ela só sabia que não estava funcionando. Ofelia ficara por ali em volta deles, interrompendo de vez em quando para dar conselhos e sugestões. Ela deve ter perguntado se Jasmine estava se sentindo "confortável" umas cinquenta vezes — claramente orientada por Vera.

E Jasmine estava, pelo menos nas primeiras dez vezes, mais ou menos. Tão confortável quanto era possível, considerando que estava com a cara enfiada na de outro ser humano em uma sala cheia de gente. Ashton certamente não era o pior cara que ela já tinha beijado para um papel. O cheiro dele era maravilhoso; a boca, macia. E ela estaria mentindo se dissesse que não tinha gostado de estar nos braços dele. Mas, ainda assim... faltava alguma coisa... na cena. Ela se pegou pensando nas instruções de Vera sobre a importância da comunicação.

Talvez fosse só isso. Faltava comunicação entre os dois. Para falar a verdade, eles mal se falavam. Jasmine tinha começado a achar que ele estava mais receptivo — no episódio do caldo do mofongo, ela percebera como ele reagira a ela, e não achava que estava imaginando coisas —, mas, depois, Ashton só olhou para ela quando o roteiro pedia.

Sem falar no fato de que os "bate aquis" eram patéticos. Se eles não conseguiam nem bater as mãos direito, como poderiam convencer o público de que estavam loucos de tesão um pelo outro?

E eles tinham que fazer aquilo. A história girava em torno da retomada do romance entre Carmen e Victor. Se não conseguissem acertar aquele ponto, então qual era o sentido? A série seria um fracasso. Ela teria que voltar ao mundo decadente das *soap operas*, e aquele seria mais um marco contra projetos estrelados por latinos.

> **Jasmine**: Acho que a gente não está se comunicando direito.

> **Michelle**: "Comunicando"? É assim que os jovens chamam agora?

Jasmine: Você entendeu. A gente nem conversa, é claro que os personagens iam parecer estranhos perto um do outro quando chegasse a hora de gravar esse tipo de cena.

Ava: Tem mais desse tipo de cena? Uma amiga que pediu para perguntar. A amiga sou eu.

Jasmine: Não tenho 100% de certeza. A gente não recebe o roteiro de toda a temporada de uma vez.

Michelle: Por quê? Eles têm medo que vocês vazem a história?

Jasmine: Não. Os roteiristas ainda estavam escrevendo os próximos episódios quando começamos a gravar.

Ava: Talvez tentar conversar com ele seja uma boa ideia. Vocês podem se acertar e garantir que estão na mesma página para trabalhar juntos e fazer da série um sucesso.

Michelle: RSRSRS. "Na mesma página" Essa foi boa, Ava.

Ava mandou um emoji mostrando a língua e dando uma piscadinha.

Parecia tão simples... era só falar com ele! Mas o comportamento de Ashton reacendia em Jasmine um antigo medo de ser rejeitada, e ir atrás dele parecia a tarefa mais difícil do mundo. Mas, se eles não estavam se comunicando bem, ficar isolados em camarins separados entre cada filmagem não mudaria aquilo. Claramente não seria ele a derrubar as barreiras entre os dois, então Jasmine teria que assumir a responsabilidade.

> **Jasmine**: Ok, vou fazer isso.

> **Michelle**: Isso o quê?

> **Jasmine**: Vou falar com ele.

Ava mandou uma linha inteira de emojis de confetes.

> **Jasmine**: Obrigada, primas. O que seria de mim sem vocês?

Michelle respondeu com uma carinha piscando e mandando um beijinho.

Jasmine respirou fundo, retocou o batom, pegou sua cópia do roteiro e saiu.

Terminado o beijo na cozinha, Ashton voltou correndo para o camarim para conferir o celular.

Havia uma série de mensagens de texto com atualizações — tinham receitado antibióticos ao *abuelito* Gus e Yadiel havia torcido o pulso, mas não quebrado —, e ele enfim conseguiu relaxar. Estava tudo bem.

A não ser pelo fato de que agora tinha tempo para pensar em sua atuação desastrosa.

Dezessete takes? Para um beijo que tinha sido ensaiado nos mínimos detalhes? *Ay, Dios*. Ele estava perdendo o jeito de protagonista de par romântico.

Aos 38 anos, se preocupava com os fios brancos que começavam a aparecer em sua barba e em como estava ficando mais difícil manter a forma. Seus cuidados com a pele e sua rotina de treinos já eram bem puxados, então ele não sabia mais o que fazer para melhorar esses aspectos, a não ser encontrar um vampiro que o transformasse em imortal. Mas, se fizesse uma coisa dessas, sua avó nunca mais falaria com ele, portanto sua única esperança eram os treinos matinais e os cremes caros. Mas e se ele fosse só um rostinho bonito? Ashton sabia que tinha mais a oferecer como ator, mas, agora que finalmente podia provar seu valor, estava desperdiçando a chance.

Jasmine havia sido incrível, mergulhando imediatamente na emoção da cena a cada take e executando com perfeição a coreografia do beijo e do amasso. Ela devia ter ficado de saco cheio de ser tocada e beijada o tempo todo, mas não demonstrou nem um sinal de cansaço. Ashton tinha se inspirado nisso, mas não conseguira se concentrar o suficiente para que Victor assumisse 100% seu lugar. E, de alguma maneira, aquilo transparecera. Ilba, Ofelia, Marquita — ninguém sabia dizer o que exatamente havia de errado com a cena. Só que alguma coisa não se encaixava.

Ashton não conseguia discordar delas. Em primeiro lugar, porque tinha o hábito de não discordar de diretores. Mas principalmente porque, como não sabia o que havia de errado, não sabia como consertar. Então, por mais que não fosse nenhum esforço estar perto de Jasmine — ou de suas curvas sensuais e sua boca provocante —, ele não estava gostando daquilo. Era *trabalho*. E era uma merda sentir que não estava fazendo um bom trabalho.

Desviando da nova máquina de café expresso para escolher uma opção mais açucarada, Ashton estava colocando uma cápsula de avelã na cafeteira individual de seu camarim quando alguém bateu à porta. Era um som tão hesitante que ele não tinha certeza de que realmente havia acontecido, mas resolveu abrir mesmo assim. Do outro lado da porta, Jasmine o encarava. Seus olhos escuros pareciam tão hesitantes quanto sua batida à porta.

— *Hola* — disse ele, e então acrescentou: — Oi.

— Oi — respondeu ela, parecendo envergonhada. — Hum, queria saber se você está podendo falar.

Meu Deus, ela era linda. *Esta es una mala idea*. Mas ele deu um passo para trás para deixá-la entrar, tentando não inalar profundamente o perfume cítrico e adocicado que a envolvia, um aroma com o qual ele havia se acostumado ao longo dos dias e que o perseguia em seus sonhos. Ashton colocou a cabeça para fora, examinando o corredor para ter certeza de que ninguém a havia visto entrar.

Quando ele fechou a porta, Jasmine curvou os lábios num sorrisinho.

— O que foi? Tem medo de ser visto comigo? — brincou. Então arregalou os olhos e qualquer traço de bom humor desapareceu de seu rosto. — Ah, meu Deus. Você *tem*. *Droga*. — Ela fechou os olhos com força e colocou a mão na testa. — Eu devia ter imaginado. A história com McIntyre. Você viu. Claro que viu. Como não?

Ashton se apressou em tentar acalmá-la, colocando cuidadosamente as mãos em seus ombros. Ele não costumava agir assim com pessoas pouco próximas, mas a perturbação dela era evidente. E, convenhamos, depois de fingir dar uns amassos com ela *dezessete vezes* seguidas, colocar as mãos em seus ombros parecia algo inofensivo.

— Jasmine. — Ele falou o nome dela num tom baixo, a voz mais rouca do que tinha pretendido. — Sim, eu pesquisei sobre isso no Google, mas...

— Mas o quê? — ela o interrompeu. Seu tom de voz era frágil, mas ela não se afastou dele. — Foi por isso que você derrubou café em mim? É por isso que me ignora? Você é um fã de McIntyre ou coisa do tipo?

Ele apenas a encarou, boquiaberto. Um segundo depois, os dois caíram na gargalhada.

Ashton deu um passo para trás e levantou as mãos num movimento de rendição.

— Eu nem sei quem é esse cara — admitiu ele. — Mas, se quer saber minha opinião, ele parece *un pendejo*.

— Ele *é* — concordou Jasmine com veemência. — Um baita de um *pendejo*.

— E eu juro que o café foi um acidente.

Bem naquela hora, a cafeteira começou a trabalhar, enchendo o ambiente com um aroma doce de avelãs, e ambos se viraram para olhá-la.

— Acho melhor deixar isso quieto — murmurou Ashton, e Jasmine franziu os lábios como se estivesse segurando um sorriso.

— Também acho melhor — disse ela, e então apontou para o pequeno sofá. — Posso me sentar?

Ashton fez que sim, mas sentiu seu estômago se afundar. Ele tinha uma ideia do que a trouxera ali. Não seria a primeira vez que uma colega de trabalho lhe faria uma proposta daquelas, mas era a primeira vez em muito tempo que ele estaria tentado a aceitar. Desde que Yadiel nascera, Ashton era estritamente contra dormir com colegas de trabalho. Tinha tentado namorar sério algumas vezes, mas era sempre tão complicado que acabou desistindo. Não havia espaço para romance na vida dele. Só em cena.

Mas, quando Jasmine se sentou no sofá e cruzou as longas pernas, ele desejou...

Algo que não poderia ter.

— Quer se sentar? — perguntou ela.

— Ah, *sí*.

Ele se acomodou na baqueta com rodinhas que ficava diante da pequena bancada.

— Você sumiu de repente — comentou ela.

— Eu precisava dar uma telefonema.

Jasmine assentiu, como se esperasse que Ashton lhe desse mais alguma informação. Como ele não o fez, ela prosseguiu.

— Queria fazer uma proposta...

— Jasmine, acho que não é uma boa ideia a gente...

— Você não quer passar as falas comigo? — Ela franziu as sobrancelhas, magoada.

Ele piscou.

— Passar as falas?

— Sim. Você sabe, para decorar o texto.

— Ah, claro. Quer dizer, sim, eu sei o que...

— O que você pensou que eu fosse...

Carajo, agora ele realmente tinha se enfiado numa vala. Sentiu a nuca queimar de vergonha.

— Pensei que... deixa para lá.

Jasmine arqueou as sobrancelhas.

— Bom, agora você *vai ter* que me dizer.

Aquilo ia ser horrível, mas ela lançou a ele um olhar tão direto que Ashton não conseguiu pensar numa mentira.

— Ah, eu pensei que você ia... você sabe, que ia propor que nós...

— O quê? *Que nós dormíssemos juntos?*

—... ensaiássemos o beijo.

Os dois tinham falado ao mesmo tempo. Jasmine se levantou num salto, então parou.

— Peraí, o quê?

Ashton esfregou a nuca e desejou ter o poder de desaparecer.

— Pensei que você ia dizer que a gente devia ensaiar o beijo, até porque fizemos um trabalho péssimo hoje.

Ela riu.

— Não. Quer dizer, sim, fizemos, mas eu obviamente não ia sugerir isso.

Ele deu um sorrisinho constrangido.

— Dezessete takes.

— *Exatamente*. Quer dizer, isso é vergonhoso.

— Era o que eu estava pensando antes de você chegar — admitiu ele. — É uma vergonha total. Fiquei achando que alguém ia entrar e confiscar minha carteirinha de herói romântico.

Ela abriu um sorriso largo.

— Ah, para com isso.

— *Verdad*. Eu achei que era por isso que estavam batendo à porta.

Ela riu alto, e mais uma vez Ashton ficou paralisado, não só por sua beleza, mas também pelo fato de ela ser tão acessível. Ele estava conhecendo a verdadeira Jasmine.

E estava gostando dela.

No hay lugar en tu vida para ella, ele lembrou a si mesmo.

Ainda rindo, Jasmine tornou a se sentar.

— Me desculpe por acusá-lo de me acusar de tentar fazer uma proposta indecente. Também acho que não devemos ensaiar a cena do beijo sem a presença de Vera. Mas acho que ela concordaria comigo num ponto.

— É mesmo? — Ele não pôde evitar um sorriso. — Em que ponto? Vera tem opinião sobre um monte de coisas.

— Comunicação. — Jasmine mordeu o lábio inferior, e Ashton desejou que ela parasse. Era muito tentador. — Eu só… eu sinto que a gente não se conhece. E não venha me dizer que você não acha que isso afeta nossa performance.

— Sim, eu acho.

As palavras "Tudo indo" ecoaram na mente de Ashton. Jasmine abriu a bolsa e tirou seu roteiro lá de dentro.

— Trouxe o episódio quatro — disse ela. — A gente pode conversar sobre as próximas cenas que vamos filmar, mas acho que devíamos falar sobre aquele beijo terrível.

— Foi muito ruim mesmo — concordou ele, e então se apressou em esclarecer: — Não você. Mas a coisa toda…

— Podia ter sido melhor — concluiu ela por Ashton, então deu um suspiro. — Tudo bem, vamos falar sobre isso. Eu começo. Admito que estava um pouco preocupada.

— Preocupada? — repetiu ele, ansioso para saber o que ela queria dizer com aquilo.

— Bem. — Jasmine se remexeu no sofá, como se estivesse nervosa, e desviou o olhar do dele, correndo os olhos pelo camarim. — Eu fiquei achando que você… estava aborrecido comigo.

Ele franziu o cenho. Como assim aborrecido com ela?

— Por que eu estaria zangado? — perguntou ele. — Na verdade, era você quem deveria estar aborrecida comigo, por eu ter dado um banho de café gelado em você.

Ela fez uma careta.

— Sim, e estava *muito* gelado. Mas você sempre sai correndo depois das filmagens e nunca socializa com o restante do elenco, então eu... eu pensei que fosse por minha causa.

Ela parecia tão triste e insegura que Ashton se apressou para consolá-la.

— Jasmine, *te lo prometo, no estoy enojado contigo.*

Quando ela uniu as sobrancelhas em confusão, ele repetiu em inglês.

— Eu juro que não estou aborrecido com você.

Ela baixou o olhar.

— Você provavelmente já percebeu que eu não sei falar espanhol. Pelo menos não fluentemente.

— Notei, sim — disse Ashton gentilmente. — Mas a audiência não vai perceber. Você está fazendo um ótimo trabalho.

Jasmine revirou os olhos, e ele ficou alarmado ao perceber que estavam úmidos.

— Eu me sinto uma fraude.

— Ei. — Ele se inclinou para alcançá-la, chegando para a frente na banqueta e envolvendo o pulso dela com os dedos. Na tentativa de confortá-la, correu o dedo por sua pele macia. — Você não foi escolhida para o papel por acaso. Carmen é durona. Ela domina o ambiente à sua volta. Eu já vi trechos de outros trabalhos seus. Você tem esse poder.

Ela deu uma risadinha sem graça.

— Eu não me sinto sempre assim.

Como um bom parceiro de cena, ele se mostrou tão vulnerável quanto ela.

— Jasmine, tudo que quero é provar que sou mais que um ator de novelas latinas. Essa é nossa chance de provar para todo mundo o nosso valor. Eu com meu sotaque, que não vai embora nunca, por mais que eu me esforce, e você com suas raízes porto-riquenhas e nova-iorquinas e seu espanhol de jardim de infância.

Ela tentou reprimir um sorriso, mas falhou.

— Você está debochando de mim.

— Só um pouquinho. Não é sempre que eu tenho uma vantagem com o idioma. — Ele deu sorriso. — Vamos nos ajudar, tudo bem? — Ele soltou o pulso dela e se endireitou na banqueta. — Vamos ensaiar. Nós dois dependemos disso aqui.

Ela lançou a ele um olhar perspicaz.

— Estou tentando tirar o foco da minha vida amorosa. O que você espera conseguir com esse trabalho?

— Quero provar que sou bom o bastante para Hollywood — respondeu ele, e depois deu de ombros. — E, claro, quero que os produtores da minha última novela se arrependam de terem matado meu personagem.

— Então é por isso que você tem fama de ser convencido — disse ela com um sorriso.

— Convencido? — Ele arregalou os olhos. — Quem disse isso?

— Minhas primas.

Ela riu quando Ashton revirou os olhos, desdenhando.

— Não sou convencido. Só quero ser o melhor.

Os olhos escuros de Jasmine brilharam, perspicazes, como se ela pudesse enxergar através dele.

— Acho que não é isso — disse ela, suave como seda. — Acho que você já acha que é o melhor, e quer que todo mundo saiba disso também.

A resposta dele veio numa voz baixa e sedutora.

— Acho que você me descobriu, Jasmine Lin.

Os olhos dela encontraram os dele, e Ashton pôde jurar que via chamas dentro deles.

— Rodriguez — sussurrou ela.
— ¿Qué?
Ela umedeceu os lábios.
— Jasmine Lin Rodriguez. É meu nome completo.
Antes que pudesse se impedir de fazê-lo, ele assumiu um tremendo risco.
— Ángel Luis.
Diante do olhar inquisidor de Jasmine, explicou:
— Meu nome não é Ashton. É Ángel Luis.
Ela repetiu, num sotaque perfeito. O som de seu nome — de seu nome verdadeiro — nos lábios dela espalhou calor por todo o corpo dele.
— Eu queria mesmo saber de onde seus pais tinha tirado um nome feito Ashton — Jasmine falou, por fim.
Ele riu, aliviando a tensão. Uma tensão que não valia a pena alimentar.
— Não foram eles — admitiu.
— Faz parte do sonho de Hollywood?
— Exatamente.
Ela pegou o roteiro.
— Vamos trabalhar para que você chegue lá, então.
— Para que *a gente* chegue. — Ele deslizou a banqueta até a extremidade da bancada e apanhou o próprio roteiro. — Por onde começamos?
— Você pode começar me contando por que estava tão nervoso durante a última cena — disse ela, encarando-o. — Eu contei meu motivo.
Ele se ocupou em virar as páginas e disse uma meia verdade.
— Meu avô foi parar no pronto-socorro hoje. Eu estava esperando por notícias dele.

O rosto dela se encheu de compaixão.

— Ah, me desculpe. Está tudo bem? Foi por isso que esteve em Porto Rico na semana passada?

Carajo, ele tinha esquecido que havia contado a ela sobre a viagem quando se encontraram no elevador.

— Sim, foi por isso. Ele está bem. Só uma tosse que ignorou por tempo demais. Deram a ele um remédio mais forte.

— Você devia estar muito preocupado — murmurou ela e, para surpresa de Ashton, a angústia tão genuína dela o atingiu bem no peito.

Ele não conseguiu responder, então apenas fez que sim com a cabeça.

— Meus avós são tudo para mim — continuou ela. — Eles estão envelhecendo e eu... bom, eu entendo. Não é de se admirar que você estivesse tão preocupado.

— Isso inclui sua avó que me adora? — perguntou ele, abrindo um sorriso.

Ela soltou um gemido e cobriu o rosto com seus papéis.

— Ai, meu Deus, você se lembra disso?

— Claro. Eu sou convencido, como você mesma disse. Sempre me lembro dos elogios que recebo.

Rindo, ela fingiu que ia bater nele com o roteiro.

— Vamos lá. Vamos passar essas falas antes que nos chamem de volta.

Capítulo 15

<u>CARMEN NO COMANDO</u>

EPISÓDIO 4

Cena: Carmen e Victor têm uma conversa franca.
INT: Tenda no backstage de um show ao ar livre
— DIURNA

Carmen entrou na tenda às pressas, e Victor veio logo atrás dela. Assim que a porta se fechou, ela se virou, espalmou uma das mãos no peito dele e o encarou com os olhos semicerrados. Ela respirou fundo e então deu um passo para trás, cruzando os braços.

— Eu sabia. — Ele lançou um olhar acusatório na direção dele. — Você está bêbado.

— *Cálmate,* Carmencita...

Os olhos dela brilharam de raiva.

— Não fale para eu me acalmar e *não* me chame de Carmencita.

— Tudo bem, *Carmen.* Mas eu não estou bêbado. Só de ressaca.

— Ah, bem melhor. — Ela deu uma risadinha curta e irônica e colocou as mãos na cintura, ignorando por completo o arrepio que sentiu quando ele enrolou o *r* de Carmen.

Victor estava fazendo aquilo de novo, como se tivessem voltado ao tempo em que eram casados. Obrigando-a a assumir uma posição de autoridade, fazendo com que ela agisse como se fosse a mãe dele. Carmen odiava quando ele fazia aquilo. No fim das contas, a falta de maturidade dele tinha levado ao fim do casamento.

Ou, pelo menos, era aquele o contexto que tinham criado no ensaio com Vera e Marquita.

— Eu estou bem para terminar o set — disse Victor, mas ele estava suando e seus olhos estavam vidrados.

Carmen nem se deu ao trabalho de responder.

— Eu devia saber que isso ia acontecer no segundo em que aqueles idiotas apareceram. Seu grupinho sempre foi uma má influência para você. É por isto que você está morando na casa dos meus pais, Victor. É por isto que estamos fazendo tudo isso. — A voz dela se tornou acusatória. — Por que está deixando que eles arruínem seu progresso?

Ao ouvir aquilo, Victor se deixou cair numa cadeira dobrável e apoiou a cabeça nas mãos. Depois de um longo tempo, ele soltou um suspiro e levantou o rosto. Sua expressão era de desamparo.

— Você está certa.

Carmen não se mexeu. Ela não sabia lidar com um Victor que expressava prontamente suas emoções, muito menos com um que concordava com ela. Aquilo não fazia parte da natureza dele, em especial quando envolvia os amigos. Quando ele abaixou a cabeça outra vez, porém, ela se aproximou, com os pés se movendo por vontade própria.

— *Oye*. — Ela segurou o rosto dele e gentilmente ergueu seu queixo. — *Mírame*.

Eles se olharam nos olhos em silêncio por um longo tempo, até que Carmen se abaixou e depositou um beijo na testa dele.

Victor soltou o ar, eliminando de seu corpo parte da tensão.

— Eu não sei agir de outra forma quando estou com eles — disse, com um tom de confissão na voz.

— Com quem?

— *Mi grupito*, como você os chamava. Os caras.

— O que você quer dizer com isso?

Ele deu de ombros, e ela pousou a mão em uma das escápulas, massageando-o, distraída.

— Eles são meus amigos desde sempre, meus líderes de torcida. Mas esperam que eu aja como o playboy, como a estrela. Sempre descolado, sempre pronto para uma festa. Mas eles também são meus maiores fãs. Por isso eu sinto que, sei lá, preciso manter essa imagem, para que eles continuem gostando de mim.

— Ah, Victor. — Carmen sorriu, embora seu coração estivesse se partindo um pouco. Aquele homem sempre tivera a capacidade de magoá-la, mas, mesmo assim, ela o amava. Ela ainda o amava, de um jeito ou de outro. — *Eu* era sua maior fã.

Ao perceber a verdade naquelas palavras, a expressão dele se iluminou e seus olhos procuraram o rosto dela. Carmen queria saber o que ele estava procurando.

— *Lo siento*, Carmen. — Sua voz era suave enquanto ele acariciava o rosto dela. Ela não conseguia resistir àquele toque e se aproximou um pouco. — Eu tenho tantos...

arrependimentos. Especialmente em relação a você. Eu não devia ter deixado meus amigos se meterem em nossa vida.

— Nós dois cometemos erros — admitiu ela. — Eu estava magoada. Poderia ter reagido de outra maneira.

— Você me deixou para fora — lembrou ele, mas não havia censura em sua voz. Estava só recordando.

— Eu sei. — A voz dela era melancólica, triste. Ele não era o único com arrependimentos. — Mas você estava indo tão bem. O que aconteceu ontem à noite?

Ele suspirou.

— Um dos caras viu nossas fotos no tapete vermelho. A irmã dele ainda acompanha minha carreira e mostrou para ele. Então eles armaram um plano para me encontrar ontem à noite, me colocaram de volta no grupo de mensagens e...

— E você fugiu da casa dos meus pais como um adolescente para se encontrar com seus amigos? — Ela sorriu para mostrar que estava brincando.

Ele soltou uma risadinha.

— É, basicamente.

— Mas por quê, Victor? — Era isso que ela não entendia. — Você concordou em evitar esse tipo de tentação. Sabia que o show era hoje. Por que colocar tudo a perder por uma noitada?

Ele baixou os olhos, como se não conseguisse encará-la. O silêncio tomou conta dos dois antes que ele respondesse.

— Eu estou com medo.

Sentindo que estavam à beira do abismo, a voz de Carmen era quase um sussurro.

— De quê?

Ele engoliu em seco.

— Medo de que, se eu não fizer jus à imagem, ou não fizer o que todo mundo espera que eu faça, eles descubram a verdade.

Com o coração na boca, Carmen passou os dedos pelo cabelo dele, penteando-o para trás.

— Que verdade?

Os olhos dele, brilhando de emoção, encontraram os dela.

— Que eu não sirvo para nada.

Seria o momento perfeito para um intervalo comercial, mas eles não tinham esse tipo de coisa. Não havia nada para aliviar a tensão que havia sido criada entre os dois. A respiração de Carmen era entrecortada. O coração dela doía por ele.

— Como pode...

— Isso é tudo uma ilusão, um espetáculo, sustentado por uma voz bonita e alguns produtores musicais talentosos. — Sua voz agora era áspera, e ele se levantou e começou a andar pelo pequeno espaço da tenda. — Se eu não fizer minha parte, como a porcaria de um macaco adestrado, vão descobrir que tudo não passa de um jogo de espelhos e uma cortina de fumaça, e eu perco tudo.

— Quem? — perguntou Carmen. — Quem vai descobrir?

— Todo mundo. — Ele agitou a mão no ar, agora bastante agitado. — Os fãs. A imprensa. *Você*.

— Eu? — Ela o encarou, surpresa. — Eu conheço você melhor do que ninguém. Eu era *casada* com você.

Ele chegou perto dela e segurou seu rosto.

— Eu tinha mais medo de você do que de qualquer um. Não entende? Se eu deixasse você entrar, se permitisse que visse quem eu era de verdade, você descobriria.

A respiração de Carmen se acelerou. Ela segurou os pulsos de Victor, mas não afastou as mãos dele de seu rosto.

— Descobriria o quê?

A expressão dele se anuviou.

— Que você merecia alguém melhor que eu.

Ela sentiu o ar preso em sua garganta, forçando-a a dizer a verdade.

— Mas eu queria *você*.

Os olhos dele estavam cheios de dor quando perguntou:

— Você ainda quer?

A resposta foi baixa, mas clara:

— Quero.

Os lábios de Victor encontraram os dela num beijo ardente.

Carmen o beijou de volta com força, então se afastou para encará-lo.

— Victor. Preste atenção. Você serve, sim.

— Não, não sirvo. — As palavras saíram como um gemido, enquanto ele passava de sua boca para o pescoço, deixando uma trilha quente de beijos. — Eu já provei tantas vezes que não sirvo. Por que não acredita em mim?

— Porque eu *acredito* em você, *pendejo*. E eu nunca me engano.

Ele soltou uma risada, interrompida quando Jasmine puxou o rosto dele para junto dela, fundindo a boca dos dois numa só. Quando pararam para respirar, ele estava sem ar, mas sorria.

— Detesto esse seu jeito mandão.

Ela deu uma risadinha e se inclinou, pousando a mão na parte da frente da calça dele.

— Você adora.

Ele gemeu.

— Tem razão. Eu adoro.

Então Victor a pegou no colo. Ela prendeu as pernas em volta dos quadris dele. O movimento fez com que a saia dela se levantasse, deixando as pernas nuas nas mãos fortes de Victor. O calor dos dedos dele aquecia as coxas dela, fazendo com que um raio de excitação percorresse seu corpo enquanto os lábios dos dois se buscavam avidamente.

Ele interrompeu o beijo para procurar uma superfície onde pudesse apoiá-la, mas, no segundo em que avistou uma frágil mesa dobrável nos fundos da tenda, o rádio comunicador na cintura de Carmen soou.

— Carmen? — uma vozinha a chamou. — Precisamos que Victor esteja no palco em cinco minutos.

Respirando fundo, Victor olhou para Carmen, o nariz dele a poucos milímetros do dela.

— Acha que conseguimos fazer isso em cinco minutos?

Pelo olhar dela, Carmen não achara nada engraçado.

— Victor, me coloca no chão.

Com um suspiro de pesar, ele a soltou. Em seguida, ajudou-a a ajeitar a roupa e o cabelo.

— Bom, pelo menos você parece mais acordado agora — observou Carmen, aproximando-se para arrumar o cabelo dele.

— Ah, estou — a voz dele era sugestiva.

Ela conferiu a calça dele, e então lhe lançou um olhar severo.

— É melhor você se controlar se não quiser que a plateia veja outro tipo de show.

— Se você continuar mandona desse jeito, não vou conseguir fazer nada a respeito. Já disse que adoro isso.

Aquilo a fez rir. Ela deu um selinho nele, feliz por vê-lo mais animado.

— Lembre-se de que você serve, sim — disse ela, a voz firme. — E todo mundo sabe disso. Acho que é isso que te assusta.

Ele franziu o cenho.

— O quê?

— Se todo mundo sabe que você é incrível — ela cutucou o peito dele com o dedo —, então você precisa saber também. E isso significa que você precisaria parar de agir como um garotinho assustado. Mas vamos cuidar disso depois. Agora vamos.

Ela pegou a mão dele e o conduziu para fora da tenda.

— Corta!

Capítulo 16

Do lado de fora da tenda do set de filmagem, Jasmine se virou para Ashton, a adrenalina correndo pelo corpo. Ele estava com um grande sorriso no lindo rosto, e ergueu a mão para ela, que bateu a mão na dele. A batida fez um som alto e reverberou pela palma de Jasmine. Aquilo, *sim*, era um bate aqui de respeito.

— *Conseguimos* — disse ela.

— Conseguimos mesmo — concordou ele.

Ali por perto, Ofelia, a primeira auxiliar de direção, estava positivamente impressionada.

— Seja lá o que vocês estejam fazendo, continuem — disse ela.

O diretor do episódio quatro também se aproximou.

— A gravação parece boa. Vamos agora para as tomadas mais de perto.

Ashton fez um joinha para Jasmine, que sorriu de volta para ele, mas lá no fundo ela sabia que era *uma grande mentirosa*. No camarim de Ashton Jasmine tinha bancado a ofendida diante da ideia de dormirem juntos. Ela merecia um Oscar por aquela atuação, porque não achava a ideia nem um pouco ruim. Agora mesmo, sua mente traidora não parava de relembrar a sensação das mãos dele segurando suas coxas.

Merda, ela estava passando pelos sinais de alerta da paixonite — o segundo grau da Escala Jasminiana. Aquele calor no plexo solar, como se algo a conectasse a ele e puxasse em sua direção. A vontade de fazê-lo sorrir, de fazer perguntas e se agarrar a cada palavra quando ele respondesse, procurando por sinais de que ele também sentia uma paixonite por ela.

É tudo coisa da sua cabeça, disse a si mesma. *Não é real*.

Meu Deus, como ela era previsível. Michelle ia se divertir com aquilo. Jasmine tinha se apaixonado por praticamente todos os garotos bonitos com quem tinha falado desde que tinha 12 anos de idade, e ela era péssima em esconder das primas aquele sentimento.

Mas talvez ela não devesse tentar esconder. Talvez a interferência das duas fosse exatamente do que ela precisava.

Depois de terminarem de gravar todos os takes da cena, Jasmine pegou o celular na cadeira e correu para seu camarim. Uma vez a sós, mandou uma mensagem de texto para Ava e Michelle.

> **Jasmine**: Rápido. Me digam por que é uma má ideia ter um caso com Ashton.

Ava foi a primeira a responder.

> **Ava**: Porque uma Mulher de Sucesso é completa e feliz por conta própria.

A resposta dela foi tão rápida que Jasmine teve certeza de que a prima tinha a lista salva no celular, para o caso de precisar usá-la. Michelle respondeu logo em seguida.

Michelle: E Mulheres de Sucesso não comem a carne onde ganham o pão.

Jasmine fez uma careta para o celular.

Jasmine: Acho que esse não é um item oficial da lista.

A resposta de Michelle foi imediata.

Michelle: Duas palavras: Seth Thomas. Mais três: festa da abuela.

Ah, meu Deus, ela tinha razão. Jasmine precisava controlar sua atração por Ashton antes que fizesse algo estúpido, como tinha acontecido com Seth.

Ela havia tido um casinho sem compromisso com Seth Thomas, um de seus colegas de elenco em *Sunrise Visa*, uma minissérie sobre arquitetos, até que os roteiristas decidiram que seus personagens deveriam ser um casal. Seth interpretou aquilo como uma autorização para tomar certas liberdades com Jasmine no set. Quando ela sugeriu que eles deviam gravar as cenas de maneira profissional, ele a acusou de ser bipolar — entre outras coisas — e fugiu batendo os pés para o trailer dele.

Uma experiência que ela definitivamente não gostaria de repetir.

E Jasmine ainda precisava encontrar um jeito de convidar Ashton para a festa da avó. Eles estavam se dando melhor agora, mas ela ainda não se sentia confortável para fazer o convite. Principalmente depois de ter deixado escapar que a avó o adorava. Ashton não era de falar muito, mas Jasmine tinha reparado que ele preferia ficar na dele e evitava a imprensa. E se ele pensasse que ela estava tentando se aproveitar dele, obter alguma vantagem? E se ele não gostasse de fãs no seu pé? E se tratasse mal a avó dela?

Jasmine o mataria se ele tratasse Esperanza mal, e isso não contribuiria em nada para uma segunda temporada de *Carmen no comando*.

Talvez aqueles ensaios particulares não tivessem sido uma boa ideia, afinal. Ela não podia negar que ter passado as falas juntos havia ajudado a performance dos dois no episódio quatro, mas aquilo poderia colocar seu Plano da Mulher de Sucesso a perder.

O jeitinho dele, doce e atrapalhado, era tão encantador, especialmente quando combinado com aquele rosto e corpo celestiais e seu comportamento indiferente de fachada. Além disso, Ashton a fazia rir e se preocupava com a família. Como não se apaixonar por ele?

Mas Jasmine *não podia*. Não daquela vez. Pelo menos uma vez na vida, precisava controlar seu estúpido coração romântico.

Então outra coisa lhe ocorreu, e ela mandou mais uma mensagem de texto para as primas.

> **Jasmine**: Posso voltar a usar minhas redes sociais?

> **Michelle**: Hum, não.

> **Ava**: Eu não recomendaria.

Jasmine soltou um suspiro. Ava monitorava suas contas e Michelle acompanhava os alertas do Google. O combinado era que elas avisariam quando as revistas de fofoca se cansassem de especular sobre ela e McIntyre. Enquanto isso, Jasmine deveria ficar longe das redes sociais e da internet e evitar lugares que vendessem revistas. Era fácil quando ela estava no set, mas também significava que não podia postar nenhum vídeo engraçadinho dos bastidores para alimentar o interesse de seus fãs em *Carmen*.

Se Ava e Michelle estavam dizendo para ela continuar longe das redes, era porque a história continuava circulando. A última revista que Jasmine tinha visto afirmava que ela mandava mensagens para McIntyre de madrugada implorando para que voltassem. Na realidade, o número dele estava bloqueado, mas a mentira a magoara mesmo assim.

McIntyre era um idiota. Por causa dele, ela não podia nem passar o tempo deslizando a tela do Instagram.

Jasmine não achava que tinha se jogado para cima dele, como uma "fonte anônima" particularmente maldosa tinha inventado. Mas agora, reavaliando a situação com a clareza do distanciamento, sabia que tinha feito tudo que estava a seu alcance para que ele se sentisse amado e apoiado. Assim como ela queria se sentir.

Pegajosa. Obcecada. Desesperada. Constrangedora.

Eram as palavras que apareciam nas matérias das revistas de fofoca, mas nenhuma delas era novidade para Jasmine. Era acusada de ser pegajosa desde que estava no ensino fundamental, quando Everett Giordano terminou com ela no sexto ano. Depois disso, passou uma semana jogada no chão do quarto ouvindo um CD da Alanis Morissette, porque era isso que tinha visto as garotas fazerem nos filmes depois de terminarem um relacionamento. Com o passar do tempo, foi ficando muito melhor em términos.

Não, não em términos. Em ser *abandonada*. Como declarava a capa daquela revista na porta da geladeira de sua avó. Jasmine tinha sido abandonada. Sempre. Ela nunca era a pessoa que terminava, porque... bem, porque tinha tanto medo de ficar sozinha que se agarrava a caras que não valiam a pena.

Caras como McIntyre. Como Seth Thomas. Como Everett Giordano.

De quantas razões mais ela precisava? Se apaixonar era para idiotas.

Ela abriu o frigobar que ficava debaixo do balcão e pegou uma garrafa de água com gás.

As primas diziam que ela só estava escolhendo os caras errados, mas às vezes Jasmine não tinha tanta certeza disso. Afinal, ela era o denominador comum entre eles.

Seu celular recebeu uma mensagem de um número desconhecido.

> Desconhecido: Vou precisar sair mais cedo hoje, quer me encontrar na academia do hotel à noite para trabalharmos no roteiro do ep 5? Ash

Uma onda de calor borbulhou dentro dela, fazendo seu rosto esquentar. Ela abriu um sorrisinho.

Respondeu sem pensar duas vezes.

> Jasmine: Claro. 7 horas?

> Ashton: Perfecto. Encontro você lá.

Jasmine adicionou o número dele aos seus contatos como Ángel Luis. Em seguida, voltou para o grupo das Primas

Poderosas. Parou o dedo sobre a caixa de mensagem vazia. Então, em vez de digitar alguma coisa, desligou o celular, jogou-o dentro da bolsa e voltou para o set.

Ashton tinha cometido um erro terrível.

Quando sugeriu a Jasmine encontrá-la na academia do hotel, pensou que aquele seria um território neutro. Menos íntimo que seus camarins ou suas suítes no hotel, inofensivo o suficiente para que ninguém pensasse nada ao ver dois colegas de trabalho lendo roteiros em aparelhos de ginástica diferentes. E, com aquele cheiro de suor e desinfetante no ar, nada sexy.

Mas, quando Jasmine entrou na pequena sala de exercícios, Ashton viu seu reflexo numa parede espelhada e quase caiu da esteira.

Ela estava sem maquiagem e com a cabeleira castanha presa num rabo de cavalo alto. Com um top de ginástica rosa-choque e calça legging preta, ela parecia nada menos que perfeita. O tecido colado evidenciava suas curvas de uma maneira sedutora, e ela transpirava força e sensualidade. Trazia o roteiro e uma garrafa de água de aço inox debaixo de um braço e tinha uma toalha jogada sobre o ombro.

Ela o cumprimentou com um sorriso radiante e um tchauzinho. Ashton apenas acenou com a cabeça, porque sentia como se tivesse acabado de engolir a língua.

Enquanto Jasmine colocava suas coisas no porta-objetos da esteira, Ashton tentava não olhar para a bunda dela. Por que as roupas de ginástica femininas tinham que ser tão *justas*? O short e a camiseta dele eram bem folgados. Será que ela não se sentiria mais à vontade usando um poncho ou algo assim?

Inferno, ela provavelmente ficaria sexy usando um poncho.

Depois de ajustar sua esteira para uma caminhada acelerada, Jasmine abriu o roteiro.

— Vamos começar como Vera faz — disse ela. — Qual o contexto?

— Contexto?

Ele não fazia ideia do que ela estava falando. Estava ocupado tentando se concentrar em continuar caminhando, e não na forma como os seios dela balançavam deliciosamente enquanto ela andava.

— É. Você sabe... O que acontece no episódio?

— É o episódio em que eles dançam, certo?

— Isso. Carmen tenta inscrever Victor nesse programa em que celebridades competem fazendo par com dançarinos profissionais — Jasmine leu nas anotações. — Você sabe dançar salsa?

— Claro que sei — desdenhou ele. — Você sabe?

— Bem, sei — disse ela, rindo. — Minha mãe me ensinou os passos básicos de salsa e tinikling.

— Dessa eu nunca ouvi falar — admitiu Ashton.

— É uma dança folclórica tradicional das Filipinas — explicou ela. — É tipo pular corda, só que com bambus compridos no chão.

Ela demonstrou alguns movimentos ali mesmo na esteira, girando 360 graus e alternando os pés entre a parte móvel do centro e as laterais do equipamento.

Ashton bateu palmas de leve.

— Aposto que você era um *petardito* pulando corda. Uma espoleta.

— Era mesmo. Todas as meninas me pediam para ensiná-las. — Ela olhou para ele de rabo de olho. — Você gosta de correr, hein?

— Me ajuda a espairecer. — A inclinação da esteira mudou e ele firmou o passo, se entregando ao ritmo firme. — Prefiro correr ao ar livre, mas meus antigos produtores insistiam para que eu ficasse longe do sol.

Quando ela lhe lançou um olhar curioso, ele deu um tapinha no próprio braço.

— Não dá para ser muito escuro nas novelas latinas, e eu já estou no limite.

Ela revirou os olhos.

— Aaah, é claro. Bom saber que o colorismo ainda está em alta na comunidade latina.

— Agora está um pouco melhor, mas quando comecei a atuar era bem forte. Quando eu me bronzeava um pouco, eles ficavam desconcertados. — Ashton balançou a cabeça ao lembrar dos comentários nem sempre muito gentis que recebia antes de sua carreira decolar. — Tem ideia de como é difícil fugir do sol em Miami?

— Eu entendo. — Jasmine aumentou a velocidade de sua esteira. Seu passo era confiante e cheio de energia. — Quando eu fazia comerciais, era escalada para todos os papéis de "raça indefinida". Mas, mesmo se estivessem contratando muitas pessoas, sempre rolava aquela mentalidade de "cota". Eles me usavam para preencher a cota de "garota mais escura" e enchiam o restante do elenco com pessoas brancas.

Ashton fez um som de desgosto.

— Diretores de elenco preguiçosos.

— Agentes também. Isso foi antes de eu assinar com Riley, minha agente atual. Ela é de origem chinesa, por isso me entende, mas meu primeiro agente me mandava para testes de todos os tipos de etnia. Às vezes eu chegava para os testes e ficava mortificada, em especial quando eu ainda usava o

Rodriguez no nome. Até que bati o pé e me recusei a ir a testes para papéis "étnicos" a menos que fossem especificamente para pessoas do Sudeste Asiático ou latinos.

— Que tipo de comerciais você fez?

— Ah, vários. — Ela olhou para o teto enquanto pensava. — Xampu, fralda de bebês, sabonete facial, sopa enlatada. Nada muito constrangedor.

— Meu primeiro papel de verdade foi interpretando um vaqueiro — contou Ashton. — Eu tinha 23 anos, morava no México e disse a eles que sabia montar a cavalo.

— E você sabia?

Ele deu de ombros, os pés batendo na esteira num ritmo constante que o acalmava.

— Eu já havia andado algumas vezes, mas não era, de jeito nenhum, um caubói. Dizer que eu conseguia cavalgar era um tremendo exagero e, vou te dizer, o cavalo sabia disso.

Ela riu.

— Mas você fez outros papéis que envolviam cavalos, não fez?

— Ah, sim. Depois disso achei melhor aprender a cavalgar de verdade.

Ela olhou para ele de um jeito maroto.

— Minha prima Michelle gostou da novela em que você fazia um xerife.

— *Las leyes del corazón y a la insignia*. — Ele inclinou a cabeça para ela — É a preferida dos fãs.

Ela colocou um dedo no queixo.

— Acho que nunca trabalhei com cavalos. Mas a trama de *O esquadrão do glamour* envolvia um poodle, e fiz um papel recorrente em *Jovem e incansável* que exigia que eu segurasse um hamster.

Ashton balançou a cabeça.

— Não consigo me imaginar fazendo o mesmo personagem por décadas — disse ele, pensando nas *soap operas*, que atravessavam gerações.

Ele queria se desafiar, desenvolver suas habilidades... mas, mais do que isso, queria o reconhecimento que vinha com essa atividade.

Jasmine deu de ombros.

— É um bom trabalho, seguro. Os telespectadores podem acompanhar o crescimento e o desenvolvimento do personagem ao longo do tempo. Eles se tornam íntimos. — Ela lhe lança um olhar exasperado. — Você vai mesmo passar o ensaio todo correndo?

— Ah, não. — Mas ele não parou. Correr era a única coisa que o impedia de tornar aquilo constrangedor. Ele havia conseguido não ter uma ereção quando filmaram as cenas mais íntimas, mas vê-la naquela roupa justa mexia de verdade com ele. — O que mais acontece no episódio?

Jasmine folheou as páginas, ainda caminhando.

— Há algumas cenas em que Victor tem dificuldades para gravar uma nova música. Carmen tem uma conversa franca com o pai a respeito do legado da família, e Victor participa dos testes para a competição de dança. Mas não é escolhido.

— Coitado do Victor. Vai ficar arrasado.

Ashton sabia como era. Ainda que aquilo fizesse parte do universo de um ator, era horrível não ser escolhido.

— Parece que os produtores acham que ele não é muito confiável, por causa do cancelamento da turnê, então não o aceitam.

— Sorte dele que tem Carmen para consolá-lo.

— Sim, mas ela é a Carmen, então você sabe que ela vai aproveitar a ocasião para lhe dar uma lição. — Jasmine alcançou o roteiro que havia enrolado e encaixado no porta-objetos da esteira. — Pronto para começar?

— Hum, claro. — Ashton diminuiu a velocidade de sua esteira e secou o rosto numa toalha.

Ele precisava controlar o desejo que sentia por ela. Graças a Deus aquele episódio demandaria menos contato físico.

Quando afastou a toalha do rosto, olhou para Jasmine e se apressou em pausar a própria esteira.

Com os olhos arregalados e a boca aberta, ela estava encarando a TV com um horror abjeto. Ashton se esticou para pausar a esteira dela antes que ela tropeçasse, e então se virou para ver o que ela estava olhando.

Carajo. Aquele *pendejo* do McIntyre preenchia a tela, conversando com uma repórter muito jovem e bonita. O som estava desligado, mas era possível ler as legendas na parte de baixo da tela: *E então, McIntyre, conte-nos sobre sua nova namorada.* Um segundo depois, o rosto de Jasmine apareceu num canto da tela, ao lado da foto de outra mulher muito parecida com ela.

Antes que Ashton pudesse falar qualquer coisa, Jasmine desceu da esteira e foi até a TV. Num movimento desesperado, correu os dedos pela lateral do aparelho, provavelmente à procura do botão de desligar. Como não o encontrou, colocou a mão por trás da TV e tirou o plugue da tomada. A tela escureceu.

Respirando com dificuldade, ela se manteve de costas para ele, mas Ashton viu pelo espelho o reflexo da expressão arrasada dela.

— Me desculpe — disse Jasmine com a voz rouca. — Mas isso...

— Eu sei. — Ashton desceu da esteira e foi até ela.

Como Jasmine não se moveu, Ashton colocou uma mão em seu ombro e gentilmente a conduziu até um banco de levantamento de peso, para que ela se sentasse. Então lhe entregou a garrafa de água e sentou-se a seu lado, enquanto ela tomava um longo gole.

Quando Jasmine finalmente abaixou a garrafa, sua expressão estava arrasada.

— Posso contar a pior parte? — sussurrou ela.

Ele faria qualquer coisa por ela naquele momento.

— *Dime*. Pode falar.

Ela engoliu em seco e então encolheu os ombros.

— Eu nem acho que gostava tanto dele assim. Eu só... queria que ele gostasse de mim. E achava que ele gostava.

O coração de Ashton se partiu por ela. O que ele poderia dizer diante daquilo? Mais do que nunca, queria tomá-la nos braços, confortá-la. Mas eles não eram tão próximos assim. Victor e Carmen sim, mas Ashton e Jasmine não.

Mesmo assim, ela tinha acabado de confidenciar um grande segredo, e ele precisava dizer alguma coisa. As palavras *Eu gosto de você* estavam na ponta da língua, mas, em vez disso, ele simplesmente pegou a mão dela e a segurou. Quando a mão dela apertou de volta, ele acariciou os nós dos dedos dela com o polegar.

Jasmine estremeceu de leve.

— Minhas primas querem que eu volte para Nova York. Por causa de... tudo isso. — Ela apontou com a mão livre para a TV desligada.

— Você foi criada aqui, certo?

Ela assentiu.

— A maior parte da minha família está aqui. Meus avós por parte de mãe moram em San Diego, mas o lado dos

Rodriguez está todo aqui. Nova York é onde me sinto em casa.

— Mas você agora mora em Los Angeles.

— É onde as *soap operas* são filmadas, mas eu gostaria de poder voltar. — Ela encolheu levemente os ombros, triste. — O trânsito, o estresse, as amizades falsas... Eu não faço nem ideia de qual dos meus supostos amigos recebeu dinheiro em troca de declarações anônimas para revistas de fofocas... Desconfio de algumas pessoas, provavelmente alguns de meus colegas de *O esquadrão do glamour*. Como saber em quem confiar depois disso?

— *No sé* — disse ele. — *Yo solo me fío en mi familia.*

Ela franziu a testa como se estivesse tentando traduzir a frase.

— Eu só... alguma coisa... em minha família. Desculpe, não conheço essa palavra. *Fío.*

Ele apertou a mão dela, depois a soltou.

— Confiar — disse ele. — Significa confiar.

Ela assentiu, e a mão que ele tinha acabado de soltar se fechou num punho.

— Eu odeio Los Angeles — continuou Ashton, tentando aliviar a tensão. Ele esticou as pernas e então as cruzou na altura dos tornozelos. — Quero trabalhar em Hollywood, com toda a certeza, mas acho que não aguentaria morar lá definitivamente.

Ele não mencionou que não gostaria de criar seu filho naquele lugar. Nem que a Califórnia ficava longe demais de Porto Rico.

Não mencionou nada disso, o que era normal. O anormal era ter sentido *vontade* de mencionar. Ashton sentia vontade de se abrir e confidenciar isso a Jasmine. Ele desconfiava de que ela seria uma boa ouvinte. Mas então ela o olhou com aqueles olhos estonteantes e cheios de compaixão, e ele sentiu que ia se perder. E se perder não era uma opção quando toda a sua família precisava que ele fosse forte.

Em vez disso, disse apenas:

— Vamos ensaiar. E você vai poder mostrar a todos eles como estavam errados a seu respeito.

— Obrigada. — O sorriso dela era doce, mas triste. — Mesmo.

Quando eles voltaram para as esteiras e pegaram os roteiros, Ashton se perguntou como seria se eles fossem outras pessoas, em outra situação. Se ele fosse apenas um pai solteiro que não precisasse se preocupar em manter a existência do filho em segredo e Jasmine não estivesse sob o foco da mídia nacional.

O que ela pensaria se soubesse de Yadiel?

Mas ela não podia saber. E ponto-final.

Capítulo 17

Depois de uns dias, Jasmine enfim conseguiu tomar coragem e pediu ajuda a Ashton para praticar seu espanhol. Ela havia treinado um pouco com Miriam e Peter, mas tinha sido difícil pedir a Ashton. Não que ela achasse que ele fosse dizer não — a comunicação entre eles tinha melhorado substancialmente depois da conversa na academia —, mas porque ainda se envergonhava de não dominar a língua.

Jasmine tinha pensado que eles praticariam em um dos camarins, por isso ficou surpresa quando ele sugeriu que fossem a um supermercado perto do hotel numa noite depois das filmagens.

Era um desses grandes supermercados de Manhattan com prateleiras altas, corredores apertados e comidas chiques. Ashton alegou que de fato precisava fazer compras, mas Jasmine não achava que ele precisava tanto assim do refrigerante de gengibre e da manteiga de amendoim que ele colocara na cesta.

Eles foram disfarçados. Ashton usava outra camisa estilo *guayabera*, bermuda cargo e sandália de couro, além de um boné dos Yankees e óculos escuros que ele tirou assim que entraram na loja. Jasmine vestia uma legging, camiseta branca lisa e tênis e estava com o cabelo preso num coque bagunçado. Na imaginação dela, eles pareciam um belo casal de latinos ricos, fazendo compras para um jantar que cozinhariam juntos em seu apartamento do Upper East Side. Ele poderia ser um médico e ela, talvez... uma instrutora de pilates?

Epa, só um segundo. Por que ela não podia ser a médica? E Ashton, quem sabe... um personal trainer. Era fácil — e muito delicioso — imaginá-lo demonstrando a execução certa dos exercícios.

Enquanto eles percorriam os corredores do mercado, Jasmine se esforçava para parar de olhar para ele com admiração e de tentar imaginá-los em diferentes papéis. Ele estava ali para ajudá-la, só isso. Bem, e talvez para comprar manteiga de amendoim.

Mas ele era muito bonito, mesmo com aquela roupa de pai latino rico.

Ela não deveria ter ido encontrá-lo na academia do hotel. E definitivamente não deveria ter usado seu melhor top de ginástica, aquele que deixava seus seios definidos e empinados, em vez de causar a impressão de peitos achatados. Sabia que estava pegando pesado, mas a reação de Ashton tinha valido a pena.

Pelo menos do ponto de vista pessoal. Do profissional, estava decepcionada consigo mesma. Ela não devia querer parecer atraente para ele.

Além disso, sua reação ao ver McIntyre na TV não fora nada atraente. Ela tinha medo de voltar à sala de ginástica do Hutton Court e descobrir que havia quebrado a televisão. E, quando pensava na forma como havia se aberto com Ashton, sentia a vergonha percorrer o corpo. Ele era um bom ouvinte, alguém com quem era fácil conversar. Muito diferente do personagem que interpretava — Ashton era mais calado e muito mais reservado que Victor —, mas algo nele provavelmente se conectava com Victor, porque sua facilidade em assumir a postura sexy do personagem era impressionante.

E ele ficava muito gostoso correndo com aquele short soltinho e com os braços fortes à mostra. Graças às cenas entre Carmen e Victor, Jasmine sabia que ele escondia belos músculos debaixo do figurino, mas vê-los à mostra tinha valido a espera.

— *¿Y esto?* — Ashton segurou um pacote de bolachas de água e sal.

Jasmine suspirou e desviou o olhar da bunda de Ashton.
— *Galletas*. Eu disse que já sei o nome das comidas.

Ele balançou o pacote na frente dela e pediu, num tom paciente:

— *Usa la palabra en una oración completa.*

Uma frase completa. Certo.

— Hum... *me gusta comer galletas con... queso?*

Ele colocou o pacote de volta na prateleira.

— Está certo, mas você podia tentar uma frase diferente, que não começasse com "eu gosto". Por enquanto você disse que gosta de pão, vinho e agora de biscoito com queijo.

— Mas eu gosto mesmo de pão, vinho e biscoito com queijo — resmungou ela, então pegou o pacote de volta da prateleira e o colocou em sua cesta. — Falando nisso, vamos pegar um pedaço de queijo.

— *En español* — ele a lembrou em uma voz cantada.

Ela revirou os olhos, mas sorriu.

— *Vamos a buscar el queso*. Está satisfeito?

— *Claro que sí.*

Sob a aba do boné, ele abriu um sorriso que a fez contorcer os dedos dos pés dentro de seu Adidas.

Quando estavam a caminho da seção de laticínios, "I Wanna Dance With Somebody" começou a tocar nos alto-falantes do supermercado.

— Peraí. Eu amo essa música.

Jasmine parou no meio do corredor e começou a fazer uns passos de dança enquanto cantarolava em voz baixa a canção de Whitney Houston.

Ashton ergueu a sobrancelha e repetiu as palavras em espanhol, mas transformando-as em uma pergunta.

— *¿Quieres bailar con alguien?*

— *Sí* — disse ela com um sorrisinho atrevido, como se ele realmente estivesse convidando-a para dançar com ele.

Para sua surpresa, ele inclinou a cabeça e disse:

— *Bueno.*

Antes que ela se desse conta do que estava acontecendo, ele pegou a mão dela e a girou em seus braços antes de afastá-la num rodopio e puxá de volta para junto de seu corpo, segurando-a num abraço.

Jasmine girou até parar, a respiração acelerada pela surpresa e pelo fato de estar tão perto dele. O corpo de Ashton era quente, firme e tinha um cheiro delicioso. As mãos dele a seguravam com força, bem diferente da maneira suave como ele tinha deslizado os dedos pelos dela quando a confortara na academia. Ela queria continuar dançando. Ou tirar a roupa dele com os dentes. Qualquer uma das duas coisas seria ótima.

Mas, como eles estavam num supermercado, ela mudou de assunto.

— Você vai filmar a cena da dança amanhã, certo?

— *Sí.*

— Está nervoso? — Ele fez uma careta, e Jasmine repetiu a pergunta em espanhol. — *¿Estás nervioso?*

Ele negou com a cabeça, então olhou para além dela, mirando o fim do corredor.

— Não, eu...

Quando ele vacilou, Jasmine seguiu seu olhar. Na seção de congelados, uma mulher usando um avental com o nome do supermercado estava olhando para a tela de seu celular, mas segurava o telefone num ângulo estranho, como se estivesse...

Como se estivesse tirando uma foto.

Jasmine sentiu seu estômago afundar até o pé. Aquela com certeza era a pior parte da fama — a falta de privacidade, de anonimato. Ela se sentia nua, exposta e... amarga. Ela não podia nem agir feito boba dentro de um supermercado metido sem se preocupar que alguém a estivesse observando.

Ashton contraiu a mandíbula. Ele largou Jasmine depressa e colocou de volta os óculos escuros.

— Devíamos ser mais cuidadosos.

Jasmine assentiu.

— Você tem razão.

Mulheres de Sucesso só aparecem na capa de revistas de fofoca por uma boa razão.

Galletas com queso e "I Wanna Dance with Somebody" *não* eram boas razões.

— Vamos embora. — Ashton se virou de costas para a mulher e saiu do corredor pela direção oposta.

Eles pagaram em silêncio e saíram da loja.

De volta ao hotel, quase não se falaram a não ser para desejarem boa-noite, e Jasmine voltou para o quarto dela sozinha. Na pequena cozinha da suíte, tirou os produtos da sacola — tinha comprado biscoitos, mas não o queijo para acompanhá-los — e se perguntou o que teria acontecido se a mulher com o celular não os tivesse interrompido.

A PREOCUPAÇÃO DE Jasmine com o que havia acontecido no supermercado não durou muito. Quando estava indo dormir, ela recebeu um e-mail avisando sobre algumas mudanças. Todos estavam tão felizes com a maneira como ela e Ashton vinham atuando juntos que tinham resolvido colocá-la nas cenas de dança.

Ela correu para fazer sua rotina de *skincare* — toda vez que pensava em pular uma etapa, ela ouvia a voz de sua avó alertando-a sobre rugas — e se aninhou na cama com seu tablet. Abriu o arquivo com o roteiro e leu rapidamente.

Alguns atores preferem ler e memorizar as falas aos poucos. Outros têm dificuldade para decorar. Jasmine pertencia a um terceiro tipo, e isso fazia dela uma excelente atriz de *soap operas*: ela era muito boa em leitura dinâmica e tinha uma memória incrível para coisas como letras de música, poemas e, mais importante, roteiros.

Ela encontrou a cena em que Victor deveria se preparar para seu encontro com os produtores. Ela e Ashton já haviam ensaiado aquele trecho, com Jasmine lendo a parte que seria dos produtores. Originalmente, a intenção era mostrar Victor sozinho, sem Carmen. Mas agora… Jasmine continuou passando as páginas. Na nova versão, Victor insistia para que Carmen dançasse com ele para ensaiar para o teste.

Jasmine conferiu a ficha técnica. Aparentemente a produção levaria dois dançarinos profissionais para ajudá-los a ensaiar para a cena. O que significava…

Que ela ia dançar com Ashton.

Como estava sozinha, Jasmine ergueu o punho e gritou:

— *Isso!*

Então descansou o tablet em seu peito e se deixou levar pela imaginação. Os poucos passos de dança que haviam feito no supermercado a tinham deixado louca por mais. O corpo dele era tão firme, tão forte e, pelo que ela tinha observado enquanto ele corria na esteira, se movia com tanta graça e fluidez. A ideia de dançar nos braços dele diante das câmeras e dar a Carmen a chance de se deixar levar a deixavam animada. Ela mal podia esperar.

Em meio à sua fantasia, Jasmine também sentiu uma ponta de orgulho pelos roteiristas. A mudança condizia com o personagem de Victor, especialmente depois que ele insistira para que Carmen o acompanhasse no tapete vermelho, no segundo episódio, e também permitia mais *closes* e interação em cena entre Carmen e Victor, algo que os telespectadores amariam.

A única parte ruim era que agora Jasmine tinha mais falas para decorar *e* uma coreografia de dança. Mas estava empolgada, e foi dormir naquela noite com um sorriso nos lábios.

Quando chegou ao estúdio de dança no dia seguinte, a preocupação tomava conta dela. Será que Ashton a evitaria depois de talvez terem sido fotografados juntos no supermercado? Mas seu medo foi substituído pela expectativa de dançar com ele. Ela foi até o buffet de comidas em busca de uma barrinha de proteína e um café, e em seguida entrou no estúdio de dança de verdade, onde eles ensaiariam.

Um assistente de direção a conduziu até uma sala espaçosa, equipada com espelhos do chão ao teto, uma barra de balé, sistema de som e um piso reluzente de madeira. Janelas estreitas davam para a Rua 46ª.

Jess e Nik, os dançarinos contratados para coreografar a salsa de Carmen e Victor, eram lindos, profissionais e

— Jasmine percebeu pela maneira como se olhavam — cem por cento apaixonados um pelo outro. Jess era baixinha, com uma pele marrom aveludada e cachos maravilhosos. Nik tinha um sorriso fácil, um pronunciado sotaque do Brooklyn e se movia como um leopardo.

A primeira coisa que os dançarinos perguntaram, depois das apresentações, era se Jasmine e Ashton tinham alguma experiência em dançar salsa. Quando os dois assentiram, Jess bateu palmas de animação.

— Bem, isso facilita as coisas, não é mesmo?

Nik colocou uma música da Gloria Estefan para tocar.

— Por que vocês dois não mostram para a gente um pouco do que sabem fazer?

Jasmine sentiu a respiração presa em sua garganta. Aquilo era o oposto do que eles vinham fazendo com Vera, que desenhava e dirigia cada movimento antes que eles o executassem. Ainda que tivesse sido meio esquisito no começo, aquilo também eliminava a estranheza de simplesmente se jogar numa situação de intimidade com o outro ator — o que, ponderou Jasmine, era exatamente o motivo pelo qual havia uma coordenadora de intimidade na produção. Hoje eles estavam por conta própria.

Ashton levantou a mão e olhou Jasmine nos olhos. Ela daria tudo para saber o que ele estava pensando naquele exato momento. Será que estava animado para dançar com ela? Irritado? Ela não sabia dizer. Mas segurou a mão dele e, com isso, começaram a dançar.

Anos de memória muscular adormecida vieram à tona. Jasmine havia aprendido aqueles movimentos ainda muita nova, e tinha dançado com os *abuelos* e os *tíos* em todos os casamentos, aniversários e batizados a que tinha ido. Sua coluna se arqueava na posição correta enquanto seus pés marcavam o compasso e seu quadril entrava no ritmo. A salsa estava em seu sangue, uma combinação de congas, trompetes e vozes roucas que fluíam por seu corpo e a impeliam a se mover com eles.

E Ashton...

Ashton sabia como conduzi-la.

Ele a conduzia em giros e rodopios, indicando o próximo passo com sinais discretos, como uma mão em suas costas ou um empurrãozinho em seus dedos. Jasmine se movia ao som da música, seguia sua condução, sempre atenta a ele. Havia uma luz nos olhos dele que ela nunca vira antes, e seus lábios estavam curvados num sorriso confiante que a fazia derreter por dentro.

Agora ela entendia por que Ashton dissera que não estava nervoso com a cena de dança. Ele era *muito bom* naquilo.

A dança dos dois durou apenas alguns segundos antes que Nick desligasse a música, e o coração de Jasmine implorou por mais. A respiração dela estava acelerada quando se virou para os coreógrafos, mas não era pelo esforço.

Ashton havia tirado seu fôlego.

E ele ainda estava segurando a mão dela.

Ele apertou levemente os dedos dela, e então a soltou. E o coração traiçoeiro de Jasmine interpretou aquilo como se fosse uma declaração de amor.

— Vocês dois claramente têm ritmo — disse Nick, voltando para perto deles.

— E química — acrescentou Jess, radiante. — Isso facilita muito nosso trabalho, assim podemos nos concentrar na forma e na coreografia. Tudo bem?

Eles começaram a trabalhar, e Jasmine não se lembrava da última vez que se divertira tanto no set. Sem querer ofender Vera.

No fim do dia, ela estava cansada, mas animadíssima. Pela primeira vez, se permitiu imaginar o que o público acharia de *Carmen*. Era algo que evitava durante as filmagens, porque, se atuasse pensando na reação do público, aquilo ficaria na sua cabeça e atrapalharia seu desempenho. Mas, pela maneira como os últimos episódios vinham se desenvolvendo, ela tinha certeza de que as pessoas amariam.

Ela só queria que houvesse audiência suficiente para garantir uma segunda temporada. Estava começando a adorar Carmen e Victor e cada vez mais curiosa para saber o que os roteiristas fariam se tivessem mais episódios.

Deixando-se levar pela animação, Jasmine deteve Ashton a caminho do trailer duplo que dividiam e fez o convite antes que seu bom senso a impedisse:

— Quer ensaiar hoje à noite? — perguntou ela, num tom casual. — Você pode ir até meu quarto.

Enquanto esperava por uma resposta, ele a olhou por um momento que pareceu durar uma eternidade.

No fundo de sua mente, o bom senso havia disparado um alarme.

Péssima ideia péssima ideia péssima id...

— Claro — disse ele, e Jasmine não pôde evitar sentir um arrepio de prazer com a resposta.

Mas a voz do bom senso continuou ecoando em sua mente enquanto ela entrava no lado dela do trailer, tirava a maquiagem e depois embarcava no SUV preto que a levaria de volta ao Hutton Court, até que ela não pôde mais ignorá-la e recorreu às Primas Poderosas.

> **Jasmine**: Socorro. Fiz uma coisa incrivelmente estúpida.

Capítulo 18

Ashton não sabia dizer o que tinha dado nele para aceitar o convite de Jasmine.

Quer dizer, ele *sabia* — era puro, e imprudente, desejo, à toda depois de um dia todo dançando com ela —, mas mesmo assim deveria ter declinado. Havia várias razões pelas quais ele precisava ser cuidadoso ao se encontrar com colegas de trabalho em lugares privados.

Não que ele achasse que Jasmine tinha segundas intenções. Acreditava que ela queria ensaiar. O desempenho dos dois havia claramente melhorado desde que tinham começado a passar mais tempo juntos, mas Ashton ainda temia que alguém descobrisse o que andavam fazendo. A situação no supermercado fora ruim o suficiente. Ir ao quarto de hotel dela depois do expediente era coisa de amador; ele estava praticamente pedindo para ser pego.

E ainda assim, lá estava ele, à porta do quarto dela.

Ele poderia tentar se convencer de que estava ali para aprimorar a atuação dos dois e, até certo ponto, era verdade.

Mas, para além disso, ele só queria passar um tempo com ela.

Não adiantava ficar parado no corredor, onde podia ser visto com mais facilidade. Ele ergueu o punho e bateu.

Um segundo depois, a porta se abriu, revelando o rosto sorridente de Jasmine.

— Oi — disse ela radiante. — Entra.

Ele a seguiu para dentro da suíte, que era exatamente igual à dele — uma pequena cozinha à direita, levando a uma sala de estar com um quarto separado ao lado. Não era nada chique, mas era funcional e espaçosa o suficiente para passar alguns meses.

O lugar estava silencioso, e Ashton tinha plena consciência do fato de que estavam sozinhos ali. A maior parte da interação entre eles se dava diante de uma plateia, ou com a possibilidade de que alguém os interrompesse. Mas agora eram só os dois.

E havia uma cama logo depois daquela porta...

Não pense na cama, cabrón. *Não é por isso que você está aqui.*

— Eu imaginei que você ainda não tinha jantado, por isso pedi um prato de antepastos. — Jasmine indicou uma bandeja com frios, queijo em cubinhos e azeitonas em cima da mesa de jantar redonda no canto. Havia uma garrafa de água com gás San Pellegrino dentro de um balde com gelo. — Não pedi vinho — ela acrescentou depressa quando viu que ele estava olhando —, porque...

— Está com medo que eu derrube em você? — brincou ele para aliviar a tensão que havia se instalado entre eles.

Funcionou. Ela riu e balançou a cabeça.

— Sei que foi um acidente. Não. Não tem vinho porque... hum... temos que acordar cedo amanhã.

Ashton não acreditava que o motivo era aquele, mas não pressionou. Em vez disso, entregou a ela uma pequena sacola de presente.

— O que é isso? — Jasmine espiou dentro da sacola, então soltou uma risada de surpresa. — Está de brincadeira comigo?

Ele sorriu quando ela tirou uma cápsula de Café Bustelo de dentro da sacola.

— Para repor o café que eu derramei — disse ele. — Achei que já estava na hora.

Jasmine colocou a cápsula de café de volta na sacola junto com as outras e abriu um sorriso radiante para Ashton.

— Não precisava, mas obrigada mesmo assim. Vou colocar na cozinha.

Quando ela saiu, Ashton se sentou à mesa e serviu para eles dois copos de água com gás. Jasmine voltou e se sentou diante dele.

Depois de colocar um pedaço de presunto Parma e queijo de cabra em seu prato, Ashton abriu o roteiro.

— Muito bem, vamos ver qual é o contexto aqui.

— Esse é o episódio em que Carmen pega pesado, por assim dizer, para melhorar a imagem pública de Ashton — respondeu ela, enfiando uma azeitona na boca.

Ashton folheou as anotações da cena.

— Temos animais fofinhos para adoção e a visita a um hospital infantil.

Jasmine levantou o roteiro para mostrar a ele o número da página.

— E então Carmen e Victor têm uma conversa séria sobre o futuro que nunca tiveram.

— Acho que devíamos ensaiar essa parte — sugeriu Ashton. — Tem alguns trechos em espanhol, também.

— E sabemos que eu preciso treinar bastante esse aspecto — murmurou Jasmine, fazendo uma anotação na margem do roteiro.

— *Oye*. — Ele esperou até que ela olhasse para ele. — Você está sendo muito dura com você mesma. Eu sei como é atuar numa língua que não é a sua, e você está se saindo muito bem.

A expressão dela se suavizou, fazendo-a parecer mais jovem, iluminada e, nossa, tão meiga.

— Obrigada. Mas agora eu me sinto mal por ter reclamado.

— Sem querer ofender, mas acho que meu inglês é bem melhor que o seu espanhol.

Ele sorriu para mostrar que estava apenas brincando, e Jasmine riu e cobriu o rosto com as mãos.

— Você tem razão. — Ela apertou os lábios, pensativa. — É estranho como alguns dos meus primos aprenderam espanhol melhor que outros. Por exemplo, meu irmão não fala nada, já minha prima Ava é quase fluente.

— Você disse que seus avós nasceram em Porto Rico, certo? — perguntou ele.

— Os pais do meu pai, sim. Meu pai nasceu em Nova York, mas o espanhol é a primeira língua dele. Os pais da minha mãe nasceram no Havaí, mas meu avô tem origem porto-riquenha e a família da minha avó era das Filipinas. Minha mãe só fala inglês, então tudo que sei de espanhol aprendi com os meus avós aqui em Nova York.

Ele assentiu, pensando em Yadiel, que falava espanhol em casa e inglês na escola.

— Você teve experiências de diáspora dos dois lados da família.

— Foi uma das coisas que me atraiu em Carmen — admitiu ela, indicando o roteiro. — Ela é nova-iorquina e porto-riquenha.

— *Y Victor es puertorriqueño.* — Ashton sorriu. — É raro nos vermos tão bem representados na cultura pop.

— Principalmente com tantos paralelos óbvios — murmurou ela.

— O que você quer dizer?

Ela curvou os lábios, achando graça.

— Vai me dizer que não percebeu? Nossos papéis estão invertidos. Os paparazzi me perseguem, como acontece com Victor, e você...

— Eu fujo da mídia, o que é mais como Carmen. — Ele assentiu devagar. — Entendi o que quer dizer.

Jasmine deu de ombros.

— Só que eu também namorei um cantor de fama internacional, então acho que tenho algumas coisas parecidas com Carmen, no fim das contas.

— Você é mais parecida com ela do que imagina — disse Ashton em voz baixa, desejando que ela pudesse se ver da maneira como ele a via. Forte, sexy, com um bom coração.

Antes que ele fizesse alguma besteira, tipo *dizer* a ela quanto a admirava, Ashton pegou seu copo de água com gás e bebeu num gole só, na esperança de que aquilo pudesse acalmá-lo.

— É interessante pensar em como a indústria das novelas latinas está crescendo enquanto as *soap operas* estão afundando — ponderou Jasmine. — A gente trabalha *tanto*, mas elas ainda têm uma reputação ruim.

— Mas as novelas latinas também têm — observou Ashton. — Todo mundo pensa que são produções ridículas, de baixo orçamento, mas é um ramo enorme. Há muita cultura nas histórias dos personagens. Tem romance e drama, criatividade e emoção. Elas evoluíram muito, mas, quando as pessoas pensam em novelas latinas, só se lembram das tramas caricatas, como *Maria do bairro* e *Marimar*, ainda que essas produções tenham feito sucesso no mundo todo e que Thalía seja um ícone da cultura pop latina.

— Ah, sim, eu me lembro dessas — disse Jasmine com um sorriso. — Minha tia assistia quando eu era bem pequena.

Ele cobriu os olhos.

— *No me digas*, você está fazendo eu me sentir velho. Mas é isso que estou querendo dizer: elas agradam a todos, e as pessoas assistem em família. Eu cresci assistindo com minha mãe e minha avó.

— Elas devem ter ficado muito orgulhosas quando você começou a atuar — disse Jasmine, com um sorriso sincero.

— Ficaram. Meus pais... Eles fizeram tudo o que podiam para que eu alcançasse meus objetivos.

Ele parou de falar, porque pensar naquilo fazia com que pensasse em sua mãe, o que fazia com que sentisse saudade.

A mãe sempre acreditara nele. Ela foi sua primeira fã, e a maior de todas, desde que ele fazia teatro infantil na escola. Quando Ashton não conseguia o papel que queria ou errava as falas, ela ainda assim o elogiava por ter tentado e sempre dizia que tinha orgulho dele. Na época, ele achava que todo aquele apoio era um pouco sufocante. Ela sempre dizia que sua atuação era ótima mesmo quando ele sabia que não era, sempre olhava pelo lado positivo mesmo quando ele queria se deixar levar pela rejeição.

Agora, Ashton daria qualquer coisa para ter mais um segundo com ela, para apresentá-la a Yadiel. Sua maior conquista. Era clichê, mas Yadi era seu orgulho e sua alegria, e ele se lamentava todos os dias por sua mãe não ter conhecido seu filho e por Yadiel nunca ter sentido o amor dela. Em seus momentos de luto mais intenso, desejava que Yadiel tivesse tido uma mãe que o amasse tanto quanto a de Ashton o amara. Mas não tinha o poder de mudar as coisas, e não o faria, mesmo que pudesse. Tudo o que tinha acontecido o levara a ser o pai de Yadiel, e ele não trocaria isso por nada.

A culpa o atingiu, cortante e certeira. Ele não estava deixando isso de lado para investir em sua carreira? Colocando a responsabilidade nos ombros de seu pai e de seus avós muito idosos?

Jasmine, desconhecendo os pensamentos dele, seguiu em frente, e Ashton deixou que as palavras dela o tirassem daquela escuridão.

— Minha *abuela* é uma grande fã de novelas latinas, mas minha outra avó assiste a *soap operas* — disse ela, colocando mais algumas azeitonas em seu prato. — Eu comecei a assistir a *The Young and the Restless* e a *The Bold and the Beautiful* durante as visitas aos meus avós maternos nas férias de verão. Mas minha preferida era *Passions*, mas se você contar isso a alguém eu vou negar.

— *Passions?* — Ele ergueu as sobrancelhas. — Aquela com...

— Essa mesmo — disse ela com uma risada. — Aquela com *tudo*. Era tão exagerada, eu não conseguia parar de assistir. Mas, veja bem, eu tinha uns 8 anos quando comecei a ver, então não era o público mais exigente.

— Oito? — Ele gemeu. — Estou me sentindo velho de novo. Acho que eu já estava no ensino médio.

— Tudo bem, *viejo*, e qual era sua preferida? Eu contei a minha.

Ele não gostou muito de ser chamado de velho, mas lhe agradava o fato de ela ter falado em espanhol e de forma carinhosa.

— *Café, con aroma de mujer*, porque... bom, porque era sobre café.

Jasmine deu uma risadinha.

— É a sua cara.

Ashton se serviu de um pouco mais de comida, surpreso ao notar que já havia terminado o primeiro prato. Ele estava gostando de conversar com ela. Era bem melhor do que malhar pela segunda vez no dia ou ficar zapeando pela tv de sua suíte.

— Como você entrou para esse ramos das *soap operas*?

— Eu estava fazendo comerciais e meu agente conseguiu um teste para uma figuração em *General Hospital*. Era meu sonho se tornando realidade! Aquilo levou a uma ponta em *Days of Our Lives* e então a um papel um pouco maior em *The Young and the Restless*, e finalmente a *Sunrise Visa*. Não durou muito, mas me abriu as portas para *O esquadrão do glamour*...

— E disso para uma indicação para o Emmy Daytime. — Ele aplaudiu. — Você devia se orgulhar.

Ela deu de ombros.

— Eu me orgulho, mas não faço isso pelos elogios. Tudo o que eu quero é ser uma atriz atuante, com uma carreira consistente. Não quero passar por dificuldades. E minhas duas avós acham isso o máximo, mesmo que o resto da família aja como se eu não tivesse um *emprego de verdade*.

— Eu sinto o oposto em relação às novelas — admitiu ele. — Tenho orgulho do trabalho que venho realizando e dos prêmios que recebi, mas isso não vale de nada se não me tirar daqui.

— Nada? — Ela ergueu uma sobrancelha. — Agora você está falando como o Victor.

Ele riu.

— Deus me livre. E não me entenda mal. Esse trabalho é importante. Nós estamos normalizando o fato de que pessoas que falam como a gente e se parecem com a gente também são felizes e bem-sucedidas.

— Mas você quer atuar em filmes de Hollywood?

Ele tomou um longo gole de água com gás, desejando que fosse algo mais forte.

— Quero.

— Por que continuar trabalhando na TV se você odeia tanto isso? — perguntou ela com o cenho levemente franzido.

A pergunta o incomodou, e ele não sabia muito bem por quê.

— Eu não odeio a TV, mas estou cansado. Novelas devem ser um degrau para alcançar o próximo nível. Eu só não quero ficar preso nele por muito tempo. Espero que *Carmen* seja o projeto que me ajude a avançar.

Jasmine o encarou por cima da bandeja de antepastos com um olhar ofuscante e intenso.

— Acho que no fundo você ama esse trabalho — disse ela baixinho. — Provocar uma reação emocional na audiência é a droga mais poderosa que existe. Em novelas ou *soap operas*, essa é nossa especialidade. Amor. Ódio. *Paixão*. A gente vive pela reação do espectador. *Precisamos* disso.

Enfeitiçado pelas palavras e pelo tom sedoso da voz dela, Ashton também falou baixo. Eles estavam entrando num terreno perigoso, mas ele não se importava.

— E que reação eu provoco em você?

Ela deu ombros, fingindo indiferença.

— *Ninguna*.

Ele sentiu um calor crescendo em seu estômago e se espalhando.

— *Ay, linda. Estás mintiendo.*

Está mentindo.

Jasmine abriu a boca para responder, mas foi interrompida por uma batida brusca à porta. Um coro de vozes soou:

— Jasmineeee, chegamoooos!

Ele a fuzilou com o olhar. Queria saber o que ela ia dizer, mas aquele desejo foi abafado por um crescente sentimento de horror e traição.

Ela tinha contado a alguém.

Seria a imprensa? Outros colegas de trabalho?

Jasmine respirou fundo.

— São as minhas primas.

Ay, Dios. Pior ainda.

Capítulo 19

Jasmine abriu a porta e encontrou Michelle e Ava no corredor. Michelle ergueu uma sacola barulhenta.

— Trouxemos vinho.

— E pizza! — Ava passou por Jasmine e se dirigiu à cozinha, carregando uma grande caixa de papelão que encheu a suíte com um cheiro delicioso.

Michelle olhou para Ashton como se só tivesse notado a presença dele naquele momento.

— Ah, você está acompanhada?

Ela sabia muito bem que Ashton estava lá, porque, antes de chegar, Jasmine tinha mandado a elas uma mensagem de texto confessando que o havia convidado. Elas a relembraram do Plano da Mulher de Sucesso e não falaram mais nada. Jasmine deveria ter desconfiado de que estavam aprontando alguma, mas estivera ocupada pedindo comida e se arrumando antes de Ashton chegar.

— O que vocês estão fazendo aqui? — sussurrou Jasmine enquanto Ava se apresentava a Ashton.

Michelle lançou a Jasmine um olhar acusador.

— Te salvando de você mesma. — Então se dirigiu a Ashton e disse: — Ora, ora, se não é *el león dorado*?

Jasmine terminou as apresentações, todos se cumprimentaram com beijinhos no rosto e logo estavam sentados ao redor da mesa de jantar redonda atacando a pizza.

— Ah, acompanhamentos! — Michelle pegou umas azeitonas e uns pimentões grelhados da bandeja de antepastos e os colocou em cima de sua fatia de pizza. — E aí? O que vocês estavam fazendo?

Ashton distribuiu os guardanapos.

— Ensaiando nossas falas.

Não era exatamente verdade, considerando que eles ainda nem tinham aberto os roteiros, mas era melhor que admitir que estavam flertando enquanto comiam azeitonas e falavam sobre novelas.

— Excelente — disse Michelle. — Jasmine é profissional, mas Ava e eu também fizemos aula de teatro na escola.

— O que você faz agora? — perguntou Ashton educadamente.

— Sou designer gráfica freelancer.

Michelle era muito mais do que isso, mas Jasmine não a contradisse. Começar a trabalhar como freelancer tinha sido o jeito que Michelle encontrara para se recuperar do trauma de seu cargo de alto escalão — e extremamente estressante — em uma empresa.

— E você? — perguntou Ashton, dirigindo-se a Ava.

— Sou professora do ensino fundamental. — Ava abriu a garrafa de vinho. — Mas estou de férias agora.

— E você? — Michelle perguntou a Ashton, como se não soubesse. Jasmine revirou os olhos enquanto Ava servia as taças.

Ashton respondeu com um sorriso constrangido.

— Bem, já fui minerador, xerife, CEO, duque e agora sou cantor.

Michelle balançou a cabeça.

— Um homem de muitos talentos. Vinho?

Jasmine escondeu o sorriso com sua taça. Michelle era assim. Encantava qualquer um com sua combinação particular de humor ácido e atitude casual. Mas Jasmine sabia o que Michelle estava fazendo. Ela estava avaliando Ashton, vendo até onde ele ia.

E até agora Ashton — o mesmo cara que se escondia de todos no set — estava se saindo bem. Ele fez piadas e trocou gracejos com Michelle, conversou sobre filmes com Ava e se jogou na pizza.

— Quem está na cena? — perguntou Michelle, pegando o roteiro de Jasmine.

— A família de Carmen — respondeu Ashton.

Ava apontou para Jasmine.

— Você tem que ser Carmen, claro. Eu vou ler as falas da mãe dela.

— Eu faço o pai — disse Michelle, e então abriu um sorriso luminoso para Ashton. — O que significa que você é a irmã de Carmen, Helen.

Jasmine esperou que ele reclamasse ou insistisse em ler as falas de Ernesto. Em vez disso, Ashton se recostou na cadeira de um jeito descontraído. Então sacudiu os ombros de leve e balançou a cabeça, para fingir que estava arrumando um rabo de cavalo comprido.

Jasmine deu uma risada. Era uma imitação perfeita da maneira como Lily interpretava Helen. E, quando Ashton falou, tinha todo o jeito de Helen e a entonação de Lily.

— Estou pronta — disse ele com outra jogada de cabelo, e Jasmine riu porque Lily vivia mesmo jogando o cabelo.

— Você *é* um bom ator — brincou ela.

Ele riu e piscou para ela.

— Não conte a Lily. Ela vai pensar que estou de olho no emprego dela.

Eles tomaram vinho e leram partes do roteiro em voz alta, fazendo mais palhaçadas à medida que a noite avançava. Por fim, Ashton anunciou que ia se retirar — eles tinham que acordar cedo no dia seguinte e ele sempre ia à academia antes do trabalho.

Enquanto ele recolhia os pratos e os colocava no lava-louças — o que fez Ava se derreter —, Michelle deu uma cotovelada nas costelas de Jasmine.

— Ai! O que foi? — Jasmine fechou a cara e esfregou a lateral do corpo.

— Chama ele — sibilou Michelle.

— Não quero fazer isso — devolveu Jasmine num sussurro.

— *Abuela* ia *amar* se ele fosse à festa dela — acrescentou Ava em voz baixa. — E isso com certeza colocaria você à frente de Jillian no Ranking.

Jasmine estreitou os olhos.

— Isso é golpe baixo, Ava.

O Ranking era uma lista que elas haviam começado a fazer quando ainda estavam na escola, que reunia todos os primos em ordem decrescente de preferência da avó. Tinha sido atualizado muitas vezes ao longo dos anos, à medida que os primos cresciam e se tornavam mais ou menos preferidos aos olhos da *abuela*. Elas achavam que Ava estava perto do topo — ela falava bem espanhol, ajudava Esperanza a limpar a casa antes das festas e a visitava algumas vezes por semana, para ajudá-la a cozinhar e ver novela. Michelle, por ser a mais "respondona", como ela dizia, acreditava que estava nas últimas posições. Jasmine tinha certeza de que sua irmã mais velha, Jillian, com seus filhos lindos e um "emprego normal" em Wall Street, também devia estar bem cotada no Ranking. Numa posição melhor que a de Jasmine, pelo menos.

Levar Ashton à festa muito provavelmente lançaria Jasmine ao primeiro lugar.

E deixaria Esperanza muito, muito feliz.

— Tudo bem. Vou falar com ele — resmungou ela. — Não se metam nisso.

Michelle abriu um sorriso inocente.

— Eu nem sonharia com isso.

Jasmine interpelou Ashton enquanto ele saía da minúscula cozinha.

— Ei, hum, queria fazer uma pergunta — disse ela, e então soltou um gemido por dentro.

Muito sutil.

Ele ergueu as sobrancelhas de um jeito expressivo, encorajando-a a falar.

— A festa de 80 anos da minha avó é logo depois do término das gravações.

Ashton ergueu os cantos da boca.

— Da avó que me adora?

Dessa vez o gemido de Jasmine foi audível.

— Essa mesmo. Bem, nós vamos fazer uma enorme festa para ela, e se você... Quer dizer, ela ficaria muito feliz se...

— Jasmine... — Ele disse o nome dela num tom de voz baixo que provocou todo tipo de vibrações gostosas no corpo dela.

— Humm? — O que mais ela poderia dizer quando estava tomada de pura luxúria?

— Você está me convidando para o aniversário da sua *abuela*?

— Hum... sim. Estou. Parece meio chato, mas prometo que você vai se divertir muito. Os Rodriguez são famosos por darem boas festas.

Ele a encarou pelo que pareceu um longo tempo com uma expressão inescrutável. Quando Jasmine concluiu que ele diria não, Ashton falou:

— Ainda não marquei meu voo de volta, e isso vai depender se os meus avós vão precisar de mim, mas, se estiver em Nova York, eu vou.

Ela pestanejou.

— Sério?

Os lábios dele se curvaram num sorrisinho.

— Sim, sério.

— Ótimo. Obrigada.

O olhar dos dois se encontraram, e o corpo de Jasmine esquentou inteiro. Os olhos dela pararam na boca de Ashton e, quando ele se inclinou para depositar um beijinho de boa-noite em sua bochecha, ela respirou fundo e sentiu o corpo todo se arrepiar. Precisava descobrir qual perfume ele usava.

— Boa noite, Jasmine.

O som grave a percorreu.

— Boa noite — repetiu ela, a voz rouca de desejo.

Então ele elevou a voz e disse:

— Prazer em conhecer vocês duas.

Ava e Michelle gritaram em despedida ao mesmo tempo, algo que as três faziam desde que eram pequenas, e então Ashton saiu pela porta, deixando Jasmine sem ar.

Uau.

Aquilo tinha sido...

Uau. Mais tarde ela precisava tentar entender por que achava os olás e tchaus de Ashton tão excitantes.

Crise evitada, Michelle e Ava se prepararam para ir embora logo depois. As palavras de despedida de Michelle foram apenas "De nada", acompanhadas de um olhar significativo.

— Conversamos depois — Ava moveu os lábios sem emitir som.

E então elas também saíram, deixando Jasmine sozinha com um único pensamento.

Ashton tinha flertado com ela.

Por que outro motivo ele teria perguntado que reação provocava nela? E ele a chamara de *linda*, um apelido carinhoso, ainda que dito de uma forma despretensiosa.

Então a chamou de mentirosa quando ela disse que ele não provocava nenhuma reação emocional nela. E a maneira como ele tinha acabado de dizer boa-noite provavelmente era ilegal em doze estados.

Ele estava certo. Jasmine estava mentindo. A verdade era que ele provocava todo tipo de reação emocional nela. Mas ela não ia — não podia — deixar que ele soubesse disso.

Seu coraçãozinho traidor transformava desejo em emoção rápido demais. Ele era bom nisso.

Mas não era hora nem lugar para aquilo. Os sentimentos de Jasmine por Ashton tinham que permanecer no campo do desejo. O Plano da Mulher de Sucesso estava em andamento, e aquela era uma oportunidade grande demais para estragar tudo.

E, além disso, nada de pegação, como tinha prometido às primas.

Se ela voltasse atrás, Ava e Michelle nunca a deixariam esquecer.

Paixonites vêm e vão. A implicância da família é eterna.

Capítulo 20

CARMEN NO COMANDO

EPISÓDIO 6

Cena: Victor vai a um evento de caridade num abrigo de animais.
INT: Ginásio de uma escola primária — DIURNA

— Você se saiu bem com as crianças — disse Carmen.

— Não precisa parecer tão surpresa assim — replicou Victor, um tanto ofendido. — Não sou um monstro.

— Não é isso. — Ela arrumou uma pilha de panfletos do abrigo de animais. — É só que eu… não sabia que você gostava de crianças.

— Eu gosto. — Ele tinha a impressão de que ela não estava se referindo às crianças do hospital infantil que haviam visitado mais cedo. Victor podia fingir que não sabia do que ela estava falando, ou podia ir direto ao ponto. Eles já tinham fingido demais quando eram casados. — Você está se perguntando por que não tivemos filhos?

Ela cruzou os braços, se envolvendo, e virou de costas para que ele não pudesse ver seu rosto.

— Nós nunca falamos sobre isso.

— Eu... — Era a vez dele de ser honesto. — Eu achava que você não queria.

Ela se virou de novo para ele, e havia muita emoção em seus olhos escuros.

— Por que você achava isso?

Ele deu de ombros, enquanto mágoas antigas enterradas havia muito tempo voltavam à tona.

— Você deixou claro que sua carreira vinha em primeiro lugar. A Serrano Relações Públicas era o legado de sua família.

— Mas você nunca perguntou.

Ele suspirou.

— Não. Não perguntei. Mas você também não — disse ele de um jeito carinhoso, não crítico. Os dois haviam cometido erros.

— Sei que essa pergunta está alguns anos atrasada, mas... você queria ter tido filhos, Victor?

Ele olhou para os animais brincando em seus cercadinhos.

— *Sí*, Carmencita. Eu queria ter tido filhos com você. Um dia. Mas não chegamos a esse ponto.

Ela não reclamou com ele por chamá-la pelo diminutivo, o que para Victor era um sinal de progresso.

— Não chegamos a vários pontos — disse ela em voz baixa. Então olhou para o relógio. — Já vão abrir as portas. Está pronto?

Victor ajeitou a postura, ignorando as latidas e os miados atrás dele.

— Como sempre.

As portas se abriram e uma multidão entrou correndo no ginásio, os sapatos fazendo barulho no chão encerado e o burburinho ecoando pelo espaço.

De seu lugar diante de um cartaz estampado com o logo do abrigo de animais, Victor sorriu, distribuiu autógrafos e posou para fotos enquanto Carmen entregava a ele um cachorrinho ou um gatinho sem parar.

Seus dedos estavam cheios de mordidas de dentinhos finos dos filhotes de cachorro, a jaqueta fora arranhada pelas garras afiadas dos gatos e ele quase levara um banho de xixi — duas vezes. Mas Victor aguentou tudo isso, encantando o público que estava lá para ajudá-lo a melhorar sua imagem.

Até que sua alergia começou a dar as caras.

Ele tentou não espirrar muito alto quando Carmen o mandou segurar três gatinhos perto do rosto, mas, mesmo com o remédio que tinha tomado pela manhã, aquela era uma batalha perdida.

E então trouxeram Luther.

Luther era uma píton de um metro e meio de comprimento cujo nome verdadeiro era Lucy.

O roteiro não dizia que Victor tinha medo de cobras. E, se alguém perguntasse, ele diria que não tinha.

Mas a verdade era que ele só era muito fã delas. E nunca na vida tivera a vontade de segurar uma.

— Aí vem Luther — cantarolou Carmen. As crianças se reuniram ao redor de Victor, animadas. Os pais soltaram exclamações de espanto.

E Victor estava quase saindo do personagem.

Cálmate, cabrón, ele disse a si mesmo. *Você é um superstar internacional. Lotou shows nos maiores ginásios do mundo. Isso é só uma cobrinha inofensiva.*

A cobra, ainda no braço do tratador, o olhava impassível.

As axilas de Victor começaram a suar.

A cobra se aproximou.

Engolindo em seco, Victor estendeu os braços com todos os músculos retesados e deixou que o entregassem a píton.

As crianças se amontoaram à sua volta. Ele sorriu para a câmera.

A cobra se mexeu. Os braços de Victor tremiam de nervoso. E então...

O nariz dele começou a coçar.

— Três... — o fótografo iniciou a contagem regressiva. — Dois...

No "um", Victor espirrou, quase deixando Luther cair. Num reflexo, ele cruzou os braços, segurando a cobra junto ao peito. Luther, Lucy, tanto fazia, passou a cabeça por trás do pescoço Victor, enrolando-se em seu pescoço.

Victor congelou. *Puta. Merda.*

— Alguém tira essa cobra daqui! — gritou ele.

— Corta!

Capítulo 21

Os olhos de Ashton estavam vermelhos, seu nariz escorria, e ele esperava nunca mais ter que ouvir "Alguém tira essa cobra daqui!" na vida. Para piorar, a diretora tinha *amado* aquilo e decidido manter na edição final.

Entre as crianças e os bichos, o espirro de Ashton e todos os atores saindo do personagem e precisando voltar a se concentrar, a cena do evento de caridade no abrigo de animais exigiu mais takes do que qualquer outra que eles já tinham filmado até ali. No final, as pessoas já estavam falando sobre o clássico vídeo com os erros de gravação e a alergia de Ashton estava a todo vapor, mas ele tinha que admitir que estava se divertindo. Então, quando Jasmine disse a ele que o elenco ia a um karaokê naquela noite, ele surpreendeu a todos dizendo que iria também.

— Não sei se vou cantar muito bem — avisou ele, fungando. — Como você pode perceber, estou tendo uma crise alérgica.

Jasmine entregou a ele um pacote de lenços de papel.

— Foram os gatos ou os cachorros?

— Os gatos — confessou ele. — São fofos, mas eu sou superalérgico. Ya... dá para perceber?

Ela fez que sim, sem perceber o deslize dele, mas Ashton congelou por dentro. Ele quase falara o nome de Yadiel. O filho vivia pedindo para ter um bichinho de estimação. A alergia de Ashton a gatos e a aversão de *abuelita* Bibi a cachorros tornavam aquilo impossível, mas não impediam que Yadiel comentasse como cada cachorro e cada gato que ele encontrava eram fofos.

Ashton foi o último a chegar ao bar de karaokê em Midtown onde Jasmine tinha reservado uma sala particular. Havia três garrafas de vinho e duas jarras de chope na mesinha de centro baixa no meio da sala, e Miriam estava no meio de uma música da Selena.

Jasmine se levantou e o cutucou no ombro.

— Achei que você não vinha.

— Eu disse que viria.

Ele soou meio seco, mas não era sua intenção. A visão de Jasmine tinha feito sua boca secar. Ela estava usando como blusa um pedaço de renda que deixava seus ombros e colo à mostra e revelava a curva atraente de seus seios. Ele já a vira em figurinos ousados — Carmen tinha muitas trocas de roupa —, mas saber que a própria Jasmine tinha escolhido aquela roupa fazia diferença para ele. Era excêntrica e sexy ao mesmo tempo. Assim como ela.

— Além do mais — continuou ele, tentando abrandar o tom —, como poderia perder isso?

Naquele momento, Miriam desceu do palco, saltitando, cantando e tirando os colegas de *Carmen no comando* para dançar, em meio a gritos e risadas.

Ashton aplaudiu quando a música terminou e, no silêncio que se fez antes que a próxima canção começasse, soltou um tremendo espirro.

— *¡Salud!* — disse o grupo em coro.

Ashton sentiu o rosto esquentar, mas elevou a voz e disse:
— *Gracias.*

No instante seguinte, uma música da Thalía começou a tocar e todo mundo se virou para a tela.

Jasmine colocou a mão no braço dele.

— Tenho lenços de papel extra para você na minha bolsa.

Apesar de ser a primeira vez que Ashton socializava com o elenco fora do trabalho, todos pareciam felizes em vê-lo. Ele aceitou uma taça de vinho oferecida por Lily e mergulhou numa conversa com Peter e Nino sobre os Yankees.

Enquanto esperava que sua música começasse, Ashton pensou na diversidade do elenco. Ele era porto-riquenho, nascido na ilha. Jasmine era da segunda geração de porto-riquenhos e filipinos. Nino era descendente de dominicanos e havaianos, da primeira geração. Os pais de Lily eram mexicanos, e ela nascera nos Estados Unidos. Peter era dominicano, mas tinha passado a maior parte da vida em Nova York. E Miriam era de Miami, filha de cubanos.

Era uma mistura de imigrantes, filhos de imigrantes nascidos nos Estados Unidos e outros cuja origem era ainda mais variada. A família de Lily morava no Arizona havia várias gerações. E o restante do elenco e dos integrantes da produção vinham de muitos outros países latino-americanos: Colômbia, Panamá, Brasil, Equador e muitos outros.

Em um quadro de avisos afixado do lado de fora de sua sala, Marquita tinha colocado um cartaz que dizia QUÉ BONITAS BANDERAS e convidava a todos a incluírem as bandeiras de seus respectivos países para demonstrar as múltiplas nacionalidades envolvidas na produção, mas também para reforçar que a força da comunidade latina estava em sua diversidade. Marquita incluíra ainda a bandeira de arco-íris do orgulho LGBT e a bandeira rosa, azul e branca do movimento trans. Nino tinha congelado como uma estátua quando vira aquilo, em seguida dera um abraço apertado em Marquita.

Ashton estivera em muitos sets compostos por maioria latina, mas tinha algo de diferente naquele. Talvez porque fosse para um serviço de *streaming* de massa, mas havia um forte sentimento de orgulho pelo que eles estavam fazendo ali, uma determinação compartilhada de fazer *Carmen no comando* dar certo, apresentando sua melhor versão. E agora isso se mostrava na maneira como todos se sentiam à vontade.

O detalhe de ir a karaokês com atores era que eles não apenas cantavam. Eles faziam *performances*. Lily e Nino sabiam toda a coreografia de "Bye Bye Bye", do ★NSYNC. Peter os brindou com uma releitura de "My Way" que teria deixado Sinatra orgulhoso. E, quando finalmente chegou a vez da música escolhida por Jasmine, ela pegou o microfone e anunciou:

— Sim, eu sou basicona em termos de karaokê — disse ela, aos primeiros acordes de "Everlasting Love".

Então ela se virou e pegou outro microfone.

— Canta comigo, Ashton.

Ele não tinha como recusar.

Num acordo tácito, eles alternaram as vozes, cantando juntos no refrão, como na versão de Rex Smith. Podia ter sido sexy. Podia ter sido emocionante. Mas eles já faziam aquilo no trabalho todos os dias. Em vez disso, cantaram do jeito mais engraçado possível.

Ashton não conseguia se lembrar da última vez que se divertira tanto.

Quando voltaram a se sentar, foi sob gritos e aplausos. Então começou uma balada de Marc Anthony e Nino assumiu o microfone.

Ashton se jogou no sofá de vinil roxo. Fazia anos que ele não ia a um karaokê, e ele tinha esquecido como gostava daquilo. Mesmo assim, por causa da congestão provocada pelos gatos, ele estava exausto. Esticou os braços no encosto do sofá e se esforçou para recuperar o fôlego.

— Nossa, foi divertido — Jasmine se sentou perto dele e se aninhou ao seu lado. — Eu sabia que você cantava bem.

— Bobagem, eu só faço um na TV — disse ele, fazendo-a rir.

Nossa, ele adorava arrancar sorrisos de Jasmine. Aquele som alegre, o jeito como as bochechas dela subiam, a forma como o corpo quente dela se balançava na direção dele. Ele queria colocar os braços em torno dela, abraçá-la forte. Olhar nos fundos dos seus olhos e então...

Mas eles não estavam sozinhos. E Ashton não devia desejar aquilo, embora estivesse começando a esquecer por quê. Em vez disso, brincou com as pontas do cabelo dela, arrumados em cachos bem definidos pela equipe de cabeleireiros de *Carmen*. Quando Jasmine inclinou a cabeça, aproximando-se dele, Ashton deixou que as costas de seus dedos roçassem de leve nos ombros nus dela, fingindo que sua blusa não o deixava louco.

Uma movimentação captada pelo canto do olho o alertou. Lily Benitez escorregou pelo sofá ao lado de Jasmine.

— Ai meu Deus, gente — disse ela, enrolando um pouco as palavras. — Vocês são *tão fofos* juntos. Tipo, está rolando alguma coisa?

Ashton afastou a mão do ombro de Jasmine como se fosse brasa. A garganta dele se fechou e o coração disparou como um foguete.

Coño. Era assim que os boatos começavam. Como ele podia ter sido tão estúpido? Ele devia saber melhor do que ninguém...

Jasmine lançou a Lily um sorriso despreocupado.

— Não... Por que a pergunta?

Lily deu de ombros e deitou a cabeça no ombro de Jasmine.

— Só curiosidade. Acontece em muitas produções, sabia?

Jasmine riu.

— Ah, eu sei.

— Legal. — Então Lily jogou o cabelo e saiu em busca de um copo d'água do outro lado do salão.

Enquanto Ashton lutava para manter seus batimentos cardíacos sob controle, Jasmine o olhava por baixo dos cílios. Os olhos dela estavam escuros e indecifráveis, refletindo as luzes da tela que exibia a letra de "You Sang to Me".

Então ela o cutucou e disse:

— Não precisa ficar chateado com isso.

— Você se saiu bem — disse Ashton, impressionado com a facilidade com que ela contornava situações inesperadas. Ele teria gaguejado, se embananado e depois saído correndo.

Ela o encarou por um longo tempo antes de desviar o olhar.

— Não há nada para contar.

Sua voz era tranquila, mas havia muitas coisas não ditas naquelas palavras, e elas não combinavam com o calor nos olhos de Jasmine. Ashton sentiu como se estivessem no set, quando Carmen e Victor falavam sem palavras, demonstrando toda sua conexão com um simples toque ou olhar. Naquele momento, era assim que ele se sentia. Como se a conhecesse profundamente, como se todo aquele tempo que haviam passado nas gravações fingindo ser outras pessoas também os tivesse aproximado.

Um desejo poderoso de conhecê-la mais a fundo cresceu dentro dele.

Mas, por mais que ele quisesse beijá-la naquele momento, como *Ashton*, eles estavam num lugar cheio de colegas de trabalho. E aquele era um limite que jurara nunca mais ultrapassar.

Um grito foi ouvido quando os outros atores reconheceram os primeiros acordes de "Livin' La Vida Loca".

— É a minha música — murmurou ele para Jasmine.

Ela mostrou os dentes num enorme sorriso, os olhos radiantes. Entregou a ele o microfone extra e disse:

— Quebra tudo.

E ele quebrou. Que se danasse a alergia. Ele deu tudo de si na música, imitando os maneirismos de Rick Martin e aumentando a voz. Os colegas dançaram e cantaram com ele, delirando com sua atuação teatral. Em meio a tudo aquilo, Ashton encontrou os olhos de Jasmine brilhando para ele do outro lado da sala.

Era tudo para ela. Ele queria que Jasmine o visse, que ela visse seu verdadeiro eu. Ángel Luis, o menino que crescera sonhando em se tornar um astro do cinema. E Ashton, o homem que corria com seu filho, brincando de super-heróis.

Ele queria lhe contar tudo, mas não podia. Em vez disso, deixou que ela visse um pouco de como ele sentia que era no fundo... por meio da música e dos movimentos do grande Rick Martin.

Quando ele acabou, a plateia foi à loucura. Jasmine o alcançou e passou a mão pela cintura dele quando ninguém estava olhando.

— Você foi incrível. — O rosto dela estava iluminado por uma admiração genuína. Então Jasmine deu uma piscadinha e pegou o microfone de sua mão quando "Jenny from the Block" apareceu na tela em enormes letras cor-de-rosa. — Mas deixa eu mostrar como é que se faz.

Jasmine levou o microfone à boca:

— É preciso relembrar as raízes — disse, e então começou a entoar uma poderosa versão do antigo hit da Jennifer Lopez sobre uma menina que cresceu no Bronx.

Ashton não conseguia tirar os olhos dela. Ela cintilava como se fosse a estrela mais brilhante no céu, guiando seu coração e sua mente. Todo o resto parecia opaco quando comparado com o brilho dela.

Ele tinha que ir embora dali. Ver um pouco de TV, dormir e acordar no dia seguinte decidido a manter distância. A vida dele já era suficientemente complicada sem se apaixonar por sua colega de trabalho.

Em vez disso, Ashton bebeu mais. Cantou mais. Conversou com os outros atores e dividiu uma porção de batata frita — seu ponto fraco — com Nino. E, de alguma maneira, em nenhum momento Jasmine saiu de seu radar. Ela aparecia ao lado dele de tempos em tempos, perguntando se estava tudo bem, entregando a ele uma taça de vinho, um copo d'água, um lenço de papel. Encostando na cintura dele, nas costas, no braço. Deixando-o louco com aqueles sorrisos e pequenos toques.

E, apesar de suas reservas, ele a tocava também. Como eram tão próximos em cena, parecia natural pousar a mão no quadril dela quando Jasmine se inclinava por cima dele para roubar uma batatinha, ou passar os dedos por seu braço quando ela sussurrava historinhas sobre as músicas no ouvido dele, os lábios perigosamente próximos da orelha dele, fazendo com que sua nuca se arrepiasse.

Ele já sabia como era ter os lábios dela sob os dele. Mas tinham sido beijos ensaiados, controlados, sob o escrutínio dos outros. Ele queria saber o gosto *dela*.

Enquanto Lily os brindava com uma excelente interpretação de uma música de Shakira, Jasmine surgiu ao lado dele mais uma vez.

— Vou voltar para o hotel — disse ela, mantendo a voz baixa.

— Vou com você.

As palavras saíram sem pensar. Ashton sabia o que ia parecer se eles saíssem juntos, mas não dava a mínima. Por mais que estivesse se divertindo com o restante do elenco, não queria ficar ali sem ela.

— Tudo bem — respondeu ela suavemente.

Eles se despediram com os esperados beijinhos na bochecha de cada colega.

— Tão cedo? — exclamou Peter.

Ashton culpou a alergia, embora em algum momento da noite seu nariz tivesse parado de escorrer.

Do lado de fora, ele e Jasmine pegaram um táxi para o hotel. Ficaram em silêncio no carro, passaram quietos pelo lobby do hotel e, quando entraram no elevador, Jasmine apertou o botão do andar dela e se virou para ele, bloqueando o painel. As portas se fecharam.

Em voz baixa, ela perguntou:

— Quer ir ao meu quarto?

Ashton olhou para o rosto dela, para seus olhos e para a maneira como ela se segurava. Ele conhecia o jeito daquela mulher, sua linguagem corporal e seu discurso não verbal. Ele sabia exatamente o que ela estava propondo.

E ele também queria.

— Quero — disse ele.

O elevador apitou quando as portas se abriram no andar de Jasmine.

Capítulo 22

Os dedos de Jasmine tremiam ao tirar da bolsa o cartão para destrancar a porta de sua suíte no hotel. Ela não se virou para olhar para Ashton enquanto abria a porta e entrava no quarto, acreditando — esperando — que ele a estivesse seguindo.

Ele estava.

No segundo em que a porta se fechou atrás deles, ele a empurrou contra a parede e colou a boca na sua.

Jasmine se entregou por completo. Passou os braços em torno do pescoço de Ashton, arqueando o corpo em sua direção. O corpo dele era uma revelação — os músculos fortes e a sólida extensão de sua ereção pressionavam o abdômen dela.

Ela já sabia como era o toque, o cheiro dele, a sensação de seus lábios nos dela. Mas aquilo era diferente. Daquela vez era real.

Quando a língua dele deslizou pelos lábios dela, ela os abriu com um gemido. *Até que enfim* eles iam fazer aquilo direito.

As línguas se tocaram, provando uma à outra, acariciando-se. O beijo de Ashton era mais forte, mais audacioso que o de Victor. E ela se deixou levar.

Por mais que já tivesse feito aquilo antes várias vezes, tudo era novo. Eles não eram Carmen e Victor naquele momento. Eram só Jasmine e...

— Ashton — sussurrou ela, a boca colada à dele.

Ele pressionou os lábios na curva do pescoço dela e fez um som questionador com o fundo da garganta.

— Me toque, por favor.

Ele obedeceu.

Suas mãos deslizaram pelas costas dela, num caminho certeiro, contornando as laterais do corpo e a cintura, parando em sua bunda para apertá-la e então descendo pela parte de trás das coxas. Ele a levantou como tinha feito quando filmaram o episódio quatro. Aquilo a deixara arrepiada em cena, e estava fazendo com que se arrepiasse de novo. Ainda a beijando, Ashton a carregou até a mesa onde tinham comido pizza e tomado vinho e a colocou sobre ela. Então pressionou o quadril contra o dela, e senti-lo daquele jeito fez com que Jasmine desejasse desesperadamente tocá-lo.

— Tira — implorou ela, puxando a camiseta dele. — Tira agora.

Ele se afastou apenas o suficiente para alcançar as próprias costas, passando as mãos em torno da camiseta e arrancando-a pela cabeça. Na difusa luz de Nova York que entrava pelas janelas — eles nem tinham pensado em acender a luz ao chegar —, Jasmine correu os olhos e os dedos pelos ângulos e retas dos músculos de Ashton. Ela tinha sentido vontade tocá-lo desde que o vira na esteira da academia. E agora podia.

Mas Ashton não se contentou em apenas ficar parado e deixar que ela o tocasse. Ele se inclinou na direção dela, capturando sua boca novamente, com fervor.

E então a surpreendeu, murmurando junto aos lábios dela:

— Isso não é um beijo cenográfico.

— Não — concordou ela, unindo a língua à dele, para se convencer. Beijar de língua era um limite que eles nunca haviam ultrapassado no trabalho. — Até porque você claramente não está encenando.

Ele riu, e então afastou a boca da dela para traçar uma linha pelo seu pescoço, chegando até seu ombro nu.

— Essa blusa — disse ele baixinho, correndo os dedos por debaixo da alça. — Você usou essa blusa para me deixar doido?

— Talvez. — Jasmine tinha escolhido a blusa de renda branca porque era bonita, mas tinha usado seu melhor sutiã tomara que caia por baixo porque sabia que ia encontrá-lo. — Ok, tudo bem. Eu usei para você.

— *Sinvergüenza* — ele a repreendeu, e então tirou a blusa dela.

Depois de chamá-la de sem-vergonha, Ashton desabotoou o sutiã dela e segurou seus seios nus nas mãos.

— Pode apostar — suspirou ela.

Então ele baixou a cabeça, envolvendo um mamilo dela com a boca, e Jasmine não conseguiu dizer mais nada.

Ela prendeu as pernas em torno do quadril dele, puxando-o para junto dela, esfregando-se nele por cima da calça enquanto ele chupava e puxava seus seios, usando a boca e os dedos. Descargas elétricas de desejo corriam pelo corpo de Jasmine a cada toque, fazendo crescer dentro dela uma turbulenta e profunda necessidade de possuí-lo.

Ela o agarrou pelo cabelo, murmurando seu nome e projetando o quadril de encontro ao dele até que Ashton finalmente disse a melhor palavra do mundo:

— Cama.

Jasmine desceu da mesa, segurando a mão dele e puxando-o atrás de si para o quarto. Eles caíram na cama ao mesmo tempo, e Ashton foi rápido em tirar a calça dela. As sandálias já tinham ficado na porta. Ele puxou a calça jeans e a calcinha preta simples pelas pernas de Jasmine, então parou e olhou para ela. A expressão dele era de desejo ardente e de admiração, sim, mas também de algo parecido com carinho. Naquele momento, Jasmine se sentiu a mulher mais bonita, mais amada, mais desejada do mundo.

— Vem cá — disse ela, e, ainda que quisesse ter soado sedutora e provocante, pareceu desesperada. Mas não se importou.

Diante daquele pedido ofegante, ele foi tomado por uma nova urgência. Chutou para longe os sapatos e arrancou a calça jeans. Ela respirou fundo e mordeu o lábio inferior diante da visão de seu membro duro, belamente delineado debaixo da cueca azul-marinho. A cabeça escapava pelo elástico da cintura. Ela mal podia esperar para colocar as mãos nele.

Soltando uma espécie de rosnado, ele se deitou ao lado dela e a puxou para junto de si, beijando-a como se a vida deles dependesse disso.

Aquele era um lado de Ashton que Jasmine não conhecia. Tivera uma amostra ao vê-lo interpretando Victor, pela intensa sensualidade que vinha à tona quando ele atuava. Mas aquilo era diferente — mais passional, impressionante —, e ela estava adorando. Tudo o que Jasmine queria era ser o único foco da atenção de alguém. E ele estava cem por cento concentrado nela.

A boca de Ashton percorria a sua como se todos os beijos que tinham trocado até ali tivessem sido as preliminares, um prelúdio do que ele era de fato capaz e do que queria fazer.

Agora ele finalmente a estava beijando de verdade. Aquele era o verdadeiro Ashton, sem filtros. Sem reservas.

Jasmine aceitava tudo o que ele oferecia e lhe dava tudo o que podia. As mãos dos dois vagavam, estudando o corpo um do outro de forma mais íntima e ardente do que jamais tinham feito no set. Jasmine alcançou o elástico na cintura da cueca dele e a puxou para baixo, revelando sua bunda firme antes de pegar seu membro na mão.

Era grosso e estava totalmente rígido e quente na palma da mão dela. Ela experimentou algumas bombeadas e ele gemeu com a boca colada à dela.

— Jasmine, o que estamos fazendo? — A voz de Ashton era rouca, áspera de desejo.

Ele respirou fundo quando ela fechou os dedos em torno dele e o apertou levemente.

— Não sei — murmurou ela. — Mas não quero parar.

— *Yo tampoco*. — As palavras tinham um tom de confissão.

Ashton segurou o rosto dela e a beijou, e então se afastou. Ela quase resmungou de frustração quando o pau dele saiu de sua mão, mas então a boca de Ashton encontrou seus seios mais uma vez, e uma das mãos dele deslizou pela parte interna das coxas dela. Com um gemido de satisfação, Jasmine pensou melhor e decidiu que estava totalmente de acordo com aquela mudança de posição.

Todos os pensamentos a respeito de como aquilo era uma má ideia tinham abandonado a mente de Ashton entre o momento em que ele entrara pela porta e o minuto em que pusera Jasmine sentada na mesa de jantar.

Agora que estavam nus e a sós na cama dela, tudo em que ele podia pensar era em tocá-la mais, provar ainda mais seu sabor e fazê-la gemer ainda mais do que ela já estava gemendo.

Ele capturou um dos pequenos e firmes mamilos dela com a boca, contornando-o com a língua e quase morrendo de prazer com a respiração ofegante e entrecortada dela. A resposta dela era genuína, e ele não tinha se dado conta até aquele momento de quanto esperava aquilo. Todas as outras vezes que a tocara, as reações tinham sido decididas de antemão, por um conjunto de pessoas.

Mas agora eram só eles dois.

Jasmine estava certa. Ele adorava arrancar dela uma reação emocional. A mão dele escorregou por entre as coxas dela, alcançando aquele ponto quente e úmido. Ela o agarrou pelo cabelo, incentivando-o, e então abriu as pernas, dando espaço para ele, convidando-o a tocá-la.

Antes que o fizesse, Ashton levantou o corpo dela para trazer sua boca de volta ao encontro dele. Ele queria se aproximar ainda mais, engolir os sons apaixonados que ela faria quando a tocasse ali pela primeira vez. Ela se agarrou a ele, pressionando o corpo junto ao dele e arqueando o quadril.

Mas havia uma coisa que ele precisava esclarecer antes disso. A chave de tudo era a comunicação, certo? Era aquilo que os tinha levado até aquele ponto. Ainda que o desejo o fizesse querer deixar as palavras para lá, ele precisava ter certeza de que estavam na mesma página.

— Jasmine? — a voz dele falhou ao pronunciar o nome dela.

— Hummm?

Ela se mexeu impaciente. O calor entre as coxas dela o chamava, mas ele precisava falar.

— Eu acho que... — Ele engoliu em seco, se perguntando se não estava sendo estúpido, mas então vomitou tudo de uma vez. — Eu acho que a gente não deveria fazer sexo com penetração.

Não pergunte por quê, não pergunte por quê...

Ela piscou como se estivesse enfeitiçada.

— Tudo bem...

Ela parecia confusa, e ele não podia culpá-la. Mas Jasmine não tinha perguntado por que e não tinha mandado ele parar com aquilo, então Ashton mudou a voz para um ronronar e cobriu o sexo dela com a mão.

— Mas não se preocupe, *cariño*. Vou tratar você *muito bem*.

— Me toque — exigiu ela, arqueando-se impaciente na direção da mão dele.

Ele não podia fazer nenhum dos dois esperar mais. Lentamente, esticou o dedo do meio e o deslizou com delicadeza entre as pernas dela.

Jasmine jogou a cabeça para trás.

— Meu Deus, *assim*. Não para.

Ele repetiu o movimento, dessa vez incluindo também o indicador e alcançando seu ponto mais sensível. Colocando os dois dedos dentro dela, acariciou também seu clitóris, esfregando-o em pequenos círculos. Ela gemeu alto, a boca junto à dele, e Ashton se deixou levar. O gosto dela, o cheiro dela, a sensação de tê-la tão próxima a ele, pele com pele. O tempo e o espaço não existiam mais. Só existia Jasmine.

— Lubrificante — murmurou ela no meio de um beijo, tão baixo que ele quase não ouviu.

— *¿Dónde?*

— Na gaveta.

Ele abriu a gaveta da mesa de cabeceira, quase arrancando-a do móvel em seu desespero, e tirou de lá uma bolsinha com zíper. Ao abri-la, encontrou toda uma variedade interessante de brinquedos, mas pegou apenas o frasquinho de gel transparente que ela havia pedido. Depois de espirrar um pouco nas mãos, ele voltou para o meio das pernas dela, gemendo enquanto seus dedos a penetravam.

Ela esticou os braços acima da cabeça, estendendo-os no travesseiro. De olhos fechados, soltava um grunhido gutural cada vez que ele a estocava, e um gemido alto quando ele corria os dedos sobre seu clitóris. Incapaz de segurar mais, Ashton a beijou com força, engolindo os gemidos dela enquanto o interior quente e apertado de Jasmine apertava os dedos dele, matando-o aos poucos. Como seria senti-la ao redor de seu membro?

Ele não ia descobrir, mas isso não significava que não poderia gozar com ela.

— Jasmine. — Ele se afundou no quadril dela, esfregando-se nele. — Posso...

— Pode. — Ela mordeu o lábio inferior dele, para calá-lo. — Você pode tudo o que quiser.

Com um gemido, ele pegou o lubrificante, aplicou uma boa quantidade e pressionou o membro entre o quadril dela e a barriga dele, de modo a satisfazer aos dois. Enquanto provocava a boca de Jasmine com os lábios, os dentes e a língua e a estimulava com os dedos e a mão, Ashton esfregava o pau melado de lubrificante em sua pele macia e quente. Quando ela tentava tocá-lo, ele gentilmente afastava a mão dela.

— Está tudo bem — murmurava ele. — Só aproveite.

A pressão crescia dentro dele. Fazia tanto tempo que ele não ficava com alguém, e ela era tudo o que ele sonhara. Os suspiros de prazer dela, a maneira como o agarrava junto a ela e o beijava, como se nunca fosse se cansar daquilo, eram intoxicantes...

Quando Jasmine cravou as unhas nos ombros dele e gritou seu nome, ele sabia que ela estava quase lá. Colocou um terceiro dedo dentro dela, preenchendo-a, e pressionou seu clitóris com mais afinco.

No instante seguinte, o orgasmo a dominou. Ashton continuou com os estímulos, beijando-a, esfregando-a, e mal conseguia se segurar à medida que os gemidos dela preenchiam o espaço ao redor dos dois.

O corpo dela estremeceu. O êxtase era evidente em seu rosto e nos tremores que a percorriam. A reação dela o empurrou além do limite. Ele a segurou pela cintura e investiu com mais força contra a lateral do corpo dela. O orgasmo chegou num ímpeto, fazendo-o encolher os dedos dos pés enquanto toda a tensão que vinha acumulando havia semanas era liberada num gemido gutural e num jato quente na barriga e no quadril dela.

Respirando com dificuldade, ele deitou a cabeça ao lado da dela no travesseiro e fechou os olhos. A satisfação inundou seu corpo depois do clímax, deixando-o plenamente contente e satisfeito pela primeira vez em... ele nem sabia quanto tempo.

Jasmine estava tão quieta que ele abriu os olhos para verificar se ainda estava acordada, e a encontrou encarando-o a apenas uns poucos centímetros de distância, no travesseiro. Os braços dele ainda a envolviam com força. Não queria soltá-la, mas tinha certeza de que ela não queria que o esperma dele secasse em sua pele.

Ele pigarreou, mais rouco depois de todos os gemidos sexuais.

— Você está bem?

Ela curvou levemente os lábios.

— Mais do que bem.

Bom, aquilo era um alívio. Ele tivera medo de como ela responderia a seu pedido para que não fizessem sexo com penetração, uma vez que parecia que era aquilo que estavam prestes a fazer. Não sabia se Jasmine tinha ficado com raiva, desapontada ou ofendida com o fato de ele achar que iriam fazer aquilo. Ele provavelmente teria que se explicar depois. Mas agora...

— Já volto.

Ele depositou um beijo na têmpora dela, então saiu para buscar uma toalha úmida. Ela ficou deitada enquanto ele a limpava, e só então saiu da cama e foi ao banheiro. Enquanto Jasmine estava lá, Ashton voltou a se perguntar o que deveria dizer quando ela voltasse. *Vamos fazer isso de novo* não parecia apropriado. E, agora que ele estava raciocinando direito, o arrependimento o invadiu.

Déjame, ele disse a si mesmo. *Me deixe aproveitar esse momento*.

Ele ainda não sabia o que diria quando ela voltasse do banheiro. No escuro, procurava por sua calça quando a voz dela o interrompeu.

— Por favor, fica.

Ele levantou o rosto e viu Jasmine sentada no meio da cama, cobrindo os maravilhosos seios com o lençol. A mesma Jasmine, que não tivera nenhum pudor em mostrar o corpo até pouco tempo atrás, estava agora se cobrindo. Os olhos dela, sempre tão expressivos, estavam cautelosos. Ela mordeu o canto da boca, as sobrancelhas ligeiramente franzidas.

Ele não deveria ficar. Aquela era uma ideia muito, muito ruim, por várias razões.

Mas queria. E ela queria que ele ficasse.

Aquilo não bastava? Não deveria bastar? Pelo menos por uma noite.

Ashton largou a calça jeans no chão e voltou para a cama ao lado dela, abraçando-a.

— *Sí, me quedaré.*

Ele percebeu um pouco tarde demais que havia falado em espanhol, mas, antes que pudesse repetir as palavras em inglês, ela passou os braços ao redor de seu pescoço, aninhando-se em seu ombro, pressionou os seios quentes contra o peito dele e envolveu-o com as pernas.

Fazia muito tempo que ele não dormia abraçado a uma mulher daquele jeito. Uma cálida sensação de relaxamento tomou conta de Ashton, invadindo-o. Ele a puxou mais para perto e então mergulhou num sono fácil e sem sonhos.

Capítulo 23

Quando o alarme de Ashton tocou, às cinco da manhã, ele se virou para desligá-lo. E então notou um peso morno e um perfume cítrico em seu peito. *Jasmine*.

Era verdade. Na noite anterior eles tinham... bem, ele não estivera dentro dela, mas houve uma troca de fluidos e... Meu Deus, ele tinha *gozado* nela, depois de se esfregar no quadril nela como se fosse... ele nem sabia o quê. No que estava pensando? Eles mal tinham dado o primeiro beijo — o primeiro beijo *de verdade* —, e segundos depois estavam nus. O que quer que houvesse entre eles, estava indo rápido demais, quase fora de controle.

Mas também tinha sido *tão bom* que ele não conseguia se arrepender.

O alarme do celular dele ainda soava insistentemente.

Jasmine soltou um gemido bonitinho e levantou a cabeça para olhar para ele no escuro.

— Que horas são?

— *Cinco de la...* Quer dizer, cinco horas.

Resmungando, ela voltou a deitar a cabeça no ombro dele e se aninhou.

— Por quê?

Uma risada cresceu dentro dele.

— Por que o quê?

— Por que... cinco horas — respondeu ela sonolenta. — E por que... o alarme.

— É o horário do meu treino matutino na academia.

— Ahhh. — Ela mexeu as mãos, roçando o bíceps dele com os dedos finos. — Então tudo bem.

Ele precisava se levantar. Agora. Nem deveria ter ficado, para começo de conversa, mas sentia um puxão no estômago, como se uma âncora invisível o mantivesse preso ao lado dela.

Ashton ignorou aquela sensação e saiu da cama. Tinha compromissos. O treino na academia, claro, mas também havia combinado de fazer uma chamada de vídeo com Yadiel e não se perdoaria se decepcionasse o filho para ficar na cama com uma mulher.

Mesmo que essa mulher fosse Jasmine. Mesmo que tudo que ele quisesse naquele exato momento fosse ficar ali deitado com ela por mais dez minutos.

Seguindo o som do alarme, Ashton encontrou o celular no bolso da calça jeans que tinha deixado no chão na noite anterior. Depois de silenciá-lo, foi até o banheiro. Quando voltou, os olhos de Jasmine estavam pesados de sono, mas abertos. Ele sentiu o olhar dela seguindo-o pelo quarto enquanto recolhia suas peças de roupa e se vestia.

E então não havia mais nada a fazer a não ser ir embora. Ele devia falar alguma coisa significativa, mas não sabia o quê. Certamente não podia fazer promessas nem planos. Mas também não precisava ser um babaca, então, antes de sair, voltou até a cama e se sentou ao lado dela.

Com movimentos gentis, ajeitou o cabelo dela atrás da orelha e se inclinou para beijá-la no rosto. Quando ela se ergueu, apoiada nos cotovelos, Ashton a puxou para si, segurando seu corpo quente e nu no colo e abraçando-a com força. Jasmine se agarrou a ele, enfiando o rosto em seu pescoço. Ficaram abraçados até que o alarme soou outra vez.

— É a minha deixa — disse ele, relutando em soltá-la. — Eu... volto mais tarde.

Ele não deveria, mas não havia sentido em negar que voltaria.

Ela concordou, voltando a se deitar.

— Precisamos passar nossas falas.

— Precisamos — concordou ele, como se fosse fácil voltar à dinâmica anterior depois do que eles tinham feito na cama.

Sem conseguir resistir, segurou-a pelo queixo e depositou um beijo casto nos lábios dela.

Ela o beijou de volta, de um jeito doce e suave. E, ainda que sentisse o impulso de ficar, Ashton foi embora.

De volta a seu quarto, tirou a roupa que tinha usado na noite anterior e decidiu tomar um banho rápido antes de ir para a academia. O perfume de Jasmine ainda estava em sua pele, o que o fez relembrar a forma como tinha gozado em cima dela na noite anterior. Só de pensar nisso, ele teve outra ereção.

Aquele arrependimento incômodo estava se aproximando, sorrateiros. Na última vez que transara com uma colega de trabalho, ele tivera Yadiel, o que explicava sua política inflexível de relacionamentos e o porquê ele não fizera sexo com penetração com Jasmine. Não que os dois não tivessem feito coisas bastante íntimas. Ele a tocara em todos os lugares, a beijara em... bem, não percorrera *todo* o corpo dela como ele desejava, mas, *coño*, ele estava tentando preservar alguns limites.

Só que ele agora estava pensando que gostaria de colocar a boca entre as pernas dela e lamber seu sexo doce, fazendo-a tremer e gritar de prazer. Apertá-la junto ao seu corpo e penetrá-la profundamente...

Merda.

Aquela ereção não iria embora se ele ficasse pensando em Jasmine, e não havia a menor condição de ir para a academia daquele jeito. Ashton ligou a água quente e entrou no chuveiro, ensaboando as mãos e o corpo com gel de banho. Então apoiou um braço na parede, segurou o pênis com a outra mão e se masturbou com movimentos rápidos e curtos. De olhos fechados, visualizou Jasmine se contorcendo nua na cama, banhada pela luz do luar. Ok, não havia luz do luar na noite passada, mas as luzes da cidade tinham feito aquele papel... De qualquer maneira, era quase isso: o brilho prateado reluzia nas exuberantes curvas douradas dela, seus mamilos marrons despontavam, livres. O barulho da água fazia aumentar na mente de Ashton a lembrança dos gemidos de Jasmine. Ele a visualizou abrindo as pernas, seu sexo reluzente e convidativo. Ele a beijaria ali se ela permitisse, chupando-a até que ela ficasse louca de desejo, como ele tinha ficado por ela.

Com um gemido, ele segurou suas bolas e as apertou de leve. Depois, pegou um pouco mais de sabão e, segurando a base do pênis, voltou a se masturbar.

Ele queria tocá-la novamente, beijá-la novamente. E, que droga, queria estar dentro ela. Penetrar nela o mais fundo que pudesse, apertá-la junto a ele e ouvir os barulhos que ela faria enquanto Ashton se movimentava dentro dela.

Queria beijá-la de manhã, fazê-la rir, abraçá-la quando ela chorasse...

Opa, de onde tinha vindo aquilo?

Não importava. Ele estava quase lá. Os músculos se contraíram, e, enquanto imaginava Jasmine segurando os seios para que ele pudesse ejacular neles, Ashton gozou.

Um tremor tomou conta de seu corpo, enfraquecendo seus joelhos, e ele apoiou a testa no ladrilho do box. A água quente caía sobre ele, levando com ela o sabão e os fluidos corporais.

Ele não era assim. Tinha tido uma porção de casinhos antes de Yadiel nascer. De lá para cá, porém, passara a se concentrar na família e na carreira e, quanto mais cauteloso — ou, como dizia seu pai, *paranoico* — Ashton se tornava, menos deixava que alguma mulher se aproximasse. Tinha uns poucos encontros aqui e ali, incluindo alguns relacionamentos de mentira, para efeito de publicidade, e às vezes saía com mulheres fora de seu círculo de trabalho, mas nada sério. Até agora.

Agora, ele queria que ele e Jasmine pudessem ser pessoas diferente, livres para aproveitar o que claramente se tratava de atração e interesse mútuos. O que tinha acontecido entre eles era mais que uma ficada entre dois colegas de trabalho. Ele gostava dela. Muito.

E isso tornava a coisa toda ainda mais perigosa e complicada. Ele não apenas estava misturando negócios e prazer, mas estava fazendo aquilo com a única pessoa no elenco que podia derrubar aquele seu castelo de cartas tão bem construído. A mídia prestava atenção demais nela, e a segurança da família dele dependia de Ashton conseguir se manter longe do radar da imprensa, ao menos no que dizia respeito à sua vida pessoal. Um relacionamento com Jasmine seria um desastre.

A família de Ashton era pequena, e era tudo o que ele tinha. Parte dele invejava a grande e extensa família de Jasmine e sua relação próxima com as primas. Depois que Yadiel nascera, Ashton se afastara das pessoas, num esforço de manter o filho em segredo, mas aquilo tivera um peso para ele. Ele poderia ter se aberto com o pai — Ignacio, mais do que qualquer outra pessoa, teria entendido —, mas se sentia culpado em perturbá-lo com aqueles sentimentos, principalmente com Ignacio tendo que lidar com os desafios do dia a dia da criação do menino.

Ashton sabia que devia se sentir grato. A família sempre apoiara os sonhos dele e sua carreira como ator. Quando era mais novo, tinham feito um esforço e economizado para mandá-lo para uma escola particular que tivesse boas aulas de teatro e assistiam a todas as suas apresentações. Tudo o que ele sempre quis foi crescer em sua carreira como ator, conseguir fama e reconhecimento com seu trabalho e então poder ajudar sua família como eles tinham feito com ele. Mas agora Ashton sentia como se estivesse falhando em todas essas coisas. Ele não tinha absolutamente nenhum direito de começar com Jasmine algo que não poderia levar adiante.

Mas havia algo nela que não o deixava se afastar. Sua habilidade e seu talento como atriz, o papel de liderança que ela exercia sobre o elenco, a capacidade inata que tinha de perceber quando os dois precisavam de uma pausa para desestressar ou de um momento de conexão, até mesmo o jeito como ela ria das piadas de tiozão dele.

Ok, especialmente o jeito como ela ria das piadas de tiozão dele. Ashton sabia que era meio esquisito com ela às vezes, mas Jasmine nunca o fizera se sentir mal com isso.

De todas essas coisas, era a vulnerabilidade dela que mais o seduzia. Como quando Jasmine tinha pedido que ele ficasse, ou quando fora até o camarim dele preocupada porque achava que ele estava aborrecido com ela, ou quando contara a ele sobre seus relacionamentos anteriores e sua família. Ela era linda, divertida e inteligente, mas ele podia reconhecer nela uma solidão que combinava com a dele. Como resistir?

Ashton terminou o banho e fechou o registro do chuveiro. Não tinha respostas, mas precisava encontrá-las. Não queria ser mais um homem a magoá-la.

Ainda que tivesse medo de que isso fosse acontecer.

Jasmine tinha pedido a ele para ficar. E ele *tinha ficado*.

Por mais que ela quisesse mergulhar nas reminiscências da noite que passara com Ashton, a obrigação familiar venceu. Ainda assim, guardou aquele único pensamento confirmatório — *ele tinha ficado* — com ela enquanto enfrentava o brunch com a família num bistrô lotado em West Village.

Sábado ao meio-dia era o horário nobre dos brunchs em Nova York, quando todos se recuperavam da noitada de sexta afundando em carboidratos, tomando incontáveis mimosas e apoiando-se na certeza de que ainda faltava um dia inteiro para segunda-feira.

Se ao menos Ava e Michelle estivessem ali... Mas aquele era um encontro apenas da família imediata, então estavam presentes apenas os pais de Jasmine — Lisa e Julio — e os irmãos dela, Jillian e Jeremy.

No inferno.

— E aqui está Hunter no acampamento — disse a mãe de Jasmine, segurando o celular para lhe mostrar mais uma foto do filho mais novo de Jillian.

Jasmine encheu a boca com uma enorme garfada de *huevos rancheros* para evitar ter que responder.

— Hum-hum.

— E esta aqui é dele na aula de natação. — Lisa deslizou a tela, apertando os olhos para o celular, e então levantando o aparelho do outro lado da mesa, para que Jasmine pudesse ver.

— Legal.

Ela tomou metade da mimosa em sua taça e fez sinal para a garçonete com um ar de ocupada, pedindo outra. Jasmine tinha uma hora para beber o máximo que conseguisse, e pretendia dar seu melhor.

— E esse é ele no karatê!

Jasmine estava quase arrancando o celular da mão da mãe e o jogando na jarra de sangria da mesa ao lado.

Ela adorava os sobrinhos. De verdade. Jillian tinha dois menininhos alegres e levados, e o filho de Jeremy era doce e curioso. Mas os comentários da mãe sobre como eles eram maravilhosos serviam apenas para trazer à tona o que ela *não estava* dizendo — que Jasmine era uma fracassada sem marido e sem filhos. Não bastava ela não ter um *trabalho de verdade*, mas não ter uma família? Imprestável.

— Eu sei que você saiu do Facebook, então não deve ter visto essas fotos — observou Lisa.

Nossa. Enfia logo uma faca no meu peito, mãe. Lisa sabia muito bem que Jasmine tinha saído das redes sociais por causa de toda a confusão que se seguira a seu término com McIntyre, algo que seus pais fingiam que não tinha acontecido.

Em vez de externar sua frustração, Jasmine abriu um sorriso radiante para a mãe e manteve a voz controlada.

— Bem, você sabe que tenho andado muito ocupada com a nova série. Não tenho tempo para ficar no celular.

Era uma resposta um tanto passivo-agressiva, já que a mãe e a irmã eram conhecidas na família por postar memes demais no Facebook, e Jeremy estava sempre no Instagram. Naquele exato momento, ele estava vendo alguma coisa no celular e rindo sozinho.

— Estamos felizes por você ter podido vir, Jas — disse o pai dela, dando um tapinha em sua mão. Ele parecia ter percebido sua irritação. — Sabemos como sua agenda é cheia.

— Mas você vai à festa da *abuela*, não vai? — perguntou Jillian de um jeito que soou como uma acusação.

— Claro que eu vou. — Jasmine não podia acreditar que a irmã tinha insinuado que ela não iria. — Telefonei para o local da recepção outro dia mesmo, para ter certeza de que tudo está saindo como o esperado. Eu não perderia essa festa por nada.

Sem fazer nenhum comentário, Jillian se virou para Jeremy.

— Você soube que Tony ficou noivo?

— Não acredito. — Jeremy arregalou os olhos, deixando de lado o telefone. — Eu achava que ele não ia sossegar nunca.

Jasmine teve vontade de chutar Jillian por debaixo da mesa. Mas o que ela podia fazer? *A família vinha em primeiro lugar*, o que significava que aumentar a família, casando e tendo filhos, era mais importante que qualquer outra realização. Pelo amor de Deus, Jasmine tinha sido nomeada para um Emmy Daytime. Mas, quando anunciara a notícia, os pais tinham respondido com uma mensagem do tipo "que legal, querida".

Eles sempre tinham sido assim. Mesmo quando Jasmine era pequena, era comum que ela tivesse que se virar sozinha. Os pais trabalhavam em tempo integral — Lisa era enfermeira e Julio, professor. Jillian, aluna brilhante, participava de uma tonelada de atividades extracurriculares que consumiam o pouco tempo livre e a atenção dos pais. Jeremy, o mais novo e único menino em uma família latina, era tratado como um príncipe. E Jasmine, a filha do meio, e com uma necessidade inerente de agradar aos outros, era relegada a escanteio, recorrendo à atuação como forma de chamar a atenção. Os pais haviam elogiado suas primeiras incursões no teatro musical, motivo pelo qual Jasmine não entendera quando eles não apoiaram sua decisão de seguir na carreira de atriz.

— E a filha mais nova da prima Lupita está grávida — continuou Lisa, lembrando a Jasmine o que *verdadeiramente* importa na família. — Lembra dela? Está morando em Seattle agora.

A garçonete entregou outro drinque a Jasmine, e ela levantou dois dedos.

— Eu te entendo — a garçonete sussurrou para ela, com um sorriso triste, antes de se dirigir ao bar.

— Jer, mostre a Jas o vídeo de Mason dando uma cambalhota — pediu o pai, e Jeremy passou o celular para Jasmine, relutando como se ela tivesse pedido um de seus rins.

Mason tinha quase 3 anos e era totalmente encantador. Mas naquele dia Jasmine não aguentava mais ser lembrada do que faltava em sua vida.

— Já volto — disse, pegando o próprio celular e empurrando a cadeira para trás. — Minha agente está me ligando.

Riley *não* estava ligando, mas eles não sabiam disso. Jasmine só precisava de um momentinho.

A garçonete interceptou seu caminho, segurando uma taça de champanhe em cada mão.

— Estão com pouco suco de laranja — disse ela, entregando as mimosas a Jasmine. — Achei que você ia gostar.

Jasmine aceitou as taças agradecida e fez uma nota mental para deixar uma boa gorjeta.

— Você salvou minha vida.

A garçonete mordeu o lábio, enrolando como se quisesse dizer alguma coisa, e foi então que Jasmine percebeu que tinha sido reconhecida. As pessoas sempre faziam aquela cara de nervoso antes de perguntar...

— Você estava naquele série, não estava? *Sunrise Visa*. Era você?

Jasmine fez que sim com a cabeça e sorriu. Não importava como estivesse se sentindo, ela *sempre* era gentil com os fãs. Era preciso coragem para se aproximar de alguém que você considera uma celebridade, e ninguém esquece quando uma celebridade é mal-educada.

— Era eu, sim.

A mulher deu um gritinho e sacou o celular.

— Eu sabia! Ai, meu Deus, eu amei essa série. Eu assistia antes dos meus plantões noturnos como bartender, fiquei tão chateada quando acabou! Posso tirar uma foto com você?

— Claro, vamos só esconder as bebidas — disse Jasmine com uma piscadinha, abaixando-se para tirar uma selfie com ela. — Qual seu nome?

— Bethany.

— Obrigada pelas mimosas, Bethany.

— De nada. E... — Bethany apontou uma banqueta vazia no balcão. — Tem um lugar ali, se você precisar de um momento a sós.

Merda, quanto será que ela tinha ouvido? Inclinando a cabeça em agradecimento, Jasmine levou suas taças até o balcão e se sentou. Bebendo devagar, ela mandou uma mensagem de texto no grupo das Primas Poderosas pedindo ajuda.

> **Jasmine**: Socorro.

> **Ava**: Eles estão sendo horríveis?

> **Jasmine**: Não mais que o normal.

> **Michelle**: O que já é bastante ruim.

> **Jasmine**: Estou tomando mimosas. Então não é tão ruim assim.

Ela acrescentou alguns emojis de taças de champanhe.

O que Jasmine queria mesmo era contar sobre Ashton e o que eles tinham feito na noite anterior. Contar que ele tinha dormido ao lado dela e como tinha sido fofo de manhã, abraçando-a antes de ir embora.

E como ele sabia *mesmo* beijar. Jasmine só não entendia por que ele tinha pedido para não penetrá-la, mas aquilo não a preocupava. Ashton havia feito com que ela se sentisse amada e desejada, e o orgasmo tinha sido incrível. Será que ele tinha alguma IST e não se sentira à vontade para contar a ela naquele momento? Ou será que ele queria ir mais devagar, até porque tecnicamente aquele fora o primeiro beijo *de verdade* deles? Fosse o que fosse, eles podiam conversar sobre aquilo depois.

Ela começou a digitar uma mensagem para as primas, mas se segurou. A parte de seu cérebro que sabia que ela estava fazendo escolhas erradas em relação a um homem estava mandando um milhão de sinais de alerta. Jasmine tinha anos de prática em ignorar aqueles sinais. Mas, se contasse a Ava e Michelle, teria que ouvir a própria consciência e ainda precisaria escutar as primas avisarem — com razão — que aquilo ia completamente contra seus objetivos. Elas a lembrariam do Plano da Mulher de Sucesso e perguntariam em que ponto da Escala Jasminiana ela estava. Ela já tinha ido tão longe na Paixonite que não queria nem pensar no que aconteceria quando a chegasse à Paixão de fato.

Estar com Ashton valeria cada sermão que sua consciência quisesse lhe passar. Ele tinha feito com que ela se sentisse especial. E ela não tinha gostado apenas do tempo que tinham passado juntos na cama — os dois também tinham se divertido muito no karaokê e, agora que estavam se comunicando, era maravilhoso trabalhar com ele.

Mais tarde teriam que "se comunicar" sobre aquilo — sobre como eles haviam se tocado, se masturbado, se beijado. Parte dela queria mesmo falar sobre isso. Mas outra parte sabia que seria melhor se eles voltassem ao plano original de ensaiar as falas juntos e nada mais.

Ela sabia de tudo aquilo. Mas não queria.

Depois de tomar as duas mimosas, ela desceu da banqueta, cambaleando um pouco, mas se sentindo bem o suficiente para encarar novamente a família. Determinada a passar o restante da refeição sem fazer mais nenhum comentário passivo-agressivo — seria uma pessoa melhor dessa vez —, ela voltou para a mesa... bem a tempo de ouvi-los ressuscitar todas as antigas piadas sobre sua "fase" vegana, que na verdade tinha sido uma dieta de desintoxicação para tentar descobrir alergias alimentares.

Jasmine acenou atraindo novamente a atenção de Bethany.

— Só champanhe — disse ela em voz baixa. — Depressa.

Capítulo 24

Ashton voltou à suíte de Jasmine naquela noite com o roteiro do episódio sete e a melhor das intenções.

Pela manhã, ele passara duas horas suando na esteira e levantando peso, e depois ficara uma hora numa chamada de vídeo com o filho, o que realinhara suas prioridades. Yadiel estava preocupado com o próximo ano na escola, porque ouvira dos amigos que a quarta série era muito difícil, e tinha um monte de comentários a fazer a respeito do último filme da Marvel. Em seguida, Ashton conversou com o pai, que contou que a tosse do *abuelito* Gus não tinha piorado, mas também não tinha passado, e que a *abuelita* Bibi estava com dor no joelho, mas se recusava a parar de trabalhar na cozinha do restaurante.

Mas, mesmo com tudo aquilo para pensar, Ashton não conseguia tirar Jasmine da cabeça.

É uma péssima ideia, seu cérebro disse a ele enquanto batia à porta. *Você vai acabar magoando-a.*

Mas ele não conseguia se afastar.

Jasmine abriu a porta com um sorriso encantador. Estava vestindo o macaquinho floral amarelo que tinha usado no dia do primeiro ensaio com Vera. A ansiedade dele desapareceu instantaneamente.

— Oi — disse ela. — Entra.

Ele a seguiu para dentro da suíte e foi atingido pelo cheiro da pizza.

— Está jantando? — perguntou ele, notando a caixa de pizza em cima da mesa. Havia uma fatia meio comida num prato ao lado. Ela pegou e deu uma mordida.

— Passei o dia com minha família e bebi um lago de mimosas — explicou ela depois de terminar de mastigar. — Tudo o que eu queria agora era uma pizza. Uma legítima pizza nova-iorquina, com as bordas finas meio cruas, bem gordurosa e cheia de queijo.

— Quem sai na chuva... — Ashton pegou uma fatia na caixa. — Quer falar sobre isso?

— O quê? Pizza?

— Não, sua família.

Ela deu um suspiro dramático e se jogou numa das cadeiras.

— Posso ser sincera? Não. Você podia me contar sobre a sua, em vez disso.

Aquele era um território perigoso, mas ele se sentou e tentou responder sem revelar demais.

— Minha família tem um restaurante. Minha mãe morreu há dez anos, mas meu pai e meus avós ainda trabalham lá.

— Em Porto Rico, certo?

— Sim. Eles se mudaram para Miami depois do furacão María, mas depois quiseram voltar para lá.

Ela pegou mais uma fatia da caixa.

— E para eles tudo bem você ser ator?

— Claro. São minha família. Sempre apoiaram minha arte.

Jasmine ergueu as sobrancelhas e lançou a ele um olhar que dizia *está de brincadeira comigo?*

— Como assim "claro"? Isso não é uma verdade absoluta. Eu poderia ganhar um Oscar que minha família não se importaria.

Ashton deu de ombros enquanto mastigava um pedaço de pizza.

— Minha família age como se tudo que eu fizesse fosse um Oscar.

Era por isso que ele queria tanto ganhar um — para poder provar aos outros seu valor.

Enquanto Jasmine olhava para as bordas de pizza em seu prato, sua expressão se tornou melancólica.

— Deve ser legal. A minha só quer que eu me case e tenha filhos. E, sim, eu também quero essas coisas, mas tenho valor como pessoa mesmo sem elas, entende?

Ele piscou. Ela estava certa. Ashton tinha mesmo sorte por seus pais terem apoiado sua carreira. Além disso... Jasmine tinha acabado de revelar muito sobre si.

Ashton sentia seu coração doer por ela, queria perguntar mais, saber os detalhes de seu dia a dia, sua família, sua infância, mas ela abriu sua cópia do roteiro e disse, alegre:

— Episódio sete. O penúltimo episódio. O que acontece?

Ashton engoliu a comida. Certo, Jasmine claramente não queria falar sobre a família, mas ele pensou que eles pelo menos conversariam sobre o que havia acontecido na noite anterior, ali, naquela mesma mesa. Mas sabia reconhecer uma mudança de assunto quando estava diante de uma e respeitava os desejos dela, então respondeu:

— Victor conta tudo em uma série de talk shows.

— Ah, quantos *sentimentos* — brincou ela. — Marquita adora incluir momentos como esses.

— Vamos começar do começo? — perguntou ele.

— Claro, por que não? — Jasmine recostou na cadeira e cruzou os pés descalços na altura do tornozelo. — Parece que começa com um flashback. Vou ler a parte dos apresentadores.

Eles estavam no meio da segunda cena, que trazia uma apresentadora de tv bambambã, quando Jasmine jogou um guardanapo em Ashton. O papel ficou preso no roteiro dele.

Ele lhe lançou um olhar inquisidor, e ela balançou a cabeça.

— O que foi? — perguntou ela. — Você está distraído. Fica olhando em volta.

— Ah. — O rosto dele esquentou. — Estava esperando suas primas entrarem pela porta.

A expressão impaciente se suavizou e olhar dela se tornou convidativo.

— Elas não sabem que você está aqui.

— Não? Achei que você contava tudo a elas.

Ela balançou a cabeça devagar, sem desviar o olhar dele.

— Nem tudo.

E ali estava. Uma referência à noite anterior.

De repente, Ashton teve dificuldade para respirar. Sentiu um aperto no peito, a pele queimando e, antes que pudesse evitar, jogou o roteiro no chão e foi na direção dela.

Os dois se abraçaram, e Jasmine subiu no colo dele, enganchando-o com as pernas. Ashton colocou as mãos na bunda dela enquanto apertava sua boca na dele.

— Você está com gosto de pizza — murmurou ela junto à boca dele.

— Você também.

Ashton pressionou o quadril contra ela, puxando-a mais para perto. E então deslizou os dedos por baixo do macaquinho que ela usava, gemendo quando não encontrou nada.

— Está sem calcinha?

— Hum-hum. — Ela pegou as mãos dele e as colocou em seu peito. — E sem sutiã, também.

— Você é incrível. — Ele soltou as palavras num suspiro colado ao pescoço dela enquanto seus dedos alcançavam os seios de Jasmine, envolvendo-os por cima do tecido fino. — Como faz para tirar isso?

— Assim.

Ela saiu do colo dele e, antes que pudesse protestar, Ashton engoliu as palavras, quase babando enquanto ela puxava as alças para baixo e saía de dentro da roupa. E então ela estava completa e deliciosamente nua.

— *Ven acá* — disse ele com a voz rouca, segurando-a pelo pulso e puxando-a para cima dele.

Com uma risada sem fôlego, ela reassumiu seu lugar no colo dele, passando um braço sobre seus ombros. A outra mão desceu entre os dois para acariciá-lo por cima da calça. Ele ofegou, enrijecendo-se com o toque dela.

Eles iam fazer aquilo. Definitivamente. Que se danassem as consequências. Ele tinha que estar dentro dela.

— Esqueça o que eu disse ontem — disse ele, o desespero deixando sua voz mais grave. — Nós temos que transar.

Ela o olhou nos olhos com uma expressão de dúvida.

— Tem certeza?

— Tenho. — Ele logo se deu conta de que estava pressupondo que ela também queria, então acrescentou depressa: — Se você estiver de acordo.

Ela deixou escapar uma risada.

— Ah, eu estou cem por cento de acordo com sexo com penetração.

Ele soltou um gemido e escondeu o rosto no ombro dela.

— Eu usei mesmo essas palavras?

— Usou. — Jasmine segurou o queixo dele, obrigando-o gentilmente a encará-la. — Que me contar por quê?

— Eu... não ultrapasso esse limite com colegas de trabalho. — Era uma explicação tão boa quanto qualquer outra.

Ela assentiu.

— É uma boa decisão. Concordo.

— Mas eu quero... com você. — Aquilo era um tremendo de um eufemismo.

O sorriso de Jasmine era doce, mas aquele fogo já conhecido tinha voltado aos olhos dela.

— Eu também.

Parecia idiota ficar conversando quando havia uma mulher nua em seu colo. E, agora que eles estavam na mesma página...

Ele a segurou pelas coxas e se levantou, carregando-a como tinha feito na noite anterior.

— Camisinha?

Ela o segurou com as pernas e os braços, curvando-se para encostar os seios no rosto dele.

— No quarto.

Ashton a levou até lá, mas não a colocou na cama. Em vez disso, deixou-a sentada em cima da cômoda.

— *Quédate aquí* — ordenou, severo, e ela riu.

Ele encontrou os preservativos na gaveta onde estava o lubrificante, então o pegou também. A variedade de vibradores roxos e cor-de-rosa era interessante, mas não naquela noite. Naquela noite ele queria que as coisas fossem simples.

Aquela conclusão dava a entender que eles teriam mais do que aquela noite, então ele afastou aquele pensamento e voltou para junto dela, beijando-a de um jeito profundo, exploratório.

Com movimentos frenéticos e atabalhoados, ela o ajudou a se despir.

— Anda logo — disse Jasmine, e ele adorou saber que ela estava tão ansiosa quanto ele.

Quando Ashton terminou de tirar a calça e a cueca, ela já tinha uma camisinha desembalada na mão, e ele ficou parado — por pouco — enquanto Jasmine desenrolava o preservativo em sua extensão com movimentos torturantemente lentos. Assim que ela estendeu a mão para o frasco de lubrificante, porém, ele balançou a cabeça e o guardou.

— Desça — disse Ashton, ajudando-a a descer da cômoda. Em seguida, virou-a, colocando-a de frente para o espelho retangular que ficava em cima do móvel.

Seus olhos se encontraram pelo reflexo e um sorriso lento e sensual brotou nos lábios dela.

Aparentemente, Jasmine estava de acordo com aquela ideia também, porque ficou na ponta dos pés e apoiou as mãos na ponta da cômoda. Sua disposição e seu entusiasmo já eram excitantes por si sós, mas ela era, ainda por cima, deslumbrante. Ashton engoliu em seco admirando as longas pernas de Jasmine, a curva de sua bunda, a forma como ela arqueava as costas… até que ela se virou para ele e ergueu as sobrancelhas.

— Você ainda está aí?

— *Sí, cariño*. Estou aqui.

E ele estava ali. Inteiro, para o que desse e viesse. Naquela noite só existiam eles dois. Só existia aquilo.

O dia seguinte... bom, eles lidariam com o dia seguinte quando ele chegasse.

Cariño. Ashton a tinha chamado de *cariño*.

Uma onda de calor se espalhou pelo corpo de Jasmine ao ouvir aquele apelido carinhoso. A forma como ele enrolava a língua ao falar e a sensação de ser querida por alguém fizeram com que ela quisesse se aproximar ainda mais dele. E, naquela noite, eles se aproximariam.

Ela encolheu os dedos dos pés no tapete ao ver pelo espelho a bela visão de Ashton atrás dela. Deus, ela adorava vê-lo nu. Ele era perfeitamente proporcional, forte e com uma autoconfiança muito atraente. E seu pau era lindo também.

Ele colocou um pouco de lubrificante na mão, deixando o frasco de lado. Chegando mais perto dela, segurou-a pela cintura e então escorregou a mão melada pelo meio das pernas dela.

Ao sentir o primeiro toque, Jasmine fechou os olhos e deixou escapar um gemido baixo. A maneira como ele a acariciava era deliciosa. Gentil, mas firme. Ele espalhou o lubrificante sem pressa, para ter certeza de que ela estava pronta e úmida. Os dedos dele brincavam na entrada do sexo de Jasmine, que suspirou, ofegante, quando ele chegou ao clitóris e a acariciou.

— Por favor — sussurrou ela, agitando o quadris para apressá-lo.

Funcionou. Com um gemido, ele se colocou atrás dela e flexionou os joelhos, encostando as coxas nas dela, e então a penetrou. Seus olhos se encontraram no espelho e ela perdeu o fôlego. O lindo rosto de Ashton estava contraído com a intensidade de sua concentração, e seus olhos escuros estavam fixos nos dela. Aquele tipo de atenção absoluta — totalmente dedicada a ela — era muito excitante. E então ele a penetrou mais fundo, preenchendo-a, alargando-a. O prazer reduziu os pensamentos de Jasmine a pó. O lubrificante e sua própria excitação ajudavam, mas ainda assim ele parecia impossivelmente grande dentro dela.

E, puta merda, era muito gostoso.

Ele se mexeu para a frente e para trás algumas vezes, acomodando-se, e, quando estava todo dentro dela, com o quadril colados em sua bunda, Jasmine cravou as unhas na borda da cômoda e deixou escapar um suspiro.

Ofegante, ele se curvou sobre as costas dela e pousou as mãos junto às suas.

— Tudo bem?

— Tudo perfeito.

Ela empinou a bunda na direção dele e foi como se esse único movimento o fizesse perder o controle. Ele a abraçou pela cintura e começou a estocar num ritmo rápido e constante que a deixou sem ar. A força naquelas coxas, a paixão nos olhos dele — tudo aquilo a estava consumindo por dentro. E tudo o que ela podia fazer era aproveitar.

— *Cógelo* — ele gemeu no ouvido dela, e tudo o que ela conseguiu fazer em resposta foi repetir a palavra "sim" algumas vezes.

O mundo de Jasmine tinha se resumido a Ashton entrando e saindo dela, à pele dele esfregando-se na sua, a seus gemidos e sussurros roucos, à língua quente dele em seu ouvido falando safadezas em espanhol. As mãos de Ashton percorriam o corpo dela, rodeando seus mamilos, apertando seus seios, que balançavam freneticamente, ou fazendo pequenos círculos ao redor de seu clitóris. Ela era uma confusão de sensações pulsantes, que começavam no lugar em que ele a penetrava. Como no dia anterior, toda a atenção dele estava voltada para o prazer dela.

Ela adorava aquilo. Não aguentaria aquilo. Não queria que ele parasse nunca mais.

Quando Jasmine estava quase gozando, Ashton a puxou para perto, deixando que ela se encostasse toda nele. Ele a segurou, uma das mãos em seus seios e a outra entre as suas pernas, apoiando-a com a força de suas coxas e de seu membro rígido. Seus corpos molhados de suor deslizavam e se esfregavam um no outro, provocando uma onda de calor.

Em meio a tudo isso, os dois se olhavam pelo espelho. Não havia barreiras ali, nada além da paixão nua e crua. Ela havia passado tanto tempo tentando fazer com que Ashton se abrisse, e agora estava dentro. E o que descobriu mexeu com ela. Não havia se preparado para aquilo, e, com suas defesas emocionais demolidas pelas ondas de excitação que a invadiam, ela estava perto demais do abismo ao fim da Escala Jasminiana.

Enquanto tentava manter os olhos abertos, sem forças depois do êxtase que ele provocara, sentiu-o estocando mais forte e murmurando:

— *Mírame.*

Olhe para mim.

O olhar de Ashton estava em chamas, exigindo que ela sentisse tudo o que ele tinha a oferecer e mais um pouco. Então ela obedeceu.

Descargas elétricas de prazer a atingiram, e seus gemidos assumiram um tom de urgência. Ela estava quase chegando ao ápice. Todas aquelas sensações e toda aquela emoção não podiam ser reprimidas. Precisavam ser liberadas, ou então iam consumi-los.

Jasmine estendeu uma das mãos para trás e agarrou uma das coxas dele, apoiando-se em seus músculos definidos, enrijecidos pela força das estocadas. Estava totalmente rendida ao prazer que vibrava em seu corpo.

— *Cariño* — murmurou Ashton em seu ouvido. — Goza para mim.

O que mais ela podia fazer?

Seu corpo se retesou, todos os seus músculos se contraíram. E então ela explodiu de prazer. Jasmine se sacudiu nos braços dele, atingida pelos espasmos de satisfação que inundavam seus sentidos e sobrecarregavam suas terminações nervosas. A euforia tomou conta de sua mente, tornando-a indiferente a qualquer coisa que não fosse a sensação de pele com pele. Ela teria caído no chão se ele não a estivesse segurando.

Com um dos braços, Ashton a segurou firme pela cintura, apoiando-se na cômoda com a mão livre. E, com os olhos ainda nos dela através do espelho, continuou estocando-a até que, com um gemido e a testa franzida, seu corpo se enrijeceu e ele também chegou ao clímax.

O silêncio no quarto era absoluto sem o som de seus suspiros e gemidos. Jasmine não poderia se mexer nem se quisesse. Sua mente tinha sido esvaziada por completo, e seu corpo ainda estava se recuperando.

Então um único pensamento lhe ocorreu: Ashton Suarez tinha acabado de foder com ela. E ela tinha *adorado*.

Depois de um momento, ele saiu de dentro dela. Ainda abraçando-a pela cintura, levou-a até a cama. Ela afundou ali, sem forças, enquanto ele cambaleou até o banheiro. Por fim, Jasmine fechou os olhos.

Ela pensou que tinha pegado no sono, tragada por aquele prazer nebuloso. Então Ashton acariciou seu braço.

— Jasmine. *Me voy.*

— Hummm?

O quê? Ele estava indo embora? Ela se sentou na cama e percebeu que Ashton já estava totalmente vestido.

— Se eu ficar, nenhum de nós dois vai conseguir dormir. E dá para ver que você está cansada. — Ele cobriu as pernas dela com o lençol, então lhe deu um longo e carinhoso beijo na boca. — Nos vemos amanhã?

— Tenho que ir ao Bronx — Os pensamentos dela ainda pareciam meio embaralhados, e sua voz estava rouca depois do orgasmo mais incrível que ela tinha experimentado em toda a vida. — Vou visitar meus avós. Mando uma mensagem de texto quando eu voltar.

— Combinado. Ainda precisamos passar nossas falas. Estávamos um pouco… distraídos hoje.

Seu sorriso bobo a animou. Ela quase o convidou de novo para ficar, estava na ponta da língua, mas ele parecia cansado, e tudo o que Jasmine queria era virar para o lado e apagar.

Ela se perguntou se sua vontade de insistir era apenas para ver se ele ficaria outra vez. Não queria fazer aquele tipo de joguinho com Ashton.

Quando ela assentiu, ele segurou o rosto dela e a beijou mais uma vez.

— *Dulces sueños, cariño.*

Ela o ouviu sair, então afundou na cama com um enorme sorriso no rosto. Seus sonhos seriam mesmo doces.

Capítulo 25

Na semana seguinte, Ashton passou cada minuto em que não estava trabalhando ao lado de Jasmine. Não que houvesse muitos, uma vez que o sétimo episódio exigia longas jornadas e múltiplas locações, mas eles conseguiram encontrar um tempinho aqui e ali.

Ele sabia que estava correndo riscos, esgueirando-se para o quarto dela num hotel onde a maioria dos outros atores e alguns altos funcionários da equipe também estavam hospedados, mas não conseguia se conter.

Os dois também se viam no trabalho, é claro, mas era diferente. Tomavam o cuidado de não fazer nada que levantasse suspeitas — nada de olhares acalorados ou encaradas mais prolongadas —, mas mesmo assim Ofelia às vezes elogiava a parceria entre eles, e Ashton tinha medo de que a primeira assistente de direção estivesse começando a desconfiar de alguma coisa.

Eram ainda mais cuidadosos perto de Vera, que tinha o estranho dom de se conectar com o estado emocional deles. Fingir que não estava *loucamente enamorado* por Jasmine era o papel mais difícil que ele já tinha interpretado. Mais difícil que a ocasião em que fizera o clone malvado dele mesmo.

Depois de passar uma semana em uma locação externa, era bom estar de volta aos estúdios da ScreenFlix na sexta-feira. Ashton vinha pouco a pouco começando a se sentir à vontade naquele lugar. Ele estava no meio das filmagens da participação de Victor nos talk shows quando topou com Jasmine, que conversava com Nino e Lily no carrinho de lanches.

Nino acenou para ele.

— Oi, Ash. Você vai à conferência hoje à noite?

Ashton lançou um olhar questionador para Jasmine.

— Que conferência?

— A Conferência de Artistas Latinos — contou Nino. — É um grupo novo, vão fazer o primeiro evento grande hoje à noite.

— Nós três vamos ser homenageados entre as "30 personalidades com menos de 30 anos" na categoria Artes Cênicas — explicou Lily.

— Eu tecnicamente já tenho 30 — admitiu Jasmine. — Acha que vão me expulsar do palco quando descobrirem?

— Está tudo bem, *vieja* — disse Lily com um sorriso. — Se tirarmos a média entre a idade de nós três, estamos com uns vinte e poucos.

— Graças a mim — brincou Nino. — E então, Ash, quer ir com a gente? Temos entradas VIP, o que significa open bar!

Jasmine olhou para Ashton.

— Não precisa ir, se não quiser — disse ela, baixinho. — Sei que não é muito a sua praia.

Não era mesmo a praia dele, mas apoiar Jasmine tinha *se tornado* a praia dele ultimamente. E, na opinião de Ashton, o melhor jeito de demonstrar apoio era se fazendo presente, como os pais dele tinham feito durante toda a sua vida.

— Claro, vou sim — disse ele.

Jasmine arregalou os olhos.

— Sério?

— Maravilha. — Nino sorriu. — Vou levar minha mãe. Ela é doida para conhecer você. Ela adorou *El duque de amor*.

Ashton sentiu um peso no estômago, como se fosse uma premonição, mas era só ansiedade. Então notou o sorriso de gratidão de Jasmine e soube que podia encarar aquele desconforto para vê-la feliz.

A conferência seria num espaço para eventos perto de Hudson Yards. Terminadas as filmagens do dia, todos foram para o Hutton Court para se arrumar, e Ashton dividiu um táxi com Jasmine.

— Estou surpreso por você não ter convidado ninguém da sua família — disse ele, entrelaçando os dedos nos dela no assento entre os dois, aproveitando aquele momento de privacidade em que podiam se tocar sem se preocupar em ser vistos.

Jasmine deu de ombros e observou a cidade que passava pela janela.

— Fiquei sabendo de última hora. Ava está ocupada, trabalhando como babá, e Michelle está toda enrolada com um projeto grande de design.

— E seus pais, sua irmã e seu irmão?

Ela se virou para ele com uma risada de incredulidade.

— Está falando sério? Ter qualquer um deles aqui só serviria para me deixar estressada.

Ashton não disse nada, mas torceu para que um dia pudesse conhecer os pais dela. Então poderia contar a eles sobre a filha maravilhosa que tinham. Era uma pena que eles não soubessem.

— Obrigada por ter vindo comigo, principalmente porque sei que você não gosta de grandes eventos. — Ela apertou a mão dele. — Sabe, eu devia ter convidado você. Mas não queria que se sentisse pressionado.

Ashton levou as mãos dos dois à boca e beijou os dedos de Jasmine.

— Podia ter me convidado mesmo assim.

O olhar dela era tão cheio de esperança que fez o peito dele doer.

— Agora eu já sei.

Quando o carro parou perto do local do evento, Ashton soltou a mão dela. Eles haviam concordado em manter o que tinham — o que quer que fosse — em segredo. Ashton não sabia por quanto tempo iam conseguir, mas não podia negar que estava leve e feliz como não se sentia havia muito tempo. Ele entrou na conferência ao lado de Jasmine sentindo uma onda de otimismo.

Levou menos de uma hora para ele voltar à realidade.

Ele *detestava* eventos como aquele.

Uma multidão estava espremida no espaço, com um palco numa ponta e um bar na outra. O evento era bem informal — mais para festa que para conferência —, e Ashton se sentia exposto demais e facilmente reconhecível. Para todo lugar que olhava, alguém o encarava e arquejava, e então ele precisava ser gentil e posar para fotos até que conseguisse escapar com educação. Logo em seguida era reconhecido por outra pessoa, e tudo se repetia.

Na tentativa de acalmar os nervos, ele tomou três gim--tônicas em uma hora, mas ainda sentia vontade de se jogar pela janela. A festa era no quarto andar, o que provavelmente não ajudaria. Ele podia pedir um táxi e voltar para o hotel, e…

Alguém o segurou pelo cotovelo e ele deu um pulo, quase derramando seu quarto copo de gim-tônica. Era Tanya Onai, a assessora de imprensa da ScreenFlix responsável por *Carmen*. Ela era uma jovem linda, alta, de pele marrom-escura e com longas tranças Kanekalon.

Além disso, era a única pessoa que podia obrigá-lo a dar entrevistas, e por essa razão ele havia tomado muito cuidado para evitá-la até aquele momento. Mas agora ela o pegara.

Ele tomou um gole de sua bebida para limpar a garganta antes de dar um olá baixinho.

Tanya soltou o braço dele e abriu um sorriso meigo.

— Parece que você está tentando fugir.

— É tão óbvio assim?

Ela assentiu para ele, com as tranças caindo por cima do ombro.

— Eu tenho um sexto sentido para quando meus atores estão prestes a escapar. Além disso, faz um tempão que você está se embebedando num canto, encarando a janela. Então, sim, é bem óbvio.

Ele deixou o drinque de lado, porque ela estava certa, e murmurou:

— Não gosto de multidões.

— Eles vão subir ao palco logo, logo — prometeu ela. — Aguente mais um pouquinho. Vamos aplaudir, tirar umas fotos e então todos poderemos voltar para casa e dar início ao fim de semana.

Ele concordou e aceitou o copo de água mineral que ela lhe ofereceu. Tudo bem. Ele já tinha feito aquilo antes, e podia fazer de novo. Ele estava bem.

Mas isso não o impediu de ficar olhando por sobre o ombro e só se sentir melhor depois de se posicionar de costas para uma parede.

O melhor momento da noite foi quando Jasmine, Lily e Nino subiram ao palco. Eles foram entrevistados juntos por um poeta americano de origem mexicana que fez ótimas perguntas a respeito de como a identidade e o histórico cultural influenciavam o trabalho criativo.

Ashton quase explodia de orgulho a cada vez que Jasmine falava. Ela cativava o público de um jeito que não tinha nada a ver com o fato de ela ser atriz e tudo a ver com o fato de ser *ela*. O sorriso, o senso de humor e a habilidade que tinha para se mostrar vulnerável faziam com que o salão inteiro parasse para ouvir suas palavras.

Lily e Nino também contaram os caminhos que os levaram a se tornar atores, falaram sobre dificuldades e triunfos, e Ashton se sentiu honrado de trabalhar em *Carmen* ao lado deles.

Ele aplaudiu ruidosamente ao final da apresentação, mas foi interrompido por alguém pedindo para tirar uma foto com ele.

— Desamarre essa cara — murmurou Tanya quando a pessoa se afastou. — Não pode pelo menos fingir que está se divertindo? Você devia se acostumar com isso. A turnê de imprensa vai começar logo mais, e a ScreenFlix pretende mandar você e Jasmine para uma porção de lugares para promover a série.

Ashton tentou relaxar os músculos do rosto.

— Dê uma olhada no meu contrato. Acho que você vai ver que há limites para a quantidade de trabalho de divulgação que preciso fazer.

O sorriso simpático de Tanya se tornou afiado como uma lâmina.

— Vou verificar.

Assustador. Mas Ashton não teve a chance de pensar muito nisso, pois Jasmine, Nuno e Lily haviam deixado o palco e se juntado a eles.

Jasmine olhou para ele e soltou um bocejo. Ashton sabia que ela estava fingindo, porque não era nada graciosa quando bocejava de verdade.

— Estou supercansada — disse ela aos outros. — Acho que vou voltar para o hotel.

Ashton estreitou os olhos e balançou a cabeça de um jeito quase imperceptível. Ele sabia o que Jasmine estava fazendo, e não queria ser o motivo pelo qual ela iria embora mais cedo.

Ainda que ele quisesse ir embora mais que tudo. E a ideia de ficar de conchinha com ela antes de ir para o próprio quarto era bastante atraente.

Mesmo assim, aquele era o momento dela, um reconhecimento por sua contribuição para a representatividade da comunidade latina na mídia. Não havia razão para que...

— Eu também vou — disse Lily. — Meus pés estão me matando. Lembrem-me de jogar esse sapato na *basura*.

Bom, aquilo mudava tudo.

Ashton pegou o celular.

— Vou chamar um táxi para a gente.

Tanya fez que não com a cabeça.

— Vamos tirar fotos primeiro. Depois todos vocês podem ir embora.

Enquanto ela os empurrava até o cartaz com o logo da conferência que servia de fundo para fotos, Jasmine se colocou ao lado de Ashton e sussurrou:

— Eu tentei.

— Eu sei. Não precisava. Mas obrigado.

Jasmine abriu um sorriso para ele.

— Nós já vamos, ok?

Tanya demorou quase uma hora para os liberar, e Ashton estava praticamente tremendo de nervoso quando entrou no carro com suas duas colegas de trabalho. Jasmine percebeu a irritação dele a caminho do Hutton Court, mas Lily — que tirara o sapato de salto alto assim que entrara no táxi — conduziu a conversa de uma forma que ele não precisou contribuir muito.

No elevador, cada um apertou o botão de seu andar. Lily — ainda descalça — desceu primeiro, e, quando o elevador parou no andar de Jasmine, Ashton desceu com ela. Assim que entraram na suíte e fecharam bem a porta a suas costas, ela o abraçou apertado.

— Desculpa — disse ela encostada no peito dele. — Você odiou. Eu sabia que você ia odiar.

Ele a envolveu com os braços, como queria ter feito a noite toda, e inspirou o perfume cítrico do cabelo dela, que o acalmava.

— Não foi sua culpa, *cariño*. Sou adulto, e aceitei ir.

— Eu sei, mas...

Ele segurou o rosto dela com as mãos e a beijou longamente.

— O fato de você ter tentado me tirar de lá duas vezes significou mais para mim do que sou capaz de demonstrar. E, ainda que eu não goste muito desse tipo de evento...

— Jura?

Ele sorriu e continuou.

— Fiquei feliz de estar lá para prestigiar você e os outros.

— Se você está dizendo....

Ela pegou na mão dele e o conduziu até o sofá, onde se sentaram e ficaram mais à vontade. Jasmine descalçou o salto alto e Ashton tirou o paletó.

— Quer um vinho? — perguntou ela. — Tem uma garrafa de chardonnay na geladeira.

Ele fez que não.

— Bebi demais na festa.

Ela colocou a mão no joelho dele.

— Quer falar sobre isso?

Ele cobriu a mão dela com a sua, observando os dedos dos dois espalmados. A verdade era que Ashton nunca queria falar sobre aquilo, e decidira que, se não falasse, aquilo não o atingiria. Se ninguém além de sua família soubesse o que tinha acontecido, tal fato não poderia assombrá-lo.

Aquela linha de pensamento não funcionava. O incidente continuava a assombrá-lo. E ele queria muito contar a Jasmine. Agora.

Antes que pudesse se conter, ele disse:

— Há uns sete anos, tentaram invadir minha casa.

Ela engasgou e apertou o joelho dele.

— Ah, Ashton.

— Um cara começou a me perseguir. Um fã. Ele vivia me mandando coisas. Cartas, pacotes, um monte de coisas. Toda a correspondência passava antes pela minha agência, então demorou um tempo até que alguém percebesse que aquilo estava se tornando meio excessivo e até agressivo. E, mesmo depois que a assistente do meu agente percebeu, eu não achava que era algo com que precisava me preocupar. Eu tinha mais o que fazer do que pensar em algum fã obcecado, então esqueci aquele assunto. Até que…

Jasmine chegou mais perto dele, os olhos dela brilhando em compreensão.

— Até que o quê?

Ashton respirou fundo, soltando o ar devagar. Ele nunca havia falado sobre aquilo com alguém que já não conhecesse a história, e colocá-la em palavras era quase como reviver o episódio. Fazia com que ele relembrasse o medo, a perda da sensação de estar seguro em sua própria casa.

Era por isso que ele não morava mais em uma casa. Ele se sentia mais protegido em apartamentos com porteiros e sistemas de segurança, em andares bem altos. Ninguém podia entrar pela janela se ele estivesse dez andares acima do chão.

Jasmine esperou pacientemente. Ele queria beijá-la, esquecer o incidente e se perder no toque dela, mas de repente pareceu imperativo que continuasse. Ele engoliu em seco.

— Até que ele descobriu onde eu morava e tentou invadir minha casa.

Dizer aquelas palavras em voz alta fez com que Ashton percebesse o cerne de seu medo. Sempre pensara que a parte mais assustadora da história era o fato de o invasor ter tentado entrar pela janela do quarto de Yadiel, colocando em perigo o que era mais precioso para ele. Mas, ao contar a história a Jasmine sem mencionar o filho, Ashton percebeu que... ainda assim era assustador. Tudo aquilo era assustador.

E talvez fosse normal que ele tivesse sentido medo. Que ele *ainda* sentisse medo.

Jasmine segurou as mãos deles de um jeito carinhoso, puxando-o para um abraço. Ashton se aninhou, permitindo que o calor dela o acalmasse. Ela ficou naquela posição por um longo tempo, acariciando o cabelo e as costas dele, e Ashton aceitou o conforto oferecido, mergulhando naquele sentimento e deixando que ele preenchesse o poço que estivera vazio havia anos.

Até que finalmente ela disse baixinho:

— Obrigada por me contar.

Ele soltou o ar, trêmulo.

— Obrigado por me ouvir. Acho... que vou passar a noite aqui, se estiver tudo bem para você.

Ashton jurou que podia sentir o sorriso dela no cabelo dele.

— Claro.

Ele se afastou primeiro, porque tinha a impressão de que Jasmine o abraçaria pelo tempo que fosse necessário. E, ainda que estivesse começando a perceber que precisava daquilo, ele sabia que ela estava cansada.

Eles foram para a cama, revezando-se para usar o banheiro, e então se enfiaram juntos debaixo das cobertas.

No escuro, confortáveis sob os cobertores, com o ruído suave do ar-condicionado isolando-os do mundo lá fora, Ashton finalmente tomou coragem para perguntar a ela algo que vinha querendo saber fazia algum tempo.

— Jasmine?

— Sim?

— O que aconteceu com McIntyre?

Ela deixou escapar um suspiro, e Ashton sentiu quando ela minguou a seu lado.

— Quer saber a história inteira?

— Não inteira. Só...

— O fim?

Ele se sentiu um babaca por ter perguntado. Mas tinha a impressão de que, assim como ele, Jasmine carregava um fardo.

— Isso.

Ela se mexeu, entrelaçando as pernas nas dele.

— Bem, ele terminou comigo. Por uma revista de fofocas.

Ashton arregalou os olhos, como se ela pudesse ver a reação dele.

— *Não*.

— Sim. — A voz dela tinha um traço de humor. — Eu pensei que ele estava viajando para um show, mas descobri que estava no México com uma sósia minha. Você talvez tenha visto o rosto dela antes de eu quebrar a televisão naquele dia na academia.

Na época, ele tinha achado estranho, mas, claro, não quis perguntar.

— Bem, ele disse a uma repórter, minha arqui-inimiga Kitty Sanchez, que havíamos terminado. Ela disse que foi uma *entrevista exclusiva*, mas provavelmente o comentário foi feito sem pensar, enquanto ele saía do avião no aeroporto de Los Angeles. A declaração foi publicada ao lado de uma foto dele se agarrando com essa outra atriz, e eu... — Ela deu de ombros. — Eu descobri tudo quando fui ao Target comprar papel-toalha e vi minha cara na capa da *Buzz Weekly*.

Ashton estava horrorizado.

— Deve ter sido terrível.

— Foi. Precisei comprar aquela droga daquela revista para descobrir que ele tinha terminado comigo. Eles não tiverem nem a decência de colocar a informação mais importante na capa.

— Jasmine, por favor, não me leve a mal...

— Prometo que não levo.

— Mas foi... foi só isso?

Ela riu.

— É.

— Quer dizer, é óbvio que ele é o homem mais idiota do mundo por trair você. Principalmente com uma mulher tão parecida com você, mas que eu tenho certeza de que não é nem de longe tão incrível quanto você.

Ela o abraçou pela cintura.

— Obrigada.

— Mas ficam atrás de você nos estúdios todo dia por causa disso, de umas fotos e uma frase sem contexto?

— É.

— E inventando todas essas histórias ridículas e manchetes?

— Acho que minha preferida é uma que diz mais ou menos assim: TROCA NO ELENCO: GALÃ DO ROCK LARGA NAMORADA POR ATRIZ RIVAL. Que é totalmente mentirosa, já que eu nunca tinha ouvido falar daquela mulher antes, mas ganha pontos pela criatividade.

Ele a abraçou com força.

— Sinto muito que você tenha passado por isso. Que *ainda* tenha que passar por isso. Não é justo. E você não merece.

— Posso contar uma coisa? — A voz dela era suave e sonolenta.

— Vá em frente.

— Eu só... só queria me apaixonar. Queria amar alguém e que alguém me amasse. Achei que poderia ser ele. Em vez disso, fui massacrada pela impressa por ousar acreditar que um homem mais famoso que eu poderia um dia se apaixonar por mim.

Ela abriu a boca num enorme bocejo, e então se aninhou no peito dele.

Ashton a abraçou com ainda mais força, mas, por dentro, estava gelado.

Não era aquela confissão que o apavorava. Ela era linda por dentro e por fora e merecia amar e ser amada. Ashton odiava que aquele McIntyre *pendejo* a tivesse tratado tão mal e que a indústria da fofoca tivesse feito ainda pior. Acontece que as palavras de Jasmine tinham feito com que ele entendesse algo em que deveria ter pensado sozinho.

Todo aquele tempo, só tinha pensado no que aconteceria com *ele* se alguém começasse a espalhar boatos sobre os dois. Isso fazia com que se sentisse um idiota. O tempo todo deveria ter estado mais preocupado com o que aconteceria com *ela*.

Porque, ainda que seus sentimentos por Jasmine fossem verdadeiros e se tornassem mais fortes a cada dia, não havia futuro para os dois. Nada que pudesse durar muito tempo, pelo menos. Ashton era um pai solteiro. Um relacionamento naqueles termos já seria difícil o bastante sem a constante interferência da mídia ou sem fãs obcecados. O fato de ele ser pai significava que Yadiel era e sempre seria sua prioridade. Sua família dependia dele para tudo, e Jasmine…

Não havia como oferecer o que ela queria, o que ela *merecia*.

Jasmine deixou escapar um suspiro baixo, algo que tinha notado que ela fazia quando estava pegando no sono. Era a coisa mais bonitinha do mundo.

Ele deveria ir embora naquele exato momento, antes que estivessem ainda mais enrolados emocionalmente.

Una noche más, Ashton disse a si mesmo, deitando a cabeça no travesseiro. Aproveitaria aquela última noite para usufruir do conforto que ela lhe dava sem pedir nada em troca e para tentar confortá-la um pouco também.

Depois, teria que descobrir um jeito de se afastar antes que alguém percebesse alguma coisa, e antes que algum dos dois acabasse se machucando.

Capítulo 26

Quando acordou na manhã seguinte, Jasmine estava sozinha. Ela esticou a mão, tateando o colchão para ver se Ashton tinha se virado para o outro lado durante a noite, mas em vez disso encontrou um bilhete que ele tinha escrito no bloco de notas do hotel. Ela apertou os olhos para o papel na fraca luz que entrava no quarto pelas frestas das cortinas pesadas.

> Jas,
>
> Meu voo para Porto Rico era cedo.
> Não quis te acordar.
> Obrigado por... tudo.
>
> Bj
> Ash

O agradecimento fez com que ela sorrisse. E, ainda que quisesse ter passado a manhã abraçadinha com Ashton, Jasmine apreciava a oportunidade de dormir até mais tarde. A noite anterior tinha sido bem pesada, emocionalmente falando, e ela precisava de um tempo para processar tudo aquilo.

Depois do que Ashton tinha contado, não era de se admirar que ele detestasse ser seguido por paparazzi e participar de eventos com a presença da mídia. Nem que ele se mantivesse sempre distante. Agora, aqueles aspectos de seu comportamento faziam total sentido para ela; Ashton não era estrela, era reservado, e por uma boa razão. Mas Jasmine não podia deixar de se perguntar se ele já se sentia ansioso em público antes ou se isso havia começado depois que a segurança de seu lar fora violada.

Ela sabia como era ter a própria privacidade invadida, mas ver suas informações pessoais tornadas públicas era diferente de se tornar um alvo e ter a casa atacada. Esse tipo de experiência mudava as pessoas.

Todo o fiasco da história com McIntyre a afetara, mas, como ainda era tudo muito recente, ela não sabia quais seriam os efeitos a longo prazo. Será que se sentiria confortável quando voltasse a Los Angeles? Conseguiria voltar a confiar em seus antigos amigos e colegas de trabalho?

Ela ainda não tinha aquelas respostas. Graças a Deus, trabalhar em *Carmen* lhe dera tempo para cuidar das próprias feridas em casa, em Nova York, cercada pelas pessoas que mais amava. Sua família estava longe de ser perfeita, mas pelo menos nunca contaria seus segredos para os repórteres.

Falando em família, Jasmine tinha que ir ao Bronx naquela tarde, para um churrasco. Por mais que preferisse passar o dia fazendo nada e pensando em Ashton, ela não podia.

A linha seis do metrô no sábado de manhã era o mais próximo que podia chegar do inferno, então Jasmine pegou um táxi do hotel até a casa do avós, em Castle Hill, uma extravagância que ela nunca poderia ter feito da última vez que morara em Nova York.

Sete dos doze primos da família Rodriguez já estavam lá quando Jasmine chegou, assim como os pais dela e todos os seus tios e tias do lado paterno. Os adultos se espalhavam pela sala de estar, pela cozinha e pelo quintal, enquanto os sobrinhos de Jasmine e os filhos de seus primos estavam brincando lá embaixo, no porão.

Como era esperado, Jasmine circulou pela casa cumprimentando com beijinhos na bochecha cada um dos parentes. Levou quarenta e cinco minutos. Primeiro, ficou presa numa discussão ridícula com os irmãos sobre qual deles ajudava mais nas tarefas quando eram crianças, e depois engatou um bate-papo realmente interessante com o marido de seu *tío* Luisito, Archer, sobre o clube do livro dele. Seus pais pareciam felizes em vê-la, mas Jasmine fugiu deles quando notou a mãe deixar de lado uma bandeja de *lumpias* para pegar o celular.

Quando finalmente tinha cumprimentado todo mundo, Jasmine resgatou Michelle de um torneio de videogame no porão e Ava da cozinha, trancando-se com elas num dos quartos do andar superior.

— Transei com Ashton — soltou ela no momento em que a porta se fechou.

Ava arregalou os olhos, mas Michelle só deu um sorrisinho.

— Eu sabia — disse.

— Deixa de ser convencida — repreendeu Ava, que logo depois endireitou o corpo e disse: — Mas eu também sabia.

Jasmine suspirou e se sentou na beirada da cama.

— Eu sou *tão* previsível assim?

— Um pouco — disse Michele, dando de ombros. Ela se escorou na antiga cômoda de madeira esculpida que servia de apoio para uma imagem da Virgem Maria e um prato com um rosário de contas. — Mas não dá para culpar você por essa.

— Vocês sempre tiveram muita química — acrescentou Ava, sentando-se ao lado de Jasmine. — Isso é bom, não é? Não ajuda no trabalho?

Jasmine gemeu.

— Sim, mas devia ser *só* no trabalho. Por que eu sou assim?

— Porque você é de Áries — disse Michelle, como se fosse a coisa mais óbvia. — Você ama *amar*.

Ava suspirou e olhou para o teto como quem pede ajuda.

— Ok, tudo bem. Quer uma resposta sincera? Olhe em volta. — Michelle agitou os abraços, englobando tudo em torno delas. — Os homens desta família se comportam como um bando de bebês. Eles ficam lá sentados, comendo e conversando, enquanto as mulheres fazem tudo. Os papéis de gênero são algo muito arraigado na comunidade latina. Não é nenhuma surpresa que nossa geração tenha feito escolhas românticas tão ruins. Eu não tenho namorado. — Ela apontou para Ava. — Ela é divorciada. E você é uma monógama em série. Nós somos tipo uma cartela de bingo dos relacionamentos ruins.

Jasmine e Ava só olharam para ela.

— O que foi? — Michelle levantou as mãos. — Acham que estou errada?

Jasmine se jogou de costas na cama.

— Não, você está certa. Eu só não sei como lidar com isso. Já tive vários relacionamentos, mas isso que temos agora de alguma maneira parece mais real que todos os outros.

— Por que você não conta tudo para a gente? — sugeriu Ava.

Jasmine parou para pensar.

— Na primeira vez, nós dois tínhamos bebido, e foi gostoso e espontâneo. Acabamos nos pegando. E ele passou a noite comigo o que... bem, eu não esperava, e acho que ele também não, mas foi muito legal, sabe? Aí, na segunda vez...

— Opa, peraí — interrompeu Michelle. — Aconteceu mais de uma vez? Quando você pretendia nos contar que está tendo um caso com um astro de novela? O que, a propósito, vai ser um ótimo capítulo em sua biografia.

Jasmine dirigiu um olhar severo a ela.

— Estou contando *agora*.

— Certo, me desculpe. Continue.

— Enfim, ele voltou na noite seguinte, e acho que nós dois estávamos tentando nos enganar. Ele levou o roteiro e começamos a ensaiar nossas falas, como sempre fazíamos, mas de repente estávamos pelados e eu estava tendo a melhor transa da minha vida.

Ava suspirou.

— Que inveja. Vá em frente.

— Naquela noite ele não dormiu lá. Mas de lá para cá a gente tem passado bastante tempo juntos. *Bastante*.

Como podia explicar o que estava acontecendo entre eles se nem ela não entendia completamente? À primeira vista, parecia simples. Eram dois adultos fazendo sexo consensual.

Ok, não havia *nada* de simples no sexo com Ashton, mas ela não sabia explicar por quê. Além do fato de ele ser muito, muito bom naquilo.

Jasmine olhou para o teto, tentando traduzir em palavras aquele turbilhão de emoções, quando Ava a interrompeu com uma pergunta.

— Você quer ter um relacionamento com ele?

A resposta era sim, e as três sabiam disso. Jasmine queria ter um relacionamento amoroso mais do que qualquer coisa no mundo. Mas, pela primeira vez, não queria apressar nada nem imaginar coisas que não estavam acontecendo. Ela nunca tinha tido aquele tipo de conexão com ninguém antes. Mas eles não tinham falado de compromisso nem feito planos para o futuro, e seu maior medo era que Ashton a deixasse como todos os outros.

— Eu gosto dele de verdade — admitiu ela. — E... não sei. Acho que ele é diferente.

— Você quer continuar ficando com ele? — perguntou Michelle daquele seu jeito brusco.

— Bem, *quero*, mas... Não sei se eu deveria. — Jasmine se sentou e então dirigiu às primas um olhar suplicante. — Estou estragando meu Plano da Mulher de Sucesso.

— É com isso que está preocupada? — perguntou Ava gentilmente. — Jas, ninguém vai julgar você por isso.

— Mas *eu* vou. É meu trabalho. Não quero estragar tudo.

— Então não estrague — disse Michelle, como se fosse a coisa mais simples do mundo.

— Aaaaa-vaaaa — alguém gritou lá embaixo. — *¿Dónde estás?*

Ava revirou os olhos.

— *Tía* Nita quer que eu a ajude com a lasanha. Perguntei por que servir lasanha num churrasco durante o verão, mas me disseram para não questionar os adultos.

— A gente devia descer. — Jasmine se levantou. — Já estamos aqui há muito tempo, vão começar a falar da gente.

Michelle bufou.

— Eles vão fazer isso com a gente aqui ou não.

Enquanto Ava ajudava na lasanha, Jasmine e Michelle escaparam para o jardim, sentando-se em cadeiras de plástico e mastigando ruidosamente batatinhas chips. Até que alguém se colocou na frente do sol, fazendo sombra nelas, e quando Jasmine olhou para cima viu Sammy. Ela não gostou do sorriso debochado no rosto do primo, mas tentou dar uma chance a ele.

— E aí, Sammy? — perguntou ela. — Como vai a Erica no emprego novo?

Se Sammy começasse a falar sobre qualquer outra coisa, talvez esquecesse a besteira que tinha ido até lá dizer a elas. Erica era a filha de 17 anos de Sammy, que não tinha ido ao churrasco porque havia começado a trabalhar na Gap aos fins de semana, para juntar dinheiro para a faculdade.

Ele deu de ombros.

— Ela está feliz por ter desconto nas roupas.

— Que bom.

Então Sammy arqueou as sobrancelhas para ela.

— E então, Jasmine, quando é que McIntyre vai pedir você em casamento? Ou ele não está McInteressado?

— Meu Deus. — Jasmine apertou os olhos com os dedos.

— Sacou? Ele não está mais Mc...

— *Cala a boca*, Sammy! — Michelle o interrompeu. — Você está com inveja porque adora as músicas desse filho da mãe!

— Michelle, olha o palavreado! — gritou Esperanza de dentro da cozinha.

— As crianças estão lá embaixo, *abuela*!

— É por isso. — Jasmine se levantou da cadeira com um dedo apontado na direção de Sammy. — É *por isso* que eu moro a quatro mil quilômetros de distância.

— Ahhh, Jas, eu estava só brincando com você — disse Sammy depois que ela voltou batendo os pés para dentro de casa.

Jasmine não sabia para onde estava indo — talvez para o andar de cima, talvez para a sala de estar, ou quem sabe sairia pela porta da frente e voltaria para o hotel, onde poderia pensar em Ashton em paz. Que inferno, tinha vontade até de voltar para a Califórnia. Mas Esperanza a interceptou a caminho da cozinha.

Ela colocou as mãos nas bochechas da neta e a encarou.

— *Muchacha*, você está usando aquele creme de baba de caracol para a área dos olhos que eu recomendei? — Esperanza parecia muito preocupada. — Está com uma aparência cansada.

— *Sí, abuela* — respondeu Jasmine entre os dentes. — Eu uso o creme todos os dias.

— E à noite? — Esperanza ergueu a sobrancelha, esperando a resposta de Jasmine.

Ah. Pelo amor de...

— Sim, toda noite.

— *Bueno*.

Esperanza deu um tapinha no rosto de Jasmine e voltou a refogar o arroz no fogão.

A avó era obcecada por cuidados com a pele e, agora que tinha aprendido a enviar mensagens de texto e a fazer compras on-line, estava sempre mandando para a neta links de produtos anti-idade. Suas perguntas excessivas eram a maneira como Esperanza demonstrava carinho, mas Jasmine não podia negar que estava se sentindo esgotada naquele dia, e provavelmente aquilo estava estampado no rosto dela.

— Deixe *la nena* em paz. — Willie Rodriguez, o amado avô de Jasmine, surgiu atrás da esposa e depositou um beijo no topo de sua cabeça. — Os olhos de Jasmine são lindos.

— Obrigada, *abuelo* — disse, sorrindo para ele em agradecimento.

Ele era quase da altura de Jasmine e tinha a pele marrom, um bigode que havia ficado branco nos últimos anos e o rosto mais bondoso que Jasmine já vira na vida.

A porta atrás deles se abriu. Michelle entrou na cozinha e fez sinal para que Ava saísse de perto do forno.

Esperanza levantou as mãos, como se estivesse se rendendo, mas a verdade era que ela nunca se rendia.

— *Yo lo sé, pero* nunca é cedo demais para começar a combater as rugas.

Willie piscou para Jasmine, e ela entendeu que era sua deixa para bater em retirada. Com as Primas Poderosas em seu encalço, ela saiu da cozinha.

— Porão? — sugeriu Michelle. — Escondi duas garrafas de vinho lá embaixo.

— Porão — concordou Jasmine.

Ela ia tentar a sorte com as crianças, que pelo menos reconheciam que aparecer na TV era um emprego de verdade.

— Vamos ficar bêbadas. — Ava pegou canecas de plástico e as três desceram escada abaixo para se esconder até que a comida estivesse pronta.

Quando Ashton decidiu se afastar de Jasmine, ele não estava falando em quilômetros de distância. Mas contar sobre o incidente tinha despertado nele uma profunda necessidade de ver com os próprios olhos que a família estava bem. Assim, depois de acordar cedo na cama de Jasmine, ele deixou um bilhete, voltou para seu quarto para tomar um banho e trocar de roupa e pegou o primeiro voo para San Juan.

Mais uma vez, sua família parecia surpresa e feliz em vê-lo, embora seu pai tivesse observado enfaticamente que seria bom ser avisado sobre essas visitas *com antecedência*. *Abuelita* Bibi fez um rebuliço em cima dele, como sempre, e *abuelito* Gus queria dividir uma porção de opiniões a respeito do último filme da série *Missão impossível*.

Estar em casa era um alívio. Ver que estavam todos sãos e salvos era um alívio. Mas a inquietação que o fizera voar até lá se recusava a ir embora.

Depois que o pai e os avós saíram para o restaurante, Ashton tentou se distrair brincando com Yadiel, como tinha feito na última visita, mas, durante todo o dia, um pensamento o perseguia.

Ele tinha contado a Jasmine.

Ainda não conseguia acreditar que tinha feito aquilo. Depois de Yadiel, o Incidente era seu segredo mais bem guardado. Ele não gostava de comentar sobre ele nem com quem já sabia do ocorrido. E, ainda que quisesse culpar o gim ou o estresse por sua confissão, sabia que aquilo não era verdade.

A verdade pura e simples era que ele confiava em Jasmine.

Aquilo o assustava. Se ele tinha confiado um de seus segredos a ela, nada o impedia de confiar o outro.

Naquele momento, o outro segredo estava marchando escada abaixo. Ashton olhou para cima de onde estava, sentado no sofá, assistindo sem muito interesse a um jogo de beisebol enquanto esperava o filho fazer "uma coisa" no quarto. Yadiel voltou com uma porção de livros nos braços e os jogou sem cerimônia ou aviso prévio no colo de Ashton, que deu um pulo quando os livros — a maior parte deles edições de capa dura com cantos pontudos — caíram em suas coxas e em sua virilha.

— *Papi* — a voz de Yadiel assumiu um claro tom impositivo que deixou Ashton imediatamente em alerta. Era o mesmo jeito usado pelo menino quando anunciou que queria um Xbox.

— *¿Sí?*

— Eu *quero* ir *para* Nova *York* — disse Yadiel em inglês, como se para provar que estava pronto para a viagem, enfatizando cada palavra.

O menino tinha o mau hábito de anunciar o que queria com veemência, em vez de fazê-lo na forma de pergunta e adicionar um "por favor", então Ashton ergueu as sobrancelhas.

— Você está me pedindo ou está me contando?

— *¿Puedo ir a Nueva York*, por favoooooor? — Yadiel cuspiu as palavras depressa, enquanto unia as mãos em súplica. — Olha só, eu já li todos esses livros sobre a cidade.

De fato, os livros despejados no colo de Ashton eram uma coleção de histórias com nomes como *O cachorro taxista* e *Um passeio por Nova York*, além de pesados guias de viagem ilustrados para crianças.

Ashton pegou *O cachorro taxista*.

— Detesto desapontá-lo, *mi hijo*, mas nunca vi um cachorro dirigindo um táxi.

Yadiel revirou os olhos.

— É só uma história, papai.

Papai, hein? Ele devia querer muito aquela viagem, se estava disposto a apelar para "papai".

Por um lado, Ashton adorava a ideia de mostrar ao filho a cidade da qual tinha aprendido a gostar. Havia tantas coisas que Yadi gostaria de conhecer, dos museus aos musicais da Broadway, passando pela arquitetura.

Mas a ideia de ver o filho andando por aquela enorme cidade cheia de gente o fazia suar. Ele não estaria sozinho, é claro, mas e se algo acontecesse? Havia muita coisa que podia dar errado.

E ainda precisava pensar nos aspectos práticos da viagem, como o local de hospedagem e a mobilidade de *abuelita* Bibi, que tinha dificuldade de locomoção. Além disso, restava saber se Ignacio ia querer fechar o restaurante e...

E o filho estava o encarando com os olhos cheios de desejo. Yadi *queria* ir. E estava ao alcance de Ashton dar ao filho algo que o faria feliz.

Como poderia dizer não?

Especialmente quando a única razão real para dizer não era o medo. Ele não podia deixar que seu medo impedisse o filho de viver a própria vida.

Portanto, ainda que aquilo o aterrorizasse, disse:

— Tudo bem, Yadi. Vou levar você a Nova York.

Yadi gritou e comemorou, pulando no colo de Ashton e no sofá, derrubando os livros em sua empolgação.

Ashton riu e jogou o filho em cima das almofadas, dando início a uma guerra de travesseiros entre os dois.

No final, Yadiel venceu, pisando com um dos pés no peito de Ashton para comemorar sua vitória. O pai, estirado no tapete, se perguntava como diabo conseguiria fazer a viagem dar certo.

Naquela noite, depois que Yadiel e *los viejitos* foram para a cama, Ashton se sentou à mesa da cozinha e aceitou a cerveja gelada que Ignacio lhe ofereceu. Tinha sido um longo dia — caramba, uma longa semana, um longo *verão* —, e ele estava cansado.

Ignacio se sentou diante do filho. Eles brindaram com suas garrafas e beberam.

— Como vão as filmagens? — perguntou ele.

Ashton cutucou a pontinha do rótulo da garrafa, que estava molhado e descolando com o suor da bebida, para evitar roer as unhas.

— Acho que está indo bem.

Ignacio tomou um longo gole.

— Você continua se escondendo?

Ashton suspirou.

— Não, não como antes.

Ele não mencionou Jasmine nem contou como ela mexia com ele. O pai era tranquilo — não havia julgado o filho nem mesmo quando ele se vira de repente no papel de pai solteiro —, mas Ashton não sabia como falar sobre Jasmine. Não por enquanto.

Recostando-se na cadeira, Ignacio cruzou os braços e olhou para o filho, impassível.

— Você não pode ficar sozinho para sempre, *mi hijo*.

— Não estou sozinho. — Ashton abriu os braços para indicar a casa, ainda que o resto da família estivesse dormindo no andar de cima. — Tenho todos vocês.

Ignacio apenas balançou a cabeça devagar e, quando falou, pronunciou as palavras com uma tristeza resignada.

— Não é a mesma coisa.

Ainda que ela nunca tivesse morado naquela casa — Ashton tinha crescido em Guaynabo —, às vezes a ausência da mãe se fazia sentir ali, como se ela pudesse entrar na cozinha a qualquer momento. Algumas vezes, o sentimento de perda diminuía, como se fosse uma tarefa esquecida atrapalhando sua concentração, ou um objeto fora do lugar esperando para ser percebido. Mas nunca ia embora de fato.

— Sinto saudade dela — disse ele.

Os dois não falavam muito sobre a mãe. Ela tinha morrido havia dez anos, depois de um câncer rápido e devastador, e eles tinham mergulhado numa nova dinâmica. Mas Ashton ainda desejava que ela tivesse conhecido o neto.

— Também sinto saudade dela — disse Ignacio, e então alisou a garrafa de cerveja. — Mas ela ia querer que você fosse feliz.

— Eu estou bem, *pa*. De verdade.

Ainda que nos últimos tempos ele viesse pensando com mais frequência em como seria ter uma companhia em sua jornada para criar o filho e dar a Yadiel uma figura materna.

Mas o alarmava o fato de esses pensamentos terem começado a aparecer mais assiduamente depois que ele conhecera Jasmine.

— Bem, se você diz que está tudo bem, está tudo bem. — disse Ignacio, apesar de seu tom e expressão indicarem que ele não acreditava.

Ashton terminou sua cerveja e se levantou.

— Está tarde. Vou deixar você dormir.

— Nos vemos amanhã?

— Vou embora depois da missa de domingo.

— Só para avisar, Yadiel quer ir a um jogo de beisebol em Nova York.

Ashton deu um sorrisinho.

— Vou providenciar o boné e os óculos escuros.

— Tem certeza de que não quer também um sobretudo e um saco de papel com dois furos, *señor* James Bond?

Ashton segurou uma risada para não acordar os outros.

— Deus te ouça.

Ignacio recolheu as garrafas para jogá-las fora.

— *Buenas noches, mi hijo.*

Capítulo 27

Jasmine chegou bem-humorada ao estúdio na manhã seguinte. A conferência tinha sido um sucesso na imprensa, a série estava indo bem e Ashton... Bem, por mais que tentasse não pensar tanto em seus sentimentos, era seguro dizer que ela nunca tinha sido tão feliz com um homem antes. Uma felicidade real, do tipo que a fazia se sentir valorizada e confiante de que podia se abrir com ele, não aquela felicidade para os outros verem, que se baseava em coisas como presentes e demonstrações públicas de afeto. Jasmine tinha medo de querer mais, medo de identificar em que ponto estava na Escala Jasminiana, e sua conversa com as Primas Poderosas não tinha ajudado muito a esclarecer as coisas. Mas em todos os outros aspectos seu Plano da Mulher de Sucesso estava indo bem. Ela havia até mesmo recebido algumas mensagens de texto da família parabenizando-a depois que Michelle tinha mandado para eles o vídeo da entrevista de Jasmine para a Conferência de Arte Latina.

> **Abuelo Willie**: bom trabalho, nena

> **Abuela Esperanza**: Você estava tão linda! Eu te amo!

E na sequência havia um link de um creme antirrugas para a área do pescoço.

Mas o mais surpreendente de tudo era que seus pais a haviam elogiado no grupo.

> **Mamãe e papai**: Estamos orgulhosos de você, querida!

Até Sammy tinha se desculpado por seu comportamento no churrasco e perguntado se ela conseguiria um autógrafo de Lily para a filha dele.

Jasmine estava radiante quando entrou em seu camarim. Ela mal tinha tirado a bolsa do ombro quando a porta se abriu e Lily entrou às pressas.

— Jasmine, me desculpe. — O rosto de Lily estava vermelho, e ela parecia estar à beira das lágrimas. — Foi tirado de contexto, eu não tinha a intenção de...

— O que aconteceu?

Jasmine tinha começado a se encaminhar em direção a Lily, mas então uma musiquinha soou em sua bolsa. Ela colocou a mão lá dentro e pegou o celular. Era Ava.

Lily parecia estar em choque, então Jasmine silenciou a ligação sem atendê-la e dirigiu sua atenção de volta a sua *hermana* das telas.

— O que houve? Você está bem?

Uma mensagem de texto de Michelle pipocou em sua tela. Por força do hábito, Jasmine deslizou o dedo para lê-la.

> **Michelle**: Desligue o telefone.

Com uma crescente sensação de pânico, Jasmine se virou para Lily, que estava segurando o próprio celular. Estava aberto na página da *Buzz Weekly*. E ali, em cima de uma foto de Jasmine e Ashton tirada na Conferência de Arte Latina, estavam as palavras: TAPA-BURACO.

O coração de Jasmine parou, e por um instante seu mundo se reduziu às poucas polegadas da tela do celular de Lily. Ela pegou o aparelho das mãos da colega e o examinou mais de perto. Abaixo da manchete havia duas perguntas: AMOR NOS BASTIDORES? OU TRIÂNGULO AMOROSO?

Mais abaixo, a assinatura: Kitty Sanchez.

Claro.

— Eu estava conversando com umas blogueiras na conferência — Lily falou rápido, tropeçando nas palavras. — Uma delas perguntou como era trabalhar com todos em *Carmen*. Eu nem pensei, sabe? Ela fez outras perguntas também. Mas deve ter perguntado sobre vocês dois, e eu só disse que…

Jasmine não precisava esperar ela terminar de falar. Estava bem ali, poucas linhas abaixo da foto.

Uma fonte próxima ao casal contou que eles se dão muito bem e passam bastante tempo juntos.

Jasmine imaginou Lily falando aquelas palavras de forma totalmente inofensiva. Mas, tiradas do contexto e ditas por uma fonte anônima, davam fortes evidências de um romance.

Merda, merda, merda.

Descendo um pouco a página, Jasmine passou os olhos pelo texto e por mais fotos do evento, todas posadas e inocentes. Mais abaixo, havia outra foto, marcada com EXCLUSIVO!!!

A respiração de Jasmine ficou presa em sua garganta. A foto estava desfocada, como se a pessoa que a tirara tivesse dado zoom demais e tremido um pouco, mas não havia dúvida de que eram os dois ali. Eles estavam em pé, próximos um do outro — o braço de Ashton em volta dela enquanto ela sorria para ele —, flagrados num momento de total ternura. Num momento particular.

De alguma maneira, Kitty Sanchez tinha conseguido colocar suas garras na foto tirada pela funcionária do supermercado.

— Ela distorceu minhas palavras — continuou Lily, angustiada. — Eu não tinha a intenção de...

Naquele momento, Ashton irrompeu pela porta, os olhos vidrados e o cabelo revolto.

— Olhe isso — disse ele, segurando um exemplar amassado da *Buzz Weekly*.

Eles estavam na capa. A foto posada aparecia em tamanho maior, provavelmente por ter uma qualidade maior, mas ao lado dela havia dois boxes. Um mostrava uma foto tirada por paparazzi de Jasmine e McIntyre de mãos dadas saindo de um dos shows dele. A outra era a foto do supermercado. No alto, em letras amarelas, estava escrito TAPA-BURACO. Aquelas palavras a encaravam de maneira implacável, da mesma forma como acontecera com ABANDONADA.

Com certa dissociação, Jasmine se perguntou como tabloides ainda existiam. As revistas impressas não tinham morrido?

O rosto de Lily ficou ainda mais vermelho. Ela passou por Ashton em direção à saída.

— Vou deixar vocês dois conversarem — murmurou ela e bateu em retirada, fechando a porta atrás de si.

O celular de Jasmine tocou de novo. Era Riley dessa vez. Ela quase atendeu, mas Ashton parecia tão furioso que preferiu deixar a chamada cair na caixa postal.

— Tá tudo bem — disse ela, tentando parecer calma. — Não precisa surtar.

— "Não precisa surtar"? Como eu posso não surtar?

O sotaque dele estava pronunciado, e ela percebeu que seu próprio sotaque do Bronx — normalmente bem controlado, a não ser quando ela falava "café" — também estava mais forte. Os *dois* estavam surtando.

— Não é tão ruim assim — disse Jasmine. — Vai ser bom para promover a série, e logo as pessoas vão esquecer.

Era o que sua agente e suas primas tinham dito depois que a história com McIntyre viera à tona, e não tinha ajudado em nada. Mas ela não sabia o que dizer. Lembrou-se da primeira vez que apareceu na capa de uma revista. Tinha ficado animadíssima. Mas aquele tipo de exposição era doloroso, e não havia como evitá-lo. Para alguém como Ashton, tão preocupado em proteger sua privacidade, devia ser ainda mais desesperador e invasivo.

Ashton abriu a revista e folheou a matéria sobre eles. Antes que Jasmine pudesse pedir para que não lesse, argumentando que não valia a pena, ele disse:

— Não acredito que publicaram isso. Vão pensar que a gente está...

— *Ashton.* — Ela esperou até que ele olhasse para ela. — A gente *está*.

— Eu sei, mas não era para ninguém mais saber.

Ele voltou a folhear a revista com uma expressão de desgosto.

Como é que é? Antes que Jasmine conseguisse responder àquele insulto, uma batida firme na porta os interrompeu.

— Sou eu, Tanya — disse uma voz abafada.

Ashton correu os olhos pelo camarim, como se estivesse procurando um lugar para se esconder. Ele avistou a porta do banheiro.

— Que diferença faz se alguém vir você aqui *agora*? — sibilou Jasmine enquanto se aproximava da porta, dando um tapa irritado na revista que ele segurava.

Tanya estava parada do outro lado, com outra cópia da *Buzz Weekly* nas mãos. Que droga, será que os paparazzi na porta do estúdio estavam distribuindo exemplares da revista para as pessoas que chegavam para trabalhar?

Jasmine deu um passo para o lado para deixar Tanya entrar.

— Então você já viu.

Tanya entregou a revista a Jasmine, que a jogou direto na lata de lixo.

— É claro que já. Estou impressionada que tenham achado que valia uma capa.

Ou talvez Kitty Sanchez estivesse esperando para soltar uma nova história sobre Jasmine, e as fotos da conferência e a declaração inocente de Lily deram a ela o material de que precisava.

— Eles estão me usando — disse Jasmine em voz alta.

— Estão — concordou Tanya. — Pronta para reverter a situação?

— Qual é o plano? — perguntou Jasmine.

— Temos algumas entrevistas agendadas — respondeu Tanya. — Não vou mentir: se vocês derem respostas evasivas, será ótimo para a divulgação. Mas não gosto de abusar dos meus atores ou de inventar histórias que não existem, então o melhor a fazer é simplesmente dizer que vocês são apenas amigos e deixar por isso mesmo. Tudo bem?

Ashton parecia que ia vomitar a qualquer momento, mas assentiu.

— Precisamos abafar isso agora mesmo.

Jasmine sentiu pena dele, mesmo que quisesse mandá-lo para aquele lugar. Entendia o que aquilo representava, mas ela precisava sentir que estavam juntos nessa, droga. Já havia passado por aquilo sozinha uma vez.

Tanya se encaminhou para a porta.

— Ashton, você vai precisar de uma preparação. Venha comigo.

Ele lançou um olhar angustiado na direção de Jasmine e seguiu Tanya para afora.

Depois de fechar a porta atrás deles, Jasmine respirou fundo. Sozinha novamente, ela pegou a bolsa. Seu celular apitava sem parar com chamadas perdidas e mensagens de texto, por isso ela seguiu o conselho de Michelle e desligou o aparelho. Depois de deixá-lo de lado, pegou sua carteira e tirou lá de dentro um pedaço de papel com o nome da avó no topo.

Ela não olhava para o Plano da Mulher de Sucesso desde que havia escrito aquelas palavras, mas parecia um bom momento para se lembrar do que estava em jogo.

1. Mulheres de Sucesso só aparecem na capa de revistas de fofoca por uma boa razão.
2. Mulheres de Sucesso são completas e felizes por conta própria.
3. Mulheres de Sucesso são jefas donas da porra toda.

E havia um quarto item gravado em sua mente que ela não se atrevera a escrever: *Mulheres de Sucesso não usam o colega de trabalho como tapa-buraco.*

Com um suspiro cansado, Jasmine se deixou cair no sofá do camarim. Ela achara mesmo que estava indo bem? Só tinha conseguido cumprir um dos quatro mandamentos, isso se ela considerasse que ser homenageada na conferência fazia dela "dona da porra toda". Mas, uma vez que isso a levara a *outra* capa de revista de fofoca — com uma referência direta ao colega que ela estava "tapando buraco" —, era difícil contabilizar como uma realização. Era melhor rasgar o Plano da Mulher de Sucesso e jogá-lo na privada.

Seria possível que um homem fosse capaz de arruinar todos os planos que ela tinha feito para ela mesma? Em outros momentos, ela teria dito que sim. Bem, para falar a verdade, ela teria *dito* que não, mas *pensado* que sim.

Mas isso foi antes de McIntyre destruir sua autoestima e jogá-la aos lobos da indústria do entretenimento. É claro que ele dizia coisas lindas e adoráveis quando estavam a sós, fazendo com que ela se sentisse a única mulher do mundo. Mas, quando estavam em público... Olhando em retrospecto, era fácil ver que ele a tratava como lixo. Quando estava na presença do grupinho dele, McIntyre sentava-se com o braço em torno do ombro dela, como se dissesse *Ela é minha*, mas mal olhava para Jasmine. Ele nunca a ouvia nem prestava atenção no que tinha para dizer.

Na época, aquilo parecia bastar. Jasmine se convencera de que bastava. Só queria um pouquinho de atenção. Sentir-se amada. Seria pedir muito?

A verdade era que Ashton não era como McIntyre. Ela nem precisava fazer aquele jogo de comparar o novo namorado com o antigo, em que o novo sempre parecia melhor na comparação. Ashton a fazia se sentir valorizada. Quando estava com ele, podia ser ela mesma, sem medo de julgamento. E parte disso talvez se devesse ao fato de estar em Nova York. A cidade onde ela se sentia em casa, como em nenhuma outra. Jasmine não precisava fingir que se encaixava ali, como fazia em Los Angeles. Mas ainda assim ela suspeitava que, mesmo lá, teria se sentido segura para se mostrar vulnerável perto de Ashton.

Ela sabia que não era uma boa ideia, mas pescou a ofensiva cópia da *Buzz Weekly* da lata de lixo e abriu na matéria sobre eles. Queria saber o que falava sobre ela.

Apesar da manchete sensacionalista, Kitty Sanchez tinha incluído informações a respeito da conferência, além de trechos das entrevistas de Nino e Lily e de uma foto do grupo todo com um convite para que o público assistisse a *Carmen no comando* quando a série fosse lançada na ScreenFlix. Infelizmente, as notas positivas estavam eclipsadas por especulações sem sentido sobre o relacionamento entre Jasmine e Ashton e sobre como McIntyre reagira.

As fotos por si sós eram quase inofensivas. A matéria trazia uma foto dela com McIntyre e outra foto posada com Ashton. E havia ainda a foto dos dois num momento íntimo durante a conferência, mas, uma vez que Jasmine não tinha passado nem um segundo sozinha com ele no evento, a imagem devia ter sido modificada em computador para remover os outros.

A foto no supermercado, por outro lado... era bem comprometedora.

E extremamente frustrante, pois havia sido tirada *antes* de eles começarem a dormir juntos.

Jasmine largou a revista no sofá e se levantou para fazer um café, na esperança de que a cafeína fizesse seu cérebro pegar no tranco e ajudasse a se concentrar no que estava acontecendo ali.

Porque, por mais que ela adorasse estar com Ashton, tinha que admitir que estava bem longe de atingir seus objetivos. E aquela matéria faria com que ele entrasse em parafuso.

Mas ela não podia culpá-lo. Para Ashton já era difícil se abrir quando eram apenas os dois. Agora, todos os olhos estariam em cima deles. Ela não se surpreenderia se a quantidade de paparazzi na porta do estúdio tivesse dobrado desde que a *Buzz Weekly* chegara às bancas naquela manhã. Merda, e eles provavelmente estariam no entorno do hotel também. Os funcionários do Hutton Court e a polícia de Nova York estavam acostumados a manter os fotógrafos e caçadores de celebridades longe da entrada do hotel, mas assim que os paparazzi descobrissem que aquela foto tinha sido tirada no supermercado do bairro, eles se embrenhariam por toda a vizinhança.

Jasmine apoiou o rosto nas mãos, permitindo-se um momento de desespero. Tinha um forte pressentimento de como Ashton reagiria a tudo aquilo — ele se afastaria de novo, como fizera no começo. E aquilo doeria. Muito. Mais do que antes, porque agora ela saberia o que estava perdendo.

Perderia as piadas dele e as perguntas que ele fazia sobre ela, como se a resposta para cada uma fosse a chave para desvendar os segredos do universo. Perderia o jeito como ele a abraçava quando ela estava dormindo. O jeito como ele a beijava e a tocava. Como se ela fosse um tesouro a ser admirado.

Perderia o jeito como ele falava o nome dela, como se ela fosse *importante* para ele.

A cafeteira fez um barulho e encheu sua caneca com Café Bustelo, graças às cápsulas que Ashton lhe dera de presente. Jasmine se olhou no espelho e limpou o canto dos olhos. Ela não podia ficar o dia inteiro ali chorando. Ainda havia cenas para gravar e entrevistas de redução de danos a ser dadas.

Então só restava uma coisa a fazer. Jasmine tinha que se afastar dele primeiro. Só de pensar nisso se sentia enjoada, como se seu estômago estivesse cheio de cobras. Era a última coisa que queria fazer na vida, mas, se seu palpite estivesse certo, Ashton logo voltaria a ser sua antiga versão inacessível, de qualquer maneira. Para seu próprio bem, Jasmine daria espaço a ele. E, fazendo isso, estaria dando mais uma chance a seu Plano da Mulher de Sucesso.

Era hora de voltar ao trabalho.

Depois de rasgar a revista ao meio e jogá-la de volta na lixeira, ela seguiu para a maquiagem.

Os cabeleireiros eram o braço direito de Jasmine no set. Toda manhã, assim que chegava, sentava-se ali por horas enquanto eles operavam mágica em seu cabelo e rosto. Ashton costumava chegar um pouco mais tarde, porque precisava de menos cuidados.

Naquele dia, Jasmine percebeu que seus amigos de cabelo e maquiagem estavam morrendo de curiosidade, mas ninguém chegou a fazer uma pergunta direta. E, como ninguém quis saber nada, Jasmine não precisou mentir.

Quando chegou a hora de gravarem as entrevistas, Tanya já havia negociado todos os detalhes antecipadamente, então tudo o que Jasmine e Ashton tinham que fazer era sorrir de maneira encantadora e repetir: "Não, somos apenas bons amigos" de doze jeitos diferentes. Não era fácil fingir que ele não significava nada para ela, mas eles eram atores. Era como interpretar mais um papel.

Pelo menos foi isso que ela disse a si mesma.

Depois da última entrevista, Tanya os puxou de canto para perguntar:

— Acho que tudo correu bem, não acham?

Jasmine sorriu, ainda que seu coração estivesse partido em pedaços dentro do peito.

— Com certeza.

Ashton fez uma careta, e Jasmine tinha certeza de que ele havia passado os últimos quarenta e cinco minutos gritando internamente. O último entrevistador tinha feito um milhão de perguntas e, por mais que Jasmine tivesse se esforçado para responder a maioria delas, muitas eram dirigidas a Ashton.

— Isso ia acabar acontecendo, mais cedo ou mais tarde — disse Tanya. — Boatos de romance aparecem em todos os programas. Isso deve satisfazer a curiosidade deles e, com sorte, vão largar logo essa história e focar na série.

— Vamos torcer — murmurou Ashton, sombrio.

Tanya deu um tapinha no ombro dele.

— Descansem um pouco, vocês dois. Foi um dia longo.

Depois que Tanya foi embora, Jasmine se virou para Ashton. Era melhor acabar logo com aquilo.

Para sua surpresa, ele foi o primeiro a falar.

— Então, esta semana...

Ela levantou as sobrancelhas.

— Sim?

— Eu não vou ficar por aqui — disse ele, sem olhar para ela. — Vou passar os próximos dias gravando as canções de Victor num estúdio de música, e à noite querem gravar umas cenas extras minhas cantando em algumas boates...

— Ashton, está tudo bem. — Ele estava se afastando, como esperado. O que ela não esperava era que aquilo fosse doer tanto. — A gente se vê daqui a alguns dias. Divirta-se nas gravações.

Ele assentiu com um movimento seco e foi embora, como costumava fazer no início das gravações. Jasmine segurou um suspiro. Se ela o deixasse sair, começaria a chorar. E talvez não parasse.

Distância. Era bom que mantivessem distância. Talvez aquilo lhe desse alguma perspectiva e respostas.

Por exemplo, como se desapaixonar por ele.

Capítulo 28

Dez minutos. Era tudo o que Ashton queria. Dez minutos a sós com Jasmine. Mas, quando bateu à porta do camarim dela no trailer duplo, não obteve resposta.

Eles estavam gravando uma cena externa, na frente do prédio que servia de cenário para casa dos Serranos, em Spanish Harlem, e se preparavam para filmar a cena de beijo que haviam ensaiado com Vera uma semana antes. Aquele seria o beijo mais profundo que os dois trocariam diante das câmeras. Depois de tudo o que haviam feito juntos, tinham assegurado a Vera que estavam confortáveis em levar as coisas para aquele nível. Pelo bem da série, claro.

Só que isso tinha sido antes da história da capa da *Buzz Weekly*. Antes de ele se convencer de que precisava de um tempo longe de Jasmine. Mas Ashton só queria uma chance de falar com ela antes que as gravações começassem. Fazia quatro dias que não se viam. Com ele gravando no estúdio musical e ela nos cenários da ScreenFlix, não tinham se cruzado.

Mas ele pensava em Jasmine. Às vezes.

Ok, muito.

Ok, *o tempo todo*. Ele não conseguia tirá-la da cabeça. Ela aparecia nos sonhos dele, em suas lembranças enquanto estava na academia e em seus pensamentos enquanto gravava as músicas de Victor.

A produção o colocara em outro hotel por uns dias, para que pudesse se afastar um pouco do circo da mídia e para ficar mais perto do estúdio musical e das pequenas boates do centro da cidade onde fariam os takes dele cantando ao vivo como Victor. Depois de passar pelas agonizantes entrevistas para assegurar que eram "apenas bons amigos" e enfrentar a crescente presença de fotógrafos no caminho até os estúdios da ScreenFlix e no entorno do hotel, uma mudança de ares deveria tê-lo deixado feliz. Aquela matéria na revista tinha sido um alerta, uma lembrança de que não havia espaço na vida dele para um relacionamento romântico. Sua família chegaria de avião naquela mesma noite, e Ashton precisava ser mais cuidadoso do que nunca. Não tinha como sair escondido para ver seus parentes ao mesmo tempo que saía escondido para ver Jasmine. Era pedir para dar errado.

Só que era exatamente o que estava fazendo naquele momento: esgueirando-se pelo set à procura dela. Ele nem sequer tinha um bom motivo para querer vê-la: a desculpa que encontrara fora que queria lhe contar como tinham sido as gravações no estúdio musical. Ainda que ele tivesse treinado com professores de canto no passado, trabalhar numa cabine acústica profissional era outro nível. Ele queria que ela pudesse ter estado lá, para conversar sobre os desafios artísticos daquela gravação, encorajá-lo da plateia quando ele estivesse cantando ao vivo ou mesmo subir ao palco com ele para um dueto, como tinham feito no karaokê.

Ashton achara que se afastar de Jasmine por uns dias o ajudaria a entender melhor os próprios sentimentos, de modo a conseguir ficar perto dela sem ficar pensando o tempo todo em tirar sua roupa. Mas, no fundo, *tudo o que ele queria era vê-la*. Sua ansiedade atingia níveis cada vez mais altos à medida que o tempo passava, e a presença dela o acalmava. Ele estava se apaixonando por ela, e aquilo era um tremendo inconveniente.

Ashton tinha tentado cancelar a viagem da família para Nova York, mas Ignacio lhe dera uma bronca. Yadi ficaria arrasado, e por quê? Por causa de uma revista idiota? Era inaceitável. Então a viagem foi mantida.

Outra razão para ele querer ver Jasmine naquele momento, antes que seu tempo livre fosse consumido por uma intensa programação decidida por um menino de 8 anos. Jasmine adoraria os planos de Yadiel. Incluíam não uma, mas *três* pizzarias.

Ashton foi até o trailer da maquiagem para ver se ela estava lá, mas, quando os maquiadores o pegaram espiando da porta, o arrastaram para dentro para retocar o pó compacto do rosto e passar spray fixador no cabelo.

— Desamarre essa cara — ordenou a maquiadora, repetindo as palavras que Tanya dissera na Conferência de Arte Latina. Ela deu batidinhas com uma esponja no espaço entre as sobrancelhas dele. — Vai acabar ficando com rugas.

— Desculpe — murmurou Ashton, e então prendeu a respiração antes de ser pulverizado por uma nuvem de spray de cabelo.

Quando o liberaram, ele foi até a área do buffet. Jasmine não estava lá, mas, enquanto pegava uma garrafa de água mineral, Marquita apareceu ao lado dele.

— Os engenheiros de som estão muito satisfeitos com o resultado das suas gravações — contou ela, sorridente. — Essas músicas serão um ótimo complemento para a trilha sonora.

Ashton acenou com a cabeça.

— Estou feliz que tenha dado tudo certo.

Marquita fez alguns comentários sobre as músicas e, quando conseguiu se afastar, Ashton retomou sua busca por Jasmine.

Ele realmente tinha achado uma boa ideia se afastar dela? Que besteira. Aquela história de manter distância não estava funcionando. Para piorar, o fato de não conseguir encontrá-la despertava nele os mesmos medos irracionais que o atormentavam quando não conseguia falar com o pai, aquele pensamento de que *alguma coisa ruim tinha acontecido*.

Nada de ruim tinha acontecido, é claro. Eles estavam num set de filmagens, rodeados por milhares de pessoas. Não ia acontecer nada. Jasmine estava em algum lugar e, onde quer que fosse, estava a salvo.

Mas então por que ele não conseguia encontrá-la?

Ela finalmente apareceu no set na hora marcada e lhe lançou um sorrisinho amigável.

— Oi, Ashton. Quanto tempo.

— Onde você estava?

O tom dele era áspero, e Jasmine piscou, surpresa. Ele não podia culpá-la, não tinha o direito de exigir nada dela.

Antes que ele pudesse se desculpar, ela disse:

— Estava no trailer de Nino, jogando baralho com Lily. Por quê? O que houve?

— Silêncio no estúdio!

— *Nada. Está bien.*

Ashton resolveu deixar para lá. Ele se entenderia com ela depois que terminassem de gravar.

Antes de escapar para garantir que sua família tinha chegado bem.

A ansiedade ainda o corroía por dentro, mas ele não tentou lutar contra ela. Podia ser útil em cena. Caminhando para sua posição, deixou que Victor assumisse o controle.

Capítulo 29

CARMEN NO COMANDO

EPISÓDIO 7

Cena: Victor e Carmen conversam depois das aparições dele em talk shows.
EXT: Degraus da frente da casa dos Serranos, em Spanish Harlem — NOTURNA

O céu estava escuro, iluminado pelo brilho amarelo das luzes da rua, e fazia silêncio na vizinhança. Victor se sentou ao lado de Carmen nos degraus da entrada da casa dos pais dela. Sentados muito perto um do outro, seus ombros se tocavam.

Eles tinham acabado de chegar, depois de um dia atribulado em que Victor expusera todos os seus segredos em uma série de programas de televisão. Ele admitira que lutava contra a depressão e a ansiedade, que abusava das bebidas alcoólicas e que tudo aquilo o tinha levado a se afastar das pessoas, a terminar seu casamento e a cancelar a turnê.

— Você se saiu muito bem hoje. — A voz de Carmen vibrava com um orgulho genuíno, e ela curvou os lábios num sorrisinho secreto. Um que só ele conhecia.

— Obrigado. — Victor soltou o ar e apoiou os cotovelos nos joelhos. — Acha que alguém vai querer comprar meu novo álbum depois de tudo isso?

Carmen colocou as mãos nas costas dele, massageando-a em movimentos circulares firmes, mas delicados.

— Acho que sim. Vulnerabilidade é sexy.

— Vulnerabilidade é *exaustivo*.

Depois de uma pausa, ela disse em voz baixa:

— Eu nunca desconfiei.

Carmen estava se referindo a tudo que ele tinha confessado. Victor fechou os olhos.

— Eu não queria que você soubesse.

— Mas eu deveria ter percebido que tinha alguma coisa acontecendo. Eu deveria ter tentado ajudar...

— Não havia nada que você pudesse fazer.

— Eu queria ter tentado mesmo assim.

Victor levantou a cabeça e dirigiu a ela um sorriso de pesar.

— Eu não facilitei as coisas.

Ela ergueu um cantinho da boca em resposta.

— Não. Mas eu também não.

O momento parecia permitir, então ele pegou a mão dela, entrelaçando os dedos dos dois, e descansou as mãos unidas na coxa de Carmen.

— Nós dois cometemos erros, Carmencita.

Ela deitou a cabeça no ombro dele.

— É verdade.

Ele engoliu em seco e olhou para o céu à procura de respostas, então voltou a olhar para ela. E arriscou:

— E o que vamos fazer agora?

Ela ergueu o queixo e o olhou nos olhos. Em seguida, com a mão livre, segurou o rosto dele e o beijou.

O beijo era lento, lânguido. Como se eles tivessem todo o tempo do mundo. Como se não estivessem sentados nos degraus da entrada da casa dos pais dela, onde qualquer um poderia vê-los. Como se eles fossem duas pessoas normais...

Como se a família dele não estivesse a caminho de Nova York naquele minuto, como se eles pudessem controlar a própria vida, como se não estivessem cercados pela equipe de produção, como se cada toque e cada respiração naquele beijo não tivessem sido ensaiados nos mínimos detalhes...

Quando eles se separaram para tomar ar, Victor olhou para Carmen com um ar de dúvida.

— Não sei o que vamos fazer — respondeu ela com a voz rouca. — Mas o fato de você se abrir, deixar as pessoas entrarem, mesmo que seja só para dividir o fardo, é um começo. Você não está sozinho, *mi amor*.

A tensão que havia nele se dissipou. Ele queria beijá-la de novo, mas aquilo não estava no roteiro. Então apenas assentiu para ela e se pôs de pé. Ajudou-a a se levantar e, juntos, subiram os degraus de mãos dadas.

— Corta! Vamos fazer de novo!

Capítulo 30

Jasmine trancou a porta do trailer atrás de si e deixou os ombros cansados caírem. Ficar longe de Ashton estava *acabando* com ela.

Ela tinha dado a deixa e ele tinha aceitado, como sabia que faria. A Antiga Jasmine teria ligado para ele diversas vezes nos últimos dias, mas a Nova Jasmine estava decidida a seguir seu Plano da Mulher de Sucesso.

Talvez tivesse que convocar as Primas Poderosas para ajudá-la a se manter firme, mas às vezes as mudanças levavam tempo mesmo.

Ela foi até o espelho e começou a tirar a maquiagem com um lenço umedecido, tomando cuidado principalmente com a área dos olhos. Esperanza tinha lhe mandado um artigo sobre como os lenços removedores de maquiagem faziam mal, e, ainda que Jasmine quisesse debochar daquilo, a informação ficara grudada em sua mente.

Quando chegou ao batom, parou. Uma parte de Jasmine não queria limpar a sensação dos lábios de Ashton nos dela. E se aquele fosse o único jeito de estar perto dele? Só faltava gravar mais um episódio, e a segunda temporada ainda não estava garantida.

Sangana. Ela estava agindo como uma adolescente que tinha prometido nunca mais escovar os dentes depois de beijar pela primeira vez, não como a porra de uma Mulher de Sucesso que era completa e feliz por conta própria.

Que se danasse tudo aquilo. Ela esfregou a boca com um lenço umedecido, fazendo mais força do que o necessário.

Quando terminou, encarou seu reflexo no espelho. A boca estava um pouco inchada e vermelha por causa da fricção. Ela podia adivinhar o que a avó diria, e imaginou Esperanza colocando um potinho de hidratante labial em sua bolsa sem que ela visse.

A imagem a fez sorrir, e ela se agarrou a isso enquanto tirava o figurino de Carmen e vestia a própria roupa. O dia da festa de Esperanza estava chegando e, ainda que Jasmine tivesse perdido qualquer esperança de que Ashton fosse comparecer — especialmente agora que ela sabia quanto ele odiava multidões —, ainda assim estava ansiosa. Ela e os primos tinham se esforçado para fazer um evento que ficaria para sempre na memória da família Rodriguez.

Ela ouviu uma batidinha leve na porta e abriu para deixar Nino e Lily entrarem. Os três tinham combinado de se encontrar no trailer de Jasmine, que era maior, antes de seguirem para uma taquería para jantar e tomar uns drinques.

— Está pronta? — perguntou Nino.

— Quase. Fiquem à vontade.

Jasmine passou um pouco de hidratante no rosto, enquanto os amigos esperavam no sofá vendo vídeos do cachorro de Nino. Ela estava terminando de passar um *gloss* labial quando ouviram outra batida na porta.

Jasmine olhou para Nino e Lily através do espelho.

— Vocês chamaram mais alguém?

Eles fizeram que não com a cabeça, e Jasmine deu de ombros e seguiu para abrir a porta. Devia ser um assistente de direção com alguma atualização no roteiro. As mudanças feitas pelos roteiristas de *Carmen* eram mais numerosas que as trocas de roupa de Lady Gaga em premiações.

Jasmine abriu a porta e teve um engasgo involuntário. Ashton estava parado nos degraus de metal. Ainda que tivessem acabado de se encontrar no set, vê-lo ali causou uma reviravolta em seu estômago, uma combinação de desejo e saudade. Ele estava lindo, com o rosto recém-lavado, e usava uma camiseta branca básica e calça jeans. Mas não era só o sex appeal de Ashton que a fazia engasgar. Era a identificação, a surpresa, aquela sensação de *aí está você, eu estava à sua espera*.

Mas ela não sabia que ele vinha; não achava que ele apareceria. Só que agora ele estava ali. E o que mesmo ele tinha falado mais cedo? *Onde você estava?*

Ele tinha procurado por ela?

— Jasmine, eu... — Ele desviou o olhar para além dela e viu Nino e Lily no sofá, acenando alegres para ele.

— Vamos sair para tomar margaritas! — gritou Lily. — Quer vir com a gente?

— Não, obrigado. — Ashton dirigiu um rápido sorriso aos dois e então voltou a olhar para Jasmine. — Só vim... dar boa-noite.

Quando se virou para ir embora, Jasmine percebeu que ele estava com o cenho levemente franzido, tenso, e, antes que pudesse evitar, sussurrou:

— Ashton.

Ele parou e olhou para ela por cima do ombro com uma sombra de dor nos olhos.

— Boa noite, *cariño*.

E então desceu a escada e foi embora.

Jasmine respirou fundo, pronta para gritar para que ele voltasse, mas decidiu conter as palavras, ainda que aquilo a sufocasse.

Ashton *tinha* procurado por ela. Antes e depois das filmagens. Encontrar os colegas no trailer dela claramente o fizera desistir. Ele queria falar com ela a sós? E, se queria, por qual motivo?

A esperança cresceu no peito de Jasmine, que não sabia se cuidava dela como uma flor ou se a esmagava como uma barata. De qualquer maneira, Ashton voltara aos velhos hábitos de recusar o convite para sair com os colegas de elenco, e ver isso a machucava. Ela só queria o seu bem. Mas tinha decidido respeitar sua decisão de se afastar, por isso fechou a porta e se dirigiu aos amigos.

— Vamos — disse ela. — Tem uma margarita me esperando.

Depois de sair do estúdio, Ashton foi até o apartamento que tinha alugado no Upper East Side para receber a família. Ele teria adorado acomodá-los mais perto, porém, com os paparazzi rondando o hotel, não podia arriscar.

Ashton não conseguia deixar de pensar na ironia que era terminar de filmar uma cena sobre se abrir com as pessoas e em seguida sair para encontrar a família que mantinha em segredo. Mas o que ele podia fazer?

No entanto, até Ashton tinha que admitir que aquilo não era normal.

Já era tarde quando ele chegou ao apartamento, e o pai era o único ainda acordado. Ashton conversou um pouco com ele, deu uma olhada em Yadiel, que dormia esparramado numa cama de solteiro, e foi embora.

Quando voltou ao Hutton Court, estava exausto. Parou na recepção para pegar sua mala, que tinha sido trazida do hotel onde estivera hospedado nos últimos dias pela produção, mas, ao entrar no elevador, se pegou apertando o botão do andar de Jasmine, não o do seu. Ele desceu no corredor dela e, antes que pudesse questionar suas intenções ou se obrigar a ir embora, bateu na porta dela.

Era tarde. Ela provavelmente estava dormindo, ou talvez ainda estivesse na rua com os outros. A melhor escolha seria voltar para seu quarto e dormir. Mas, assim que ele deu um passo para trás, a porta se abriu.

Ashton tinha passado a noite toda desejando um momento a sós com Jasmine. E agora ali estava ela.

Estava usando uma regata preta e short cinza. Parecia cansada, mas seus olhos estavam alertas.

Ashton não disse nada. O que dizer quando você aparece no quarto de hotel de uma mulher no meio da noite? Mas ela deu um passo para trás para deixá-lo entrar.

— Estava dormindo? — perguntou ele em voz baixa.

Ela balançou a cabeça.

— Não consegui.

Então ele reparou na TV pausada e na solitária taça de vinho tinto na mesinha de centro.

— Vem cá. — Ela o levou até o sofá, onde havia um dos cobertores incrivelmente macios do hotel todo enrolado. Jasmine empurrou a coberta para o lado e se sentou, deixando espaço para ele ao lado dela. — Vinho?

— Não, obrigado. — Ele olhou para a tv. — O que você está vendo?

— *Real Housewives*. — Ela se virou para a tela, que estava pausada numa cena em que duas mulheres faziam compras. — É o que eu vejo quando não consigo dormir.

Jasmine pegou o controle remoto e, quando Ashton achou que ela fosse apertar o play, ela o largou e se virou para ele.

Seu olhar era desconfiado, e Ashton sabia que ela ia perguntar o que ele estava fazendo ali e por que tinha ido procurá-lo no trailer mais cedo. A espera o deixou meio em pânico: não sabia o que estava fazendo ali. Não sabia o que estava *fazendo*, ponto. Estava tudo uma confusão.

Menos isso. Com ela, tudo parecia fazer sentido, mesmo que nada fizesse. Assim, antes que Jasmine pudesse externar a pergunta que deixava transparecer em seus olhos, ele colocou a mão atrás do pescoço dela e afundou os dedos no calor de seu cabelo.

Ela não se inclinou na direção dele, mas também não se afastou. Eles ficaram assim, a intenção dele bem clara e ela... esperando, talvez. Então ele a beijou. Até o momento em que seus lábios se tocaram, ele não sabia se ela o impediria, mas Jasmine aceitou o beijo com entusiasmo, e Ashton se lembrou de como tinham se beijado mais cedo, na varanda, durante a gravação. As duas experiências se misturaram. Primeiro, a vontade de beijá-la mais profundamente combinada com a necessidade de seguir a coreografia que haviam ensaiado e, agora, o choque ao sentir o toque da língua dela na sua, que o fazia desejar aquele calor e, ao mesmo tempo, temer precisar se afastar dela.

Mas eles não eram Carmen e Victor naquele momento. Era só os dois, mais ninguém. Ele esqueceu todo o resto e se perdeu nela. Em seu toque seguro e confiante junto ao peito dele. No gosto doce combinado com as notas levemente frutadas do vinho na língua dela, que provocava a sua.

Ele puxou a roupa dela, precisando senti-la mais perto, tocá-la mais. Ela o ajudou a tirar o pijama que usava, jogando as peças de roupa no chão. Então Ashton a deitou no sofá, parou um momento para admirar seu corpo nu, guardando cada curva na memória e se sentindo profundamente satisfeito. Que sorte aquela mulher maravilhosa permitir que ele se aproximasse dela, que a tocasse, que...

Ele interrompeu o pensamento antes que fosse longe demais e se abaixou para beijá-la nos seios. Ela deixou escapar um longo suspiro, segurando a cabeça dele, mas Ashton tinha outro destino em mente. Em movimentos lentos, ele abriu as pernas de Jasmine, apoiando uma delas no encosto do sofá. Quando ela inclinou o quadril para cima, de maneira convidativa, ele desceu a boca até ali e a venerou.

A resposta dela foi deliciosa. Ela segurou a cabeça dele, puxando seu cabelo e conduzindo-o enquanto ele a beijava ali. Quando Ashton aumentou a intensidade, passando a língua em seu clitóris, uma sinfonia de "isso, isso, isso" escapou da boca de Jasmine. Ela se contorcia e tremia sob o toque dele, apertando e beliscando os próprios seios, a visão mais linda que ele já tivera. E então ela gozou na boca e no dedo dele, deixando-o satisfeito.

Ashton se afastou, contemplando o corpo nu e saciado de Jasmine, que tinha um sorriso nos lábios. Ele estava duro como uma rocha e ainda vestido da cabeça aos pés, mas o prazer dela o preenchia. Acariciou a coxa de Jasmine distraidamente, feliz por poder tocá-la depois de tantos dias separados. Mas ela o surpreendeu ao se levantar e se acomodar entre os pés dele.

Depois de colocar um travesseiro embaixo dos joelhos, ela puxou o zíper da calça jeans de Ashton num movimento ágil.

— Jasmine, você...

— Shhh.

Ela alcançou a cueca e puxou o membro dele para fora com delicadeza. Ao toque dela, Ashton gemeu e jogou a cabeça para trás. Suavemente, ela o colocou na boca. Naquela boca quente e úmida.

É isso, pensou ele. *É assim que eu vou morrer.*

Aquilo era bom demais. Maravilhoso. Ninguém era capaz de sentir algo tão bom e continuar vivo, era? Talvez não, mas ele estava disposto a arriscar.

Ela usava as mãos e a boca, deslizando a língua e os lábios e correndo o punho fechado em torno de sua rigidez. Ashton afundou as mãos no cabelo de Jasmine e mexeu o quadril, murmurando seu nome enquanto ela o levava à loucura.

Ele estava por pouco, quase lá, mas não sabia se...

— Jasmine, *por favor* — gemeu ele, sem saber pelo que estava implorando. Que ela parasse? Que continuasse? Ele não fazia ideia. Ela estava totalmente no controle.

Ela devia ter percebido que ele estava quase lá, porque afastou a boca do membro dele com um beijo estalado e então subiu para montar nele, agarrando-se à sua cintura.

Eles deram as mãos enquanto se beijavam. Os lábios dela estavam molhados e macios, e os dele ainda traziam o gosto provocante de seu sexo. Ashton nunca se cansaria daquilo. Todas as razões pelas quais eles não deviam ficar juntos haviam fugido de sua mente ou pareciam sem importância diante da intensidade do desejo que sentia por ela. Jasmine tinha a capacidade de tirá-lo do eixo tão rápido e tão facilmente, de uma maneira que deveria ser impossível. E, ainda assim, ali estava ela. Ali estavam *eles*.

Os dedos ligeiros de Jasmine tiraram a camiseta de Ashton e ela se afastou apenas o suficiente para sussurrar com a boca colada à dele:

— *Dime qué quieres.*

As palavras provocaram arrepios no corpo dele. A absoluta autoconfiança dela, sua sensualidade latente, o fato de que ela se sentia confortável a ponto de falar espanhol naquele momento. Aquela mulher era tudo que ele poderia querer. Como ele poderia expressar aquilo em palavras?

— Eu quero você. — *Eu preciso de você.*

Ela deu uma risada rouca e continuou tirando a roupa dele.

— Que parte de mim?

Você toda.

Ele não podia responder aquilo. Ainda havia restado algum resquício de autopreservação. Em vez de responder, deslizou a mão entre os dois e a tocou, encontrando-a molhada, convidativa. Jasmine deixou escapar um suspiro quando ele deslizou os dedos para dentro dela, em movimentos para a frente e para trás. Ela moveu o quadril, cavalgando na mão dele, tão linda que ele mal conseguia encará-la, mas, depois de um momento, ela se afastou.

— Camisinha — sussurrou ela, ficando de pé e tirando a calça jeans dele com um puxão. — Quero você dentro de mim.

— Ai, caralho — gemeu ele.

Pegando a carteira no bolso de trás da calça antes que Jasmine jogasse a roupa dele longe, tirou de lá de dentro um pacote de preservativo. Enquanto ela abria a embalagem, ele foi até o quarto e voltou com o frasco de lubrificante, porque sabia que ela gostava. Espirrando um pouco do gel na mão, esperou enquanto ela desenrolava a camisinha em seu membro, o que por si só já era deliciosamente torturante. Então ele se lambuzou com o lubrificante, voltou a se sentar no sofá e se inclinou para trás.

Ashton não tinha ideia do que iam fazer, mas desde que ela se sentasse e o recebesse dentro dela, ele não se importava. Tudo era diferente — diferente não, *melhor* — com ela. *Ele* era uma pessoa melhor, só por estar na presença dela. A paciência e a disponibilidade emocional de Jasmine deixavam-no disposto a experimentar ser realmente conhecido, visto, por alguém — uma coisa que ele tinha esquecido como fazer. Aquilo era uma dádiva pela qual ele nunca poderia recompensá-la.

A luminária do canto estava ligada numa luz baixa, que acariciava a pele dela e banhava em dourado suas curvas enquanto ela rebolava em cima dele. Ashton seguiu o caminho da claridade com as mãos, tocando-a, memorizando sua forma. Aquilo poderia não durar muito — as coisas boas nunca duram muito —, mas, por ora, ele viveria o momento com ela enquanto pudesse. Os seios fartos balançavam diante de seu rosto, e ele se inclinou para capturar um mamilo em sua boca, envolvendo-o com a língua e se deliciando com o jeito como ela imediatamente gemeu em resposta. Ele a envolveu pela cintura com um dos braços, segurando-a junto a ele, então desceu a outra mão entre os dois para acariciar seu clitóris com a ponta dos dedos. Jasmine se arrepiou ao toque dele, sentindo as investidas mais curtas e insistentes.

— Ashton — disse ela com a voz entrecortada. — Ah, meu Deus. Não... não para.

Não se atreveria a parar. Ainda que ele não tivesse muito a oferecer a ela, *aquilo* estava a seu alcance. Então projetou o quadril, esfregando-se nela enquanto a impelia ao clímax.

Ele soube que Jasmine estava quase lá quando ela cravou as unhas em seu ombro. Ele sorriu com o rosto colado aos seios dela e aumentou o ritmo, fazendo movimentos ascendentes em seu interior macio e úmido.

— Ashton!

Ele encontrou o olhar dela, deleitando-se com o êxtase estampado em seu lindo rosto, com a urgência em sua voz e com a maneira como sua boca permaneceu entreaberta quando ela gozou. O prazer arrancara gemidos entrecortados e ritmados de sua garganta, e ele adorava aquele som. Minha nossa, estava completamente apaixonado por aquela mulher, e não tinha como mentir para si mesmo. Ficaram abraçados durante o orgasmo dela, e Ashton manteve os olhos abertos para encarar Jasmine enquanto ela o apertava num ritmo quase irresistível.

Ela suspirou e se deixou cair no peitoral dele, com os braços ainda envolvendo as costas de Ashton e o rosto afundado no pescoço dele.

— Mais — sussurrou ela.

Aquele comando sutil liberou alguma coisa dentro dele. Mantendo o quadril colado ao dela, ele a mudou de posição, deitando-a de costas, parando para tirar os travesseiros e a coberta enrolada debaixo deles. Ashton se apoiou nos antebraços, deu um beijinho nela e se rendeu aos movimentos rápidos e sensuais.

O corpo deles foi ficando escorregadio de suor à medida que ele a penetrava, de novo e de novo. Pele contra pele, Jasmine respondia a cada investida dele com uma própria.

Ashton soltou palavrões em inglês e espanhol, e ela gemeu palavras que em qualquer outro contexto seriam entendidas como orações.

Ele não queria que terminasse, mas era bom demais para durar para sempre.

Quando Jasmine gozou em seus braços mais uma vez, Ashton perdeu a batalha. Com o rosto enfiado na curva do pescoço dela, sentindo o perfume doce e cítrico de seu cabelo, ele deu uma última estocada. O orgasmo percorreu todo o seu corpo. Ele estremeceu forte, com o coração acelerado e a respiração entrecortada.

Depois que terminaram, a mente de Ashton ficou vazia e seu corpo permaneceu entorpecido. Eles eram um emaranhado de membros suados, e ele não sabia nem como começar a separá-los, por isso não fez nada. Ficou apenas escutando o som da respiração de Jasmine, sentindo o peito dela subir e descer sob o rosto dele.

E na clareza que se seguiu ao clímax ele finalmente entendeu o que queria.

Isso. Era *isso* que ele queria. Voltar para casa e encontrar aquela mulher, estar com ela, amá-la e deixar que ela o amasse de volta.

Porém o mundo em torno dele foi pouco a pouco voltando ao lugar e, com isso, todos os motivos que os impediam de ficar juntos.

A carreira dele.

A fama dela.

O *filho* dele.

Ashton não queria sair daquele sofá. Se ficasse ali, não precisaria encarar as consequências de suas ações e poderia fingir, só mais um pouquinho, que aquilo daria certo.

Mas não daria. E ele estava amolecendo dentro dela. Em um segundo teria que tirar a camisinha e...

Ela se mexeu, quebrando o encanto. Ashton passou por cima dela e pegou uma caixa de lenços de papel na mesinha lateral. Enquanto se limpava, Jasmine puxou o cobertor e se enrolou nele.

Era doloroso vê-la se cobrir, como se estivesse se escondendo *dele*, como ela fizera na primeira noite deles juntos, antes de pedir que ele ficasse. Ashton não deveria estar ali. Estava só se afundando cada vez mais, começando uma coisa que não poderia levar adiante.

— Eu achava que você não viria hoje — disse ela num tom suave.

O silêncio pós-sexo os convidava a falar a verdade.

— Eu estava tentando me afastar.

Ela suspirou.

— E eu estava tentando dar espaço a você.

Ele piscou, surpreso.

— Estava?

Jasmine assentiu e abriu um sorrisinho.

— E até que eu estava me saindo bem, mas aí você apareceu todo lindo no meu trailer hoje mais cedo, e eu precisei de todo o meu autocontrole para não correr atrás de você.

— Você... sério?

Aquilo o deixava extremamente satisfeito, ainda que não devesse.

Ele contara a Jasmine sobre o Incidente, e ela entendera. O que aconteceria se ele contasse sobre Yadiel? Ela dava tanto valor à família quanto ele. Ele achava — esperava — que ela compreendesse aquilo também.

A verdade queimava na ponta de sua língua, mas ele estava tão acostumado a guardar segredos que era fácil não abrir a boca.

Mas ainda havia tempo.

Jasmine pegou sua taça de vinho e bebeu num gole só. Então desligou a televisão e se levantou.

— Você vai... ficar? — perguntou ela.

Ele percebeu um mínimo toque de esperança na voz dela, percebeu a maneira como ela mordia o lábio inferior a denunciava, como se já esperasse que ele fosse embora.

Ele deveria ir embora. Mas não queria.

— Vou ficar.

Ela assentiu, então estendeu a mão para ele.

— Que bom.

Ele pegou sua mão e deixou que ela o conduzisse para o quarto.

Capítulo 31

— Corta!

Ashton estava de pé no meio do cenário do escritório da Serrano Relações Públicas com Jasmine e Nino, filmando a sessão de *brainstorming* sobre a carreira de Victor. Quando Ofelia, a primeira assistente de direção, avisou que a cena tinha ficado boa, eles saíram correndo do set, prontos para almoçar.

Antes que dessem dez passos, Marquita apareceu.

— Ashton, podemos… conversar?

A hesitação na voz e na postura dela deixaram Ashton instantaneamente em alerta. Mas, como ela era a principal responsável pela produção, ele assentiu e fez sinal para que Jasmine e Nino seguissem sem ele. Jasmine lhe lançou um olhar preocupado, mas Marquita o arrastou até um lugar mais tranquilo — ou o lugar mais tranquilo possível dentro de um estúdio barulhento na hora do almoço. Ela o encarou com os olhos arregalados e hesitantes, segurando o celular junto ao peito, como se quisesse lhe mostrar algo, mas estivesse com medo da reação.

Ashton imediatamente imaginou o pior. Seria outra foto dele com Jasmine? Teriam sido descobertos? Ou, puta merda, seria demitido mais uma vez? Ele achou que estava se saindo bem como Victor, mas talvez...

— Você... — Marquita balançou a cabeça, como se não soubesse o que dizer, então despejou o resto da pergunta de uma vez: — *¿Tienes un hijo?*

Ele sentiu o sangue gelar, congelando-o de dentro para fora enquanto tentava manter a expressão neutra.

Você tem um filho?

Se ela estava perguntando, era porque já sabia.

Ashton engoliu em seco.

— *¿Qué están diciendo?*

— Estão dizendo que você tem um filho. — Marquita deu uma olhada no telefone, e então voltou olhar para ele. — Tem uma foto.

A visão do rostinho inocente e desavisado de Yadiel na tela do celular de Marquita fez Ashton cerrar os punhos. A raiva o invadiu, tomando o lugar do gelo. *Como. Foram. Capazes.*

Ele pegou o celular da mão dela com cuidado e deu zoom para ver os detalhes. A primeira foto tinha sido tirada dois dias antes, no jogo dos Yankees a que Ashton tinha levado Yadiel, mas havia outras, incluindo uma foto de Ashton no aeroporto quando voltava de sua última viagem a Porto Rico.

Ele não tinha reparado em ninguém que parecesse um paparazzo, mas tinha sido visto. Visto e reconhecido, apesar do boné e dos óculos escuros.

Que merda era aquela? A *Buzz Weekly* tinha espiões em todos os lugares?

A manchete dizia: REVELADOS OS SEGREDOS DO ASTRO DAS NOVELAS LATINAS! SEXO, PERSEGUIÇÃO E UM FILHO SECRETO!

Era bastante completa, ele pensou amargamente. A autora da matéria, Kitty Sanchez — por que aquele nome lhe parecia familiar? —, devia estar pesquisando sobre ele havia algum tempo, para conseguir descobrir *tudo*.

Ashton não era violento ou dado a acessos de raiva, mas, naquele momento, o medo e a fúria se misturavam dentro dele. Aquelas pessoas — os paparazzi e os colunistas de fofoca — tinham revirado seu passado, ido atrás de sua família e o *espionado*. Só porque achavam que ele estava tendo um caso com uma colega de trabalho.

E estava. *Pero carajo*, por que não podia ter sua privacidade?

Os holofotes que antes estavam sobre Jasmine tinham agora se virado para ele e descoberto uma história boa demais para ser ignorada. A estratégia de serem "apenas bons amigos" tinha falhado. Por mais cuidadoso que ele fosse, tinha cometido erros — como trazer a família para Nova York porque sentia saudade deles.

Ele devia saber que aquilo aconteceria. Na verdade, aquele era um medo que carregava consigo todos os dias. Mas acreditava, ingenuamente, que tinha feito o suficiente para manter sua família a salvo daquela loucura toda.

Mas tudo tinha ido por água abaixo.

E o que era pior, a mãe de Yadiel acabaria descobrindo. Ashton sentia o estômago se revirar ao lembrar a maneira como ela abrira mão do filho. Em troca da guarda do menino, tinha deixado claro que não queria nunca ter que lidar com as consequências midiática que um "filho ilegítimo secreto", como ela o chamara, poderiam causar. O que ela faria se as revistas de fofoca a encontrassem?

Ele deslizou mais a tela. De alguma forma, aquela *bruja* Kitty Sanchez também tinha descoberto sobre o fã perseguidor, a tentativa de invasão e... *coño*, havia até uma foto dele e de Jasmine se beijando na gravação externa que tinham feito em Spanish Harlem na outra noite. Usada fora de contexto, claro.

Enquanto ele encarava as fotos, as palavras que as acompanhavam pareciam sair de foco. Sentiu o peito e a garganta apertados, e um calor, uma sensação claustrofóbica, como se as paredes estivessem se fechando em volta dele. Todos os segredos estavam ali, revelados ao público.

— Ashton? — Marquita franziu o cenho, preocupada.

Ele estava segurando o telefone dela havia tempo demais. Devolvendo o aparelho a Marquita, disse:

— Sí. Él es mi hijo.

Ele *jamais* negaria a existência de Yadiel abertamente. Ele nunca se envergonhara do filho — apenas queria protegê-lo.

Marquita tomou ar para falar, mas a atenção de Ashton foi tragada por um movimento do outro lado do estúdio.

Jasmine estava parada ali, olhando para ele com os olhos escuros cheios de mágoa.

Ele se lembrou das palavras de Carmen na cena dos degraus. *Mas o fato de você se abrir, deixar as pessoas entrarem, mesmo que seja só para dividir o fardo, é um começo.*

— Preciso ligar para meu advogado — disse ele. Se houvesse alguma possibilidade de tirar aquelas fotos do ar para proteger Yadiel, ele tinha que tentar.

Quanto a Jasmine, ele não sabia como consertar as coisas. Não sabia se conseguiria. Mas tinha coisas mais importantes com que se preocupar naquele momento.

Ela o encontrou no camarim dele bem na hora que ele estava terminando um telefonema com seu agente.

Ashton congelou quando a viu na porta. Todas as coisas que queria dizer a ela estavam presas em sua garganta.

Ele a conhecia bem o suficiente para saber ler seu humor, e ela estava lívida. Com os olhos enfurecidos, ela entrou intempestivamente no camarim.

Ele fechou a porta depressa assim que ela entrou.

— Jasmine, eu…

— Passo um: contexto — ela o interrompeu e estendeu um dedo, como se estivesse contando. — Você transou comigo. Me contou uma coisa que me fez pensar que confiava em mim, e então, *mais uma vez*, tenho que descobrir, por meio da *porra de uma revista* — ela sacudiu uma cópia da *Buzz Weekly* para ele de forma tão violenta que a capa rasgou —, que o cara com que eu estava saindo mentiu para mim.

— Eu não menti para você. — As palavras em sua boca tinham um gosto amargo. Todas as vezes que ele tinha omitido Yadiel de suas conversas pipocaram em sua mente. Merda, ela estava certa, e ele detestava aquilo. Detestava ter feito com ela o mesmo que aquele *pendejo* daquele McIntyre.

— Bom, você com certeza não me contou toda a verdade, contou? — O tom dela transbordava sarcasmo, e ela levantou um segundo dedo. — Passo dois: comunicação. Sua vez.

Ela jogou a revista em cima dele, que a segurou por reflexo. O papel barato se amassou em suas mãos. Se ele já não tivesse rasgado um exemplar mais cedo, teria feito isso agora.

Ela queria comunicação? Ele não sabia nem por onde começar. Estava estressado demais para pensar, depois de ter falado com seu advogado, seu agente, seu antigo chefe em Miami e seu pai.

Ele tinha mantido tudo o que dizia respeito a Yadiel trancado dentro dele por muito tempo. Imaginava que a sensação de revelar toda a história seria como a de uma comporta sendo aberta. Mas em vez disso ele sentia como se alguém estivesse arrancando seus dentes um a um.

Então, antes que pudesse pensar no que dizer, Jasmine arfou. Ashton a encarou boquiaberto, e ela disse, depressa:

— Ah, meu Deus. É por isso.

— Por isso o quê? — ele repetiu, irritado. Ele não conseguia continuar segurando aquela revista, então a jogou no lixo.

— É por isso que você não transa com colegas de trabalho. — Jasmine arregalou os olhos enquanto juntava as peças. — Você trabalhava com ela, não é? Numa novela.

A referência à mãe de Yadiel fez seu estomago se revirar como se ele estivesse despencando de uma montanha-russa de dez andares. O pânico fez sua voz sair dura.

— Não vou contar quem...

— Eu perguntei, por acaso? — A voz dela estava cortante de raiva. — Não perguntei. E, embora eu respeite sua privacidade, também acho que alguém que permite que *você esteja dentro dela* merece o mínimo de respeito e confiança. Nós nos aproximamos, e você dividiu uma parte importante de sua vida comigo. E não venha me dizer que foi *só sexo*, porque você e eu sabemos muito bem que foi mais do que isso.

As palavras de Jasmine eram como um soco no estômago, porque ela tinha razão. Nada entre eles dois era "só" alguma coisa. Mas ele não podia lhe dizer isso naquele momento.

Ele passou a mão pelo cabelo, destruindo quarenta e cinco minutos de trabalho da cabeleireira em meio segundo.

— Eu não estava escondendo isso só de *você*.

— Eu deveria me sentir melhor com isso? — A voz dela era alta, ultrajada, descrente e talvez mais alguma coisa. *Coño*, ele a tinha magoado. — Ashton, eu já namorei muitos caras que não se importavam comigo, então sei que você se importa. Mas, honestamente, isso só piora as coisas.

E então ela se virou e saiu, não sem que antes ele tivesse percebido a dor em sua voz e as lágrimas em seus olhos.

Todos os instintos de Ashton gritavam que fosse atrás dela, para implorar que ela voltasse e ouvisse sua explicação. A dor de Jasmine cortava o coração dele, mas o fato de saber que ele é quem tinha causado aquilo, ainda que sem querer, o deixava ainda pior.

Aquilo era muito pior que derrubar café em cima dela. E não podia ser consertado com um simples pedido de desculpas e algumas cápsulas de Café Bustelo.

Mas o que ele poderia dizer? Ela estava certa. Ele teve a oportunidade de contar a ela sobre Yadiel, mas não contou.

Qualquer esperança que ele tivesse de ficarem juntos estava acabada agora. E a culpa era dele.

Quando aquele dia infernal finalmente estava acabando, Jasmine ligou para Riley a caminho do hotel. A agente lhe falou todas aquelas coisas sobre como *falem mal, mas falem de mim*, mas Jasmine nem escutou.

Tanya mandou um monte de mensagens de texto marcando entrevistas para capitalizar em cima da atenção da mídia e para tentar controlar os danos causados, mas Jasmine não conseguia prestar atenção.

Michelle e Ava a esperavam no lobby do hotel quando ela chegou, com garrafas de vinho, chocolates caros e um pote gigante cheio do arroz com *pollo* de sua avó. As três subiram para o quarto, esconderam o celular de Jasmine e disseram todas aquelas coisas sobre como *ele deveria ter contado a ela*, mas, assim que foram embora, Jasmine se enfiou na cama com o celular e começou a pesquisar o que as pessoas estavam comentando a respeito daquilo.

Não era nada saudável, e ela estava ciente disso, mas era inevitável. Claro, ela sabia que fofocas sobre celebridades podiam ser divertidas e irresistíveis, mas as pessoas precisavam ser tão *más*?

Mesmo depois de ter enfiado o celular debaixo do travesseiro, as manchetes e frases ainda a perseguiam.

Como tinha perdido o sono, ela voltou a pesquisar nas redes sociais por comentários sobre Ashton. O nome dos dois estava nos Trending Topics, mas ela já estava acostumada com aquilo. Ashton, por outro lado...

Depois de tantos anos de segredos, todo mundo queria saber sobre o filho dele e, por extensão, quem era a mãe do menino. Aparentemente era o segredo mais bem guardado do mundo das novelas, e todo mundo estava morrendo de curiosidade.

Jasmine não se importava com a identidade da mulher, mas sim com o fato de que Ashton tinha escondido aquilo dela.

Ele não podia pelo menos ter contado que tinha um filho?

Por pouco não mandou uma mensagem de texto para ele pedindo que ele lhe contasse a história toda. Mas ele já teria feito isso se de fato quisesse que ela soubesse.

Sendo sincera consigo mesma, aquela era a parte que mais doía. Ela tinha dividido muito de sua vida com ele, mas ele não confiara nela para fazer o mesmo.

E, depois do que tinha acontecido, Jasmine não sabia se queria falar com ele de novo.

De acordo com o furo da *Buzz Weekly*, o filho de Ashton — Yadiel — morava em Porto Rico, o que explicava por que Ashton tinha ido tantas vezes para lá durante as gravações de *Carmen*. Mas uma das fotos mostrava que o menino tinha estado em Nova York naquele mesmo fim de semana, num jogo dos Yankees no Bronx.

Ashton havia dormido com ela na noite anterior, o que significava que saíra de sua cama direto para o jogo. O que significava que a família dele tinha estado, e talvez ainda estivesse, em Nova York.

E ele não contara nada a ela. Lágrimas de raiva brotaram nos olhos de Jasmine, mas ela se recusou a deixá-las cair. Em vez disso, desligou o celular e finalmente conseguiu dormir.

Capítulo 32

A segurança da ScreenFlix era boa em manter os fotógrafos do lado de fora dos portões do estúdio, mas, como o prédio estava localizado no Queens, com muitas vias de mão única, havia diversas ruas para serem ocupadas.

A multidão ao redor dos estúdios da ScreenFlix tinha crescido. Sempre havia um grupo pequeno mas constante de homens sentados em cadeiras dobráveis, cercados por barricadas policiais. Depois da Conferência de Arte Latina, porém, o grupo tinha triplicado de tamanho. Agora que o "escândalo" de Ashton tinha vazado, esse número tinha dobrado em um dia.

Quando o carro de Ashton passou pelos portões, os paparazzi gritaram e acenaram, disparando os flashes de suas câmeras gigantescas. Eles gritaram perguntas sobre ele e Yadiel, sobre a mãe do menino, sobre Jasmine, sobre o boato ridículo de um triângulo amoroso e até sobre a política de Porto Rico. Ashton de fato *tinha* um monte de opiniões a respeito desta última, mas não cairia na armadilha.

Dentro do SUV, Ashton afundou no banco de trás e tentou ignorar os fotógrafos, imensamente grato pelo vidro escuro do veículo. Ele tentou fechar os olhos para não vê-los, mas foi ainda pior — estar com os olhos abertos fazia com que se sentisse mais no controle. Se alguma coisa fosse acontecer, ele pelo menos estaria ciente de antemão.

Sendo racional, sabia que não podiam machucá-lo. Provavelmente. Quase com certeza. Ok, ele não acreditava muito naquilo. Toda aquela atenção por parte da mídia havia liberado a paranoia que Ashton mantinha sob controle e, toda vez que ele tentava se convencer a deixar aquilo para lá, seu cérebro o lembrava de que alguém já tinha *tentado* machucá-lo. Então, não, ele não conseguia achar que estava seguro, porque quando a polícia finalmente encontrou o autor da tentativa de invasão, o homem estava com uma faca de caça.

Além da polícia, Ignacio era a única pessoa que sabia daquele detalhe. Ashton esperava que continuasse assim.

Ele enfim pôde fechar os olhos quando eles pegaram a rodovia, e não os abriu de novo até que o SUV estivesse estacionado diante do apartamento onde sua família estava hospedada.

Ashton esperou dentro do carro enquanto Drew — seu novo amigo guarda-costas, uma cortesia de Tanya — checava a calçada e o hall de entrada do prédio. Ashton imaginou que a barra estivesse limpa, porque alguns momentos depois Drew estava voltando. Ashton saiu do SUV e eles entraram no prédio. E, ainda que se sentisse meio estranho com tudo aquilo, pediu a Drew que esperasse no lobby e garantisse que ninguém entraria às escondidas.

O guarda-costas não parecia achar nada daquilo estranho, porque apenas disse "Deixa comigo" e assumiu o posto ao lado da porta.

Naquele trabalho, Drew provavelmente já tinha visto coisas em que Ashton não queria nem pensar — seus pesadelos já eram ruins o suficiente.

Lá em cima, Ashton convocou o pai e os avós para uma reunião familiar enquanto Yadiel, que estava acordado muito além de sua hora de dormir e estava à toda, escalava todos os móveis da sala.

— *No veo cuál es la gran cosa* — disse o pai pelo que devia ser a décima vez.

Ashton cerrou os dentes e tentou, de novo, explicar por que os jornalistas de fofoca tentarem jogar seu nome na lama era uma grande coisa.

— Eu quero que Yadiel tenha uma vida normal — Ashton começou a dizer em espanhol, mas *abuelito* Gus o interrompeu.

— O que é normal, afinal de contas? — O idoso deu de ombros e gesticulou para o garoto enérgico. — Ele está ótimo. As crianças de hoje em dia crescem com uma porção de novas preocupações que a gente não tinha. Essa é só mais uma.

A lembrança do som da janela se quebrando ecoou nos ouvidos de Ashton.

— Não estou falando de algo como passar muito tempo na frente de telas. A maioria das crianças não é perseguida por fotógrafos nem aparece em revistas.

— Eu *não* passo muito tempo na frente de telas — sussurrou Yadiel, e Ashton lamentou suscitar o que já era um assunto difícil em sua casa.

— Como você sabe? — *Abuelito* Gus empunhou o smartphone, desafiando a afirmação de Ashton. — Todo mundo tem um desses hoje em dia. Qualquer um pode tirar fotos dele a qualquer momento.

Aquele argumento *não* fez Ashton se sentir melhor.

— É isso que eu estou tentando dizer...

— Verdade. — *Abuelita* Bibi assentiu e escolheu uma nova cor de lã para suas agulhas. Ela estava aproveitando a "temperatura mais baixa" de Nova York para fazer um pouco de tricô. Estava trinta graus lá fora.

Então *abuelita* Bibi se virou para Ashton com aqueles olhos de águia e aquela expressão de *dime el bochinche* que ela fazia quando queria saber de alguma fofoca.

— *¿Y la mujer?*

— *¿Qué mujer?*

Será que ela estava falando da mãe de Yadiel? As únicas pessoas que sabiam quem ela era estavam sentadas naquela sala. Ashton tinha dado a Yadiel opção de escolher, e o menino tinha decidido esperar até os 10 anos para saber. Ele achava que os 10 anos eram uma idade mágica, quando todo tipo de informação e habilidade — a maior parte relacionada a videogames e skate — seria revelado a ele.

— *La nena de las telenovelas americanas* — esclareceu *abuelita* Bibi. — *Jasmita*.

— Jasmine — corrigiu Ashton quase sem pensar. A última coisa que ele queria era que sua família inventasse apelidos para ela.

— *Sí*. — *Abuelita* Bibi lançou a ele um olhar que dizia: *¿Eres estúpido?* — *¿Pues? ¿La mujer?*

Ashton suspirou.

— Nós somos... — A palavra *amigos* morreu na ponta da língua de Ashton. — *No sé*.

Ele não tinha ideia. Ao que tudo indicava, Jasmine nunca mais ia querer falar com ele. O remorso pesava como uma bola de chumbo pendurada em seu pescoço, mas era um sentimento ao qual ele não conseguia se render.

Abuelito Gus ergueu as sobrancelhas.

— *Ella es muy hermosa*.

Ashton sentiu vontade de exaltar as outras qualidade de Jasmine. Sim, ela era linda, mas também era muito mais que isso...

Em vez disso, suspirou. Sua família estava tentando mudar de assunto e fazê-lo confessar seu romance com Jasmine, mas ele ainda não estava pronto para admitir. As feridas eram muito recentes, e os curativos tinham sido feitos às pressas apenas para que ele pudesse enfrentar aquela crise. Mas em algum momento Ashton teria que arrancá-los e, então, precisaria encarar tudo o que sacrificara. Ele vinha se enganando, acreditando que havia espaço para ela em sua vida.

Você está se enganando se pensa que pode viver sem ela, uma voz sussurrou no fundo de sua mente, mas Ashton a descartou. Ele tinha que se manter firme em sua decisão.

Só para o caso de precisar de um empurrãozinho, ele tinha recebido uma mensagem de texto naquela noite, de um número com o código de área de Miami que dizia "me deixe fora dessa" em espanhol.

Só podia ser da mãe de Yadiel.

Um tanto exasperado, Ashton disparou:

— Será que eu sou o *único* aqui que se lembra do que aconteceu?

Yadiel pulou de uma poltrona e aterrissou no chão com um baque barulhento que balançou tudo o que havia na mesa de centro.

— O que aconteceu?

Carajo. Yadiel não sabia da tentativa de invasão. Como Ashton podia ser tão descuidado? O peso de todos aqueles segredos o estava soterrando.

Ashton passou a mão no rosto e disse, mais uma vez:

— *Mi hijo*, isto é um apartamento. Tem pessoas morando no andar de baixo.

Yadiel o ignorou e ficou na ponta dos pés, inquieto.

— *Papi, quiero visitar tu trabajo.*

Aquela conversa estava saindo do controle. Só de pensar em levar o filho ao estúdio naquele momento, com o lugar lotado de fotógrafos, repórteres e sabe-se lá o que mais, era suficiente para fazer Ashton suar.

— *No, mi amor*. Sinto muito, mas não é um bom momento para você ir até lá.

— *¿Por qué no?* — interveio Ignacio. — Agora todo mundo já sabe da gente. Por que não podemos visitar o set?

Ashton estava em choque.

— *A gente?*

— *Sí*, vamos todos. — *Abuelita* Bibi olhou para ele por cima de seu tricô com um sorriso animado.

Yadiel comemorou e Ashton entrou em pânico ao imaginar seus dois mundos se chocando. O que o elenco e a equipe de produção pensariam? E, *coño*, e se eles conhecessem Jasmine? O pai dele com certeza tentaria se intrometer.

Isso sem contar no risco de expô-los ao público, à imprensa e a... qualquer um com intenções nefastas.

— *Espérate* — Ashton começou a falar, mas Ignacio se levantou e deu um tapinha no ombro do filho.

— Vamos visitar você amanhã, tudo bem? — Então se inclinou para ele e disse baixinho: — A pessoa com quem você está preocupado está na cadeia.

A pessoa... Ele estava falando no homem que tentou invadir sua casa?

— Como você sabe?

Ignacio deu de ombros e lançou ao filho um sorriso torto.

— Eu me atualizo com meus amigos na *policía* todo mês.

Parte do aperto no peito de Ashton cedeu. Claro que Ignacio não tinha esquecido o que acontecera. Ele estava lá naquela noite. Enquanto Ashton pegava Yadiel no berço e ligava para a polícia, o pai disparara para fora com um taco de beisebol e colocara o invasor para correr. Mais ainda, foi Ignacio que preenchera toda a papelada e falava com a polícia de Miami enquanto Ashton imediatamente começara a fazer planos de vender a casa e mandar Yadiel para Porto Rico. Sem a ajuda do pai, Ashton não teria conseguido passar por aquela experiência.

Olhando para os rostos sorridentes ao seu redor, para Yadiel, que cumprimentava *abuelita* Bibi com um bate aqui, para Ignacio e *abuelito* Gus conversando sobre a roupa que iam usar para conhecer o estúdio, Ashton não podia dizer não a eles. Ainda que aquilo o assustasse.

Ele assentiu.

— Tudo bem. Vou falar com os produtores.

Que Deus o ajudasse.

Capítulo 33

Uma pequena parte de Jasmine tinha esperança de que Ashton entraria em contato enquanto ela dormia, para dar alguma explicação, pedir desculpas, *qualquer coisa*. Em vez disso, silêncio absoluto.

Bem, ela tinha recebido *uma porção* de mensagens de texto e de voz, mas nenhuma delas era de Ashton.

Tudo no... caso? Romance? Ela nem sabia como nomear. Mas tudo o que tinha acontecido com ela e Ashton era diferente de todos os seus outros relacionamentos.

Menos essa parte. A parte em que ela terminava sozinha. De novo. A merda tinha sido jogada no ventilador, e ele tinha pulado fora. Deixado ela para lá. Sumido.

Tudo bem, provavelmente ele estava lidando com a merda do lado dele também. Depois de tudo o que Ashton tinha contado a ela, Jasmine entendia por que ele tinha ido tão longe para proteger o filho. Era admirável, ainda que exagerado. Nenhuma figura pública pode esperar total privacidade. Ela sabia muito bem. Principalmente depois que as notícias sobre o filho de Ashton tinham despertado um renovado interesse em Jasmine e em sua vida amorosa.

O boato a respeito do "triângulo amoroso" tinha ganhado força, e agora vários veículos de fofoca estavam falando da história. Jasmine revirou os olhos de um jeito exagerado. Aquela era a mentira mais ridícula de todas. Não havia *ciúme no set* nem *mensagens de texto secretas*, mas as revistas de fofoca inventavam qualquer coisa para tornar a história mais apetitosa.

Para provar que Jasmine tinha um histórico de términos complicados, tinham até mesmo desencavado Seth Thomas, o ex dela de *Sunrise Visa*, do buraco onde ele tinha se enfiado depois de ser preso com cocaína e por dirigir embriagado diversas vezes.

Como se ela não tivesse plena consciência de suas falhas amorosas.

Além disso, tudo o que tinha acontecido com Seth fora muito tempo depois de eles terem terminado, e ela não tinha nada a ver com aquilo.

Doía ser tratada como o tipo de mulher que se jogava em cima de todo homem com quem trabalhava. Até porque, lá no fundo, ela temia que aquilo fosse verdade.

Ela só queria encontrar um amor. O que havia de errado nisso? Justo, ela claramente estava procurando nos lugares errados. Mas as manchetes eram de cortar o coração. Pérolas como OS 8 PIORES TÉRMINOS DE JASMINE LIN, PARA FAZER VOCÊ SE SENTIR MELHOR A RESPEITO DE SEUS FRACASSOS AMOROSOS. Jasmine não achava que seus términos mereciam aquele crédito, então evitou clicar no *slideshow* que traçava a linha do tempo de seus romances. Ou AMANTE LATINA? JASMINE LIN À CAÇA DE SEU COLEGA DE ELENCO E DO FILHO QUE ELE ESCONDE. Ofensivo *e* estereotipado ao mesmo tempo. Quanta elegância.

Outra reportagem de sua velha amiga Kitty Sanchez dava a entender que uma antiga declaração de Seth tinha sido dita por McIntyre: PROCURA-SE JASMINE DESESPERADAMENTE: EX AFIRMA "ELA ERA OBCECADA POR MIM".

Lá se ia seu Plano da Mulher de Sucesso. Pelo jeito, tudo o que as pessoas queriam era saber com quem ela estava transando. Por que se preocupar em fazer outra coisa?

Ela estava com ódio — de Ashton e dela mesma.

Mais uma vez, tinha se entregado de corpo e alma a um homem sem nenhum tipo de garantia de que ele sentia o mesmo.

Nem ela podia ignorar aquele histórico. A ficha tinha caído naquele terrível brunch em família, como se houvesse letreiros de neon na cabeça de seus pais e irmão dizendo: AQUI ESTÁ SUA BAGAGEM EMOCIONAL! PODE ABRIR!

Ela não queria fazer aquilo. Queria deixar tudo trancado, escondido. Mas, depois que você vê, não pode mais desver.

Era isso. O ponto-final numa vida baseada em estar com um homem em busca de aprovação externa, para provar que tinha valor.

Chega.

O Plano da Mulher de Sucesso, escrito numa mistura da sua letra com a de Michelle, veio à mente de Jasmine, lembrando-a que ela era dona *da porra toda* e que era *completa e feliz por conta própria*.

A Antiga Jasmine estaria se martirizando com todos os "e ses" e imaginando as coisas que poderia ter feito de errado para causar aquela reação.

Mas a Nova Jasmine se recusava a ser responsabilizada pelos atos e pelas escolhas dos outros. Aquilo *não* era culpa dela. Não tinha obrigado a mídia a ser obcecada por ela. Não tinha mandado Ashton esconder o filho. E com certeza não tinha feito nada para merecer aquelas manchetes a seu respeito.

Dali em diante, nunca mais permitiria que alguém a fizesse achar que seu valor dependia do homem com quem ela estava.

Nem seus pais, nem a mídia, nem aquela desgraçada da Kitty Sanchez, nem ela mesma.

Imbuída dessa nova resolução, Jasmine jogou as cobertas para o lado e foi até o banheiro dar uma espiada em seus olhos no espelho. Não estava com olheiras, apesar da noite maldormida. Talvez a avó tivesse razão sobre o creme de baba de caracol.

Em vez de esperar chegar ao estúdio para tomar a primeira dose de cafeína, foi até a pequena cozinha da suíte e fez uma xícara de café. Talvez aquilo a ajudasse a manter a cabeça no lugar até a hora de ir para o trabalho.

Ela passou a manhã contracenando com Peter Calabasas no estúdio em que estava montado o cenário do escritório da Serrano Relações Públicas. Ashton não estava por ali, mas, até aí, ele não fazia parte daquela cena. Depois, Jasmine tinha uma entrevista agendada, graças a Tanya, a assessora de imprensa mais dedicada do mundo.

Um assistente de produção tinha colocado duas cadeiras num canto do estúdio, debaixo de algumas luzes. Jasmine se sentou de frente para um homem pálido e desengonçado, com cabelo preto curto. Os primeiro cinco minutos de entrevista correram bem, a maior parte do tempo com perguntas sobre *Carmen*, mas então ele a surpreendeu:

— Numa entrevista recente, McIntyre deixou escapar que tem saudade de você e que gostaria de que as coisas tivessem acabado de forma diferente. Você tem alguma mensagem para ele?

Que. Merda. Era. Aquela.

Por trás do entrevistador, Tanya fechou os olhos com força e espalmou a mão no rosto, como se não estivesse acreditando no que ouvia.

Por pura força do hábito, Jasmine continuou com um sorriso no rosto. Mas, por dentro, a raiva se avolumava como um vulcão prestes a entrar em erupção. Toda a mágoa que sentia em relação a Ashton, à traição de McIntyre e ao estresse de ver a carreira que ela vinha se esforçando para construir ser transformada em matérias sensacionalistas agora se agitava como lava incandescente, pronta para vir à tona… e incinerar aquele tremendo babaca sentado diante dela.

Mas o que ele não sabia era que estava lidando com a Nova Jasmine.

Jasmine sorriu com ternura e, ainda que seu tom fosse doce como mel, deixou que seu lado Bronx falasse mais alto:

— Não vou responder perguntas sobre nada relacionado a minha vida amorosa, nem nessa e nem em nenhuma outra entrevista. Vamos nos concentrar em falar sobre *Carmen*, ok? Mais alguma pergunta?

O entrevistador tropeçou nas palavras e remexeu os cartões com as perguntas em seu colo. Seria possível que *todas* fossem sobre os ex-namorados dela?

Então ela fez algo que a Antiga Jasmine nunca teria coragem de fazer, mas que Carmen com toda certeza faria. Ela se levantou e fez sinal para Tanya, chamando-a para lidar com o jornalista.

Quando já estava fora de vista, Jasmine resistiu à vontade de se dar um tapinha nas costas por ter imposto limites com clareza e se mantido firme. Mas o orgulho estava misturado a uma enorme irritação. Que *cara de pau* de McIntyre. Então quer dizer que ele sentia saudade? Que não queria ter terminado com ela por meio de uma revista de fofoca enquanto se divertia em Cabo com uma modelo com metade de sua idade? Que ridículo.

A Antiga Jasmine teria entendido aquilo como a prova de que ela era merecedora da atenção de um homem e teria corrido de volta para ele em busca de aprovação. A Nova Jasmine só queria que aquela boca imunda não falasse mais o nome dela.

Ainda assim, a descarga de adrenalina liberada por aquela resposta a deixara um pouco trêmula, e ela decidiu ir almoçar. Ela não tinha tomado café da manhã e precisava comer e ingerir um pouco mais de cafeína. Estava pegando uma xícara de café quando uma vozinha atrás dela gritou:

— ¡*Comida!*

Jasmine largou a xícara bem a tempo, antes que o tornado de joelhos e cotovelos se chocasse contra ela.

Era um garotinho com cabelo louro e olhos castanhos que lhe eram familiares. Ela imediatamente o reconheceu das fotos que tinha visto na internet. O sorriso aberto e banguela do menino a conquistou, e Jasmine não pôde evitar sorrir de volta, mesmo que seu coração estivesse apertado.

— Yadiel! — A voz de Ashton soou no corredor, não ríspida, mas sim preocupada. Quando ele apareceu e os viu, congelou.

— Tal pai, tal filho — disse Jasmine com ironia, enquanto ajudava Yadiel a se levantar. Então pegou a xícara de café e a ergueu num brinde debochado.

Ashton apertou os lábios, formando uma linha fina, e não respondeu.

— ¡*Papi, mira!* — Com a voz cheia de alegria, Yadiel fez um gesto amplo em direção ao bufê. — *Hay mucha comida aquí.*

— *Sí, mi hijo* — disse Ashton, sério. — Mas você acabou de comer.

— Pero quero comer *eso* — respondeu Yadiel com um beicinho.

Como Ashton não tinha nem se dignado a reconhecer sua presença, muito menos a fazer as apresentações, Jasmine pegou um prato e se dirigiu diretamente a Yadiel.

— *¿Qué quieres comer?*

Yadiel espichou os olhos para as travessas de comida e lanches, e Ashton se aproximou.

— Em inglês, Yadiel — disse ele, quando o menino começou a tagarelar sobre a comida em espanhol.

Jasmine revirou os olhos e disse baixinho:

— Eu sei um pouco de espanhol.

Pelo menos o suficiente para falar com uma criança.

Ashton finalmente a olhou nos olhos.

— Ele também fala inglês. Vai ser bom para ele praticar.

A menção à prática a fez se lembrar das aulas de espanhol que tivera com Ashton. Ele tinha tido uma paciência incansável com ela... quase como se estivesse acostumado a ensinar um aluno relutante. Naquele tempo, não dera muita atenção a isso. Mas, depois de conhecer o filho dele, as coisas estavam começando a se encaixar. A gentileza dele, suas piadas ruins — puta merda, eram piadas de *pai*, não *tiozão* —, o fato de ele mandar mensagens para o pai o tempo todo.

Ele não era apenas um filho atencioso, como ela tinha pensado. Ele era um filho e um *pai* atencioso.

Yadiel e Jasmine encheram seus pratos de comida — *arroz com pollo*, *pastelitos*, *tostones* e frutas para acompanhar — e foram até refeitório. Ela desconfiava que seus olhos tinham sido maiores que as barrigas naquele caso, mas eles tinham se divertido escolhendo a comida e conversando sobre seus pratos preferidos. Yadiel contou que o avô e os bisavós tinham um restaurante, o que Jasmine já sabia, e por isso ele desfiava um monte de opiniões sobre a comida de Porto Rico.

Ashton os seguiu, rígido e em silêncio, enquanto a conversa mudava para Os Vingadores. No refeitório, Jasmine e Yadiel se sentaram a uma mesa redonda com quatro cadeiras, mas Ashton permaneceu de pé na porta. Ela conteve sua angústia e pegou uma porção de guardanapos para Yadiel, para o caso de ele ser parecido com os sobrinhos dela. Apesar de todos os esforços de Jillian, os meninos comiam como ogros.

— O que você sabe sobre super-heróis? — perguntou Yadiel a ela com a boca cheia de arroz.

— Eu tenho sobrinhos — respondeu Jasmine. — Acho que você ia gostar deles. Eles adoram super-heróis e Lego também.

Yadiel era uma criança fácil de conversar, mas Jasmine não conseguia ignorar a presença de Ashton, que pairava como uma sombra nervosa na porta. Os olhos dele estavam frios e distantes, e a boca, sempre tão expressiva, tinha se transformado numa linha fina. Tudo nele estava indiferente e inacessível... da mesma forma como ele era quando começaram a trabalhar juntos.

Vê-lo daquele jeito a machucava. Ele tinha feito tanto progresso nos últimos meses, se abrindo e deixando as pessoas se aproximarem. Não só ela, mas também o restante do elenco. Nino o admirava, Peter se encontrava com ele todo dia para conversar sobre beisebol e Lily o elegera seu adversário oficial no dominó. Ver Ashton se esconder novamente sob a máscara que ele usava no começo deixava Jasmine mais triste do que qualquer outra coisa que tivesse acontecido entre eles.

Se ela continuasse pensando naquilo, acabaria chorando, então se concentrou em Yadiel, que tinha tirado um bonequinho de Lego do bolso e estava listando as muitas possibilidades do brinquedo.

Jasmine levantou o rosto quando um homem usando uma *guayabera* azul-clara entrou no refeitório. Era mais baixo que Ashton, com a pele mais escura e enrugada, mas sem dúvida eram pai e filho. Tinham o mesmo maxilar, o mesmo jeito de andar, o mesmo gosto para camisas.

Ao se aproximar da mesa em que Jasmine e Yadiel estavam sentados, ele abriu um sorriso e estendeu a mão.

— *Hola, Jasmine. Soy Ignacio, el padre de este cabrón aquí.* — Ele apontou com o queixo na direção de Ashton.

Yadiel soltou uma risada de deleite ao ouvir o avô chamar o pai de idiota. Da porta, Ashton resmungou alguma coisa e fechou ainda mais a cara.

Jasmine sorriu e apertou a mão de Ignacio, inclinando-se para cumprimentá-lo com um beijinho no rosto.

— *Hola, Ignacio. ¿Cómo está usted?*

Ele deu uma piscadinha e se sentou do outro lado de Yadiel.

— Pode me chamar de Nacho.

Ashton deixou escapar um suspiro audível.

Ignacio beliscou a comida do prato de Yadiel enquanto conversava com Jasmine sobre as gravações, a família dela e o local em Porto Rico onde tinham nascido seus avós. Ele era um homem gentil e encantador, com tantas opiniões sobre comida quanto o neto. Jasmine conseguia imaginar um jovem Ignacio sentado, comendo com Ashton quando ele tinha a idade de Yadiel. Mas não. Naquele tempo Ashton ainda devia ser Ángel Luis. Ela imaginou Ashton como Ángel Luis em diferentes idades. Com um comportamento mais leve e despreocupado, antes que o estresse de ter que proteger a família em meio ao sufocante mundo da fama o tivesse afetado, obrigando-o a erguer muros em torno de si mesmo. Parte dela desejou poder tê-lo conhecido naquela época, mas Jasmine tinha aprendido a amar o homem que ele se tornara, o homem que expressava suas emoções mais profundas por meio de seus personagens. O homem que finalmente tinha aberto a porta e permitido que ela espiasse lá dentro. Depois de ter visto seu interior, ela amava até mesmo os muros que o mantinham protegido, ainda que achasse que ele estava sendo um completo imbecil por deixá-la do lado de fora outra vez.

Por fim, Ashton olhou o relógio e se aproximou.

— Preciso ir para o set. *Pa*, você pode levar Yadi de volta para o meu camarim? Descansem um pouco lá, e assim que eu terminar levo vocês para fazer um tour.

Yadiel voltou seus olhos grandes e irresistíveis para Jasmine. Tinham o mesmo formato dos de Ashton, mas eram de um castanho mais claro.

— Quer vir com a gente?

O coração dela se partiu em dois. Sim, tudo o que ela queria era levar Yadiel para fazer um tour pelo estúdio. Como Ashton havia mantido o menino afastado daquele mundo, aquela devia ser sua primeira vez no set. Jasmine tinha se oferecido para mostrar os estúdios aos filhos de Jillian, mas a irmã insinuara que eles poderiam ser expostos a algo inapropriado, e Jasmine nunca mais tocou no assunto.

Mas não era só isso. Ela estava morrendo de curiosidade para ver Ashton interagindo com o filho. Queria observar a dinâmica, ver como Yadiel testava os limites — porque é isso que as crianças fazem — e a forma como Ashton cedia ou se mantinha firme.

O rosto de Ashton, porém, deixava claro que ele não queria que ela fosse junto. Depois de ser sua parceira de cena e sua amante, Jasmine tinha se especializado em ler as expressões dele. Se fosse uma faculdade, ela se formaria com louvor.

— Pode ser — desconversou ela. — Talvez eu tenha que filmar mais alguma coisa.

Não foi apenas o ar de censura na boca de Ashton que a fez declinar... foi o brilho de pânico nos olhos dele. Estava apavorado ao vê-la com seu filho. Ela conseguia perceber aquilo. Só não entendia por quê.

— Tudo bem. — Yadiel parecia desapontado, mas então, sem aviso, ele se jogou em cima de Jasmine, segurando-a pelo pescoço num abraço apertado e plantando um beijo estalado em sua bochecha. — Tchau! Tomara que um dia eu conheça seus sobrinhos.

— Tomara.

Ela não conseguiu impedir o sorriso quando ele saiu pulando para dar a mão ao pai.

Ignacio se levantou e pegou os restos do almoço.

— *Un placer* — disse a ela, com uma pitada de humor nos olhos.

— Igualmente.

Ela acenou enquanto eles saíam do refeitório, mas no último segundo Ashton olhou para ela por cima do ombro.

Seu olhar queimava com uma angústia tão intensa que a fez perder o fôlego.

Por alguma razão, Ashton estava profundamente angustiado com o fato de ela ter se dado tão bem com seu pai e seu filho.

Bom, ele não era o único. Ignacio e Yadiel eram *encantadores*. Mas ela não podia continuar fazendo aquilo: fingir estar interessada nele diante das câmeras e fingir *não* estar interessada nele nos bastidores, onde ela estupidamente tinha se apaixonado por ele. Pelo amor de Deus, era preciso impor limites. E dessa vez ela não iria ultrapassá-los.

Era incrivelmente estranho ver sua família no set. Ele tinha mandado uma mensagem de texto para Marquita pedindo ajuda para acertar tudo com os produtores, e ela o ajudara. A segurança nos locais de filmagem era tão rígida que era raro haver visitantes, mas, depois de obter permissão, Ashton obedientemente conduziu o filho, o pai e os avós pelas áreas internas do estúdio e os apresentou a algumas pessoas. E, apesar da ansiedade de Ashton por ter que passar com eles pelo enxame de paparazzi, Yadiel achou aquilo "incrível". O menino tinha adorado sua primeira visita a um estúdio de gravação. Ignacio e Peter tinham se dado muito bem, e Nino ficara completamente encantado com o garoto.

E, claro, Ignacio e Yadiel tinham *amado* Jasmine. Yadiel perguntava sobre a "moça bonita" todo dia, e Ignacio estava insuportável, cutucando Ashton e piscando a todo momento.

Ficar parado na porta feito um idiota enquanto eles conversavam tinha dado a Ashton tempo o suficiente para se afundar em arrependimento. Ela tinha sido *perfeita* com eles. Ouvira Yadiel falar de Lego e de super-heróis, conversara com Ignacio sobre a família. Ashton teve que se segurar para não se jogar aos pés dela implorando perdão. Sua gentileza com a família dele era mais do que Ashton merecia. E ele estava *puto da vida* com ele mesmo por não ter contado a ela sobre eles antes.

Depois de passar pelo cabelo e pela maquiagem, Ashton estava voltando para o camarim quando um assistente de direção o parou e lhe entregou o roteiro do episódio oito.

Ashton aceitou com certa hesitação. Ali estava, o último episódio. E, caso não fosse renovada para uma segunda temporada, aquele poderia ser o *final* da série.

O sentimento que os telespectadores — e os potenciais diretores de elenco — tinham ao final de uma temporada era o que eles associariam à série. Poderia ser a última imagem que teriam dele. O futuro de sua carreira dependia de ele arrasar naquele episódio.

Ele folheou as páginas, se concentrando especialmente nas cenas em que Victor gravava uma participação para um especial de TV, era convidado para escrever um livro de memórias, fazia um show ao ar livre e…

Ashton soltou um gemido alto.

Mais beijos. A temporada terminava com um tom de otimismo em relação a Carmen e Victor e, é claro, aquilo envolvia muita pegação. Ele devia agradecer por não ser uma cena de sexo propriamente dita. Ashton já tinha feito várias em sua carreira, mas passar de um beijo cenográfico para beijos e sexo na vida real e então voltar a sexo cenográfico teria acabado com ele. Ele precisava conversar com Jasmine, mas não fazia ideia de como e, para ser sincero, não tinha tido tempo. Quando não estava no set, passava todos os minutos com a família, em ligações com seu agente, ou com Tanya, ou com entrevistadores que queriam saber por que ele era um pai tão ruim. Ele fora acusado com palavras como "negligência" e "abandono", que aumentavam ainda mais a culpa que ele sentia por viver longe do filho.

A mãe de Yadiel não dera notícias novamente, o que era uma pequena vitória, e até agora ninguém havia descoberto quem ela era. O menino tinha nascido em Orlando, e sua certidão de nascimento tinha os nomes de batismo dos pais, não seus nomes artísticos. Ashton era Ángel Luis Felipe Suarez Bonilla. Ele esperava que aquilo dificultasse a tarefa de ser encontrado, ou que as pessoas perdessem o interesse antes de irem tão longe.

Jasmine estava com raiva dele, e Ashton não podia culpá-la. Mesmo assim, ele não gostava de deixar as coisas mal resolvidas daquele jeito e não queria que ela pensasse que tinha sido usada nem que Ashton era igual ao *pendejo* do ex dela. Ele não podia dizer a ela que a amava. Que diferença faria? Mas podia arrumar um jeito de se desculpar. De alguma forma. Talvez ela não o perdoasse, e tinha todo esse direito, mas ele a amava demais para terminar as coisas daquela maneira.

Enquanto isso, ele sofria com os ensaios com Vera e tentava aproveitar ao máximo seus últimos momentos de intimidade com Jasmine — na frente das câmeras. Quando tudo aquilo acabasse, ele sofreria pelo que poderia ter acontecido. Se ele fosse diferente. Se sua vida fosse diferente.

Mas não era. E não havia nada que ele pudesse fazer em relação a isso.

Capítulo 34

CARMEN NO COMANDO

EPISÓDIO 8

Cena: Victor chama Carmen ao palco.
EXT: Show no Rumsey Playfield, no Central Park
— DIURNA

No meio do palco, com a banda atrás dele tocando a mistura de pop com ritmos latinos que era sua marca registrada, Victor cantava seu principal hit, "Hola, mi Amor", com emoção e energia renovada. Sua voz potente ecoava na arena de shows no meio do Central Park. O público estava adorando e gritava, aplaudia e cantava junto.

Mas Carmen era a única pessoa que importava. Ninguém sabia, mas ele tinha escrito aquela música para ela.

Ele a avistou em meio a milhares de pessoas, de pé ao lado do pai perto do camarim. O rosto dela transbordava orgulho enquanto o olhava no palco, fazendo com que Victor sentisse como se valesse um milhão de dólares — ou um milhão de discos vendidos. A confiança dela nele tinha tornado aquilo possível, a força dela o levara até ali. E — ele se permitia sentir uma ponta de esperança — o amor dela lhe devolvera a vida. Ele tinha conseguido um lugar na turnê, derrotando Dimas del Valle, e fora convidado para escrever um livro de memórias — com um polpudo adiantamento. Tudo graças a ela.

Ao lado de Carmen, o pai dela estava de braços cruzados, balançando a cabeça em aprovação. O roteiro surgiu na mente de Victor, e ele sabia o que eles estavam dizendo mesmo à distância.

— Você conseguiu, *mi hija*. — Ernesto abriu um caloroso sorriso para Carmen. — A Serrano Relações Públicas está de novo no topo. *Tío* Fredo ficaria orgulhoso.

Ernesto enxugou uma lágrima no canto do olho enquanto Carmen o abraçava.

— Nós conseguimos. Os Serranos são os melhores, lembra?

Aquele sentimento atormentava Victor. Um dos motivos pelos quais ele havia se separado de Carmen era porque ela dava mais importância aos negócios da família que ao futuro deles juntos. Será que aconteceria a mesma coisa agora?

Talvez. Mas ele não desistiria sem revelar seus sentimentos.

A música estava chegando ao fim. Victor fez sua pose de encerramento e gritou:

— ¡*Gracias*, Nova York!

A multidão foi à loucura.

Suado e ofegante, sem filtro para suas emoções, Victor falou ao microfone:

— Eu não sabia se um dia conseguiria fazer isso de novo. Obrigado por serem um público tão incrível e por tornarem esta minha reestreia tão especial.

Mais gritos. Quando o público se acalmou, Victor procurou o olhar de Carmen mais uma vez. O coração dele disparou com a forma como ela o encarava, com olhos brilhantes e um sorriso de encorajamento. Ele tinha conseguido sentir aquele calor o tempo todo quando estava no palco, mas precisava de mais. Precisava *dela*. Ele aproximou o microfone e disse, com a voz rouca:

— Sobe aqui, Carmencita.

Carmen arregalou os olhos e ficou paralisada quando todos se viraram para ela.

Ernesto a pegou pelo cotovelo, empurrando-a em direção ao palco, e Victor agradeceu por ter seus ex-sogros a seu lado.

Mas Carmen só fazia o que queria, por isso ele não sabia se ela iria até lá. Não sabia o que fazer caso ela fugisse, não havia plano B. Ele esperou ansiosamente enquanto ela subia os degraus, parecendo um pouco atordoada. Victor estendeu a mão para ela, que agarrou como se fosse uma âncora numa tempestade. Um calor se espalhou pelo corpo dele quando ela o tocou, e ele a puxou para mais perto.

— Você planejou isso? — sussurrou ela, mas ele sorriu com carinho e balançou a cabeça.

— Não. Mas você merece estar aqui. Essa conquista é sua também.

Ao lado dela, diante do microfone, Victor a abraçou e se virou para a multidão.

— Nada disso teria sido possível sem a maravilhosa Carmen Serrano. — Ele fez uma pausa e acrescentou numa voz mais baixa: — Minha esposa.

E então a beijou na boca, na frente de todo mundo.

Capítulo 35

<u>CARMEN NO COMANDO</u>

EPISÓDIO 8

Cena: Carmen e Victor têm um momento de intimidade no ônibus da turnê.
INT: Ônibus da turnê de Victor — DIURNA

Carmen e Victor entraram no trailer agitados. Eles não conseguiam tirar as mãos um do outro.

— Victor, você foi incrível — disse ela, deixando todo o amor que sentia por ele transparecer na voz. — O público te ama. E agora você tem o contrato para o livro, a turnê, o novo álbum... deu tudo certo. Estou muito orgulhosa de você.

Victor pegou a mão dela e a puxou para perto dele.

— Tudo graças a você, Carmencita. Você sempre acreditou em mim. Você viu o melhor em mim, mesmo quando eu mesmo não conseguia ver. Eu devo tudo o que tenho a você.

— Você sabe como ganhar meu coração — disse ela com os olhos cheios de lágrimas. — É só elogiar meu trabalho que você consegue o que quiser.

— Só tem uma coisa que eu quero.

Com uma risada rouca, ele a beijou. Era o beijo mais quente e sensual que haviam trocado desde que tinham se reencontrado, mais profundo e mais intenso que todos os outros. Eles correram as mãos pelo corpo um do outro, e então Victor a prensou contra a penteadeira e a colocou sentada na pequena bancada.

Quando Victor interrompeu o beijo, Carmen começou a desabotoar a camisa dele, desesperada para tocá-lo, mas ele tinha outros planos. Ajoelhando-se, puxou a saia dela para cima e abriu suas pernas. Carmen se apoiou no espelho de olhos fechados, enroscando as mãos no cabelo de Victor enquanto ele enfiava o rosto entre as pernas dela. Ela respirava com dificuldade, chamando o nome dele repetidas vezes, até que sua voz se transformou num gemido rouco e ela estremeceu.

Ele se levantou, apoiando a testa na dela. Os dois estavam com a respiração ofegante.

Ela lutou para segurar as lágrimas. *Você está acabando comigo, Ashton Suarez.*

— Carmen — disse Victor baixinho. — Eu...

Alguém bateu à porta.

Carmen ficou de pé num pulo, cambaleando um pouco.

— Quem será? — sussurrou ela. — Meu pai? Achei que ele já tivesse ido embora.

Se virando para olhar no espelho, Carmen ajeitou a roupa depressa e limpou o batom borrado.

— Vou ver.

Victor arrumou o cabelo e ajeitou a calça antes de chegar à porta. Quando a abriu, congelou, encarando a pessoa do outro lado por um longo tempo. Atrás dele, Carmen perdeu o fôlego e levou a mão ao pescoço em choque. Victor franziu o cenho, sua expressão dura e impenetrável como granito.

— O que você está fazendo aqui? — perguntou ele.

— Corta! E *acabamos!*

Capítulo 36

Com isso, o último episódio de *Carmen no comando* estava completo.

Jasmine soltou o ar demoradamente, espalmando as mãos no tórax. Suas pernas tremiam e ela queria chorar, mas a seu redor o elenco e a equipe de produção estavam comemorando. Alguns metros adiante, no cenário que representava o interior do ônibus da turnê, Ashton se virou para ela. Era difícil olhá-lo nos olhos, considerando que pouco antes ele estava com o rosto entre as suas pernas e eles quase não estavam se falando.

Ela havia ficado surpresa quando os roteiristas incluíram a cena de sexo oral, mas a verdade era que, depois de dar um jeito na vida de Victor, Carmen merecia um agrado no ônibus da turnê. Tinha sido doloroso ler aquilo, pois Jasmine sabia por experiência própria como seria e como Carmen deveria reagir. Mas tudo tinha chegado ao fim.

Ela não podia esperar para dar o fora dali.

Quando Ashton levantou a mão para o ritual de fechamento pós-cena, o canto dos olhos dele estavam tensos, cheios de sentimentos não expressados. Jasmine se recusou a olhar com mais atenção. Ela não se importava mais com o que ele sentia.

Não, aquilo não era verdade. Se importava, *sim*. Só que não conseguia desligar seus sentimentos tão facilmente, como se fosse uma torneira, e estava tentando se fortalecer para o que faria mais tarde. Aquela linha estava implorando para ser traçada.

Ashton ainda estava esperando, então ela ergueu a mão e bateu na dele, num bate aqui desanimado. O último que eles trocariam.

Antes que pudesse evitar, Jasmine segurou o cotovelo de Ashton e se inclinou em sua direção.

— Me encontre no meu quarto — disse a ele, esforçando-se para manter a voz firme. — Quando voltar ao hotel, hoje à noite.

Ele a olhou por um longo tempo. Quando ela pensou que seu convite seria recusado, ele assentiu.

Sem dizer mais nada, Jasmine colocou um sorriso no rosto e se virou para a festa. Aceitou uma taça de champanhe que alguém lhe ofereceu e, agradecida, virou-a num gole só. Abraçou todo mundo e fingiu estar feliz, mas por dentro estava arrasada.

O dia tinha sido quente e longo, com a particularmente irritante umidade típica de Nova York. Quando Jasmine voltou ao hotel à noite, tomou uma ducha e colocou um vestido fresquinho que acentuava seus melhores atributos. Ela precisa se banhar para tirar o estresse do dia e, ainda que soubesse que aquilo era uma besteira, queria estar linda quando confrontasse Ashton.

Mas, quanto mais ela esperava, mais sentia seu estômago dar um nó. Ela detestava confrontos, detestava magoar as pessoas. Mas estar naquele limbo com Ashton durante as filmagens do episódio oito tinha acabado com ela. Passar de estar apaixonada por ele para só se conectar por meio dos personagens tinha seu preço, e a única coisa em que ela podia pensar em fazer era manter os limites tão rígidos quanto possível.

Mulheres de Sucesso são completas e felizes por conta própria.

Quando ela escreveu o Plano da Mulher de Sucesso, não acreditava nisso. Mas agora tinha entendido que ser completa e feliz por conta própria era o único jeito de fazer com que as outras duas coisas — ser reconhecida pelas razões certas e ser uma *jefa* — acontecessem.

Jasmine não sabia o que faria depois daquilo, mas, independentemente do que fosse, seria em seus próprios termos. Por enquanto, pararia de se iludir e voltaria para seu apartamento em Los Angeles, onde não havia nenhuma maldita lembrança de Ashton. Colocaria a cabeça no lugar e trabalharia enquanto esperava a reação do público a *Carmen no comando*. *Sem namoros*. E então... veria.

Nervosa demais para comer, fuçou a cozinha da suíte e achou uma garrafa de tequila Patrón que Michelle tinha esquecido lá. Jasmine era mais chegada no vinho, então não tinha copinhos de *shot*. Ela improvisou, colocando dois dedos de bebida em um copo normal, e mandou para dentro.

Ah, Deus. A tequila desceu como uma marreta. Mas serviu ao propósito de reforçar sua decisão, endurecendo seu coração e queimando as lágrimas que se formavam em sua garganta.

Antes que ela pudesse colocar para tocar uma *playlist* de músicas de término, Ashton bateu na porta.

Ela abriu, e todos os cumprimentos sarcásticos e espirituosos que tinha ensaiado desapareceram de sua mente. Por que ele tinha que ser tão bonito? E tão cheiroso?

Ou parecer tão formal?

— Pode entrar — disse ela em voz baixa, dando um passo para o lado.

Ashton passou pelo pequeno hall e entrou na sala, mas não se sentou.

— Quer beber alguma coisa? — perguntou Jasmine, incomodada com o silêncio dele.

— Obrigado — respondeu. — Não posso ficar muito tempo. Preciso encontrar minha família.

Ele mal conseguia olhar para ela, e aquele clima estranho a estava matando aos poucos. Preparando-se para o que viria a seguir, Jasmine foi direto ao ponto.

— Não quero prolongar isso — disse. — Mas quero esclarecer as coisas. Terminou.

Ela fechou as mãos em punhos. Aparentemente términos eram horríveis mesmo quando você não estava do lado que recebia a notícia. Quem diria?

Olhando para baixo, Ashton fez que sim com a cabeça.

— Entendido. Se houver uma segunda temporada...

— Não vai haver uma segunda temporada.

Ele levantou os olhos diante da interrupção dela.

— Como você sabe? Ouviu alguma coisa?

Ela balançou a cabeça. Aquele seria a última pá de terra em cima do caixão.

— Se fizerem a oferta, vou recusar. Cansei de *Carmen*.

E de você. Ela não disse, era maldade demais. Mas estava implícito.

A cara de Ashton era de horror, como se ela tivesse partido seu coração.

Mas Jasmine sabia que não tinha. Era ela quem estava com o coração partido.

★ ★ ★

Ashton sentiu como se tivesse recebido um tapa. Seu corpo inteiro se arrepiou, mas não era de raiva — era de pânico.

— Está de brincadeira comigo? — ele enrolou as palavras, surpreso demais para articular uma frase melhor.

Ela balançou a cabeça.

— Estou falando muito sério.

Não podia ser. O desespero cresceu dentro dele. Aquela série era sua grande oportunidade, mas Jasmine fazia a personagem principal. Se ela desistisse, o programa acabaria.

— Jasmine, pense melhor. Por que você faria isso?

— Por que não? — Os olhos dela brilhavam, ele não sabia se de raiva ou de dor. — Por que eu ia querer passar por isso de novo?

Coño, ela estava certa. Ele devia ter adivinhado. Para começo de conversa, os dois nunca deveriam ter se envolvido, mas, como já tinham se envolvido, ele deveria ter contado a respeito de Yadiel. Não tinha contado, então a culpa era sua.

Mas e o resto? E a série? Aquilo eram negócios. Ele *precisava* daquele trabalho. Em primeiro lugar, pagava mais que as novelas, e ele tinha um monte de gente para sustentar. Além disso, a exposição era o próximo passo em seu caminho para uma indicação ao Oscar de Melhor Ator. Ele não era mais tão jovem. Com certeza, estava velho demais para cometer o erro estúpido de ter um caso com uma colega e arruinar sua carreira. No entanto, ali estavam eles.

No fundo de sua mente, Ashton se sentia mal por pensar naquilo como um caso, e também se sentia mal por sentir raiva dela. Quando um não quer dois não brigam, e ele estava lá com ela, mergulhando de cabeça num amor que não podia levar adiante.

Mas o medo e a sensação de ser traído despertaram sua ira e soltaram sua língua.

— Não acredito que você vai me sabotar desse jeito.

Ela arregalou os olhos.

— O quê?

— Você sabe do que está abrindo mão? A ScreenFlix é o maior serviço de *streaming* do mundo. A gente talvez nunca mais tenha a chance de trabalhar numa produção desse tamanho voltada para o público latino.

O celular de Ashton tocou no bolso. Ele pegou o aparelho e checou a tela. Era seu pai telefonando.

Mas Jasmine não ouviria calada aquela acusação.

— Não aja como se você se importasse com a série — rebateu ela. — Foi quase impossível fazer você se conectar com o restante do elenco. E, olha só, você nem está prestando atenção no que eu falo. Minhas primas tinham razão. Você é mesmo convencido.

Em um acesso de raiva, ele silenciou a chamada, deixando-a cair na caixa postal, e arremessou o telefone pela sala, jogando-o no sofá.

— Pronto — cuspiu ele. — Está feliz agora?

— *Parece* que eu estou feliz? — retrucou Jasmine com o rosto franzido de raiva.

Ashton não respondeu. Em vez disso, tentou argumentar com ela.

— Nós dois temos um contrato para três temporadas.

Ela deu de ombros e desviou o olhar.

— E daí?

— Jasmine, esse trabalho é uma grande oportunidade, para *nós dois*. Não faça um...

— Um o quê?

— Um... — O que ele ia dizer? Possivelmente "drama", mas percebeu que não era uma boa ideia. — Não tome uma decisão tão baseada em seus... seus sentimentos...

— Você ia dizer que eu estou fazendo um *drama*?

Ela estreitou os olhos, e então ele soube que estava ferrado.

— Não. Você... — *Use frases com "eu", seu idiota.* Era algo que Vera sempre dizia durante os ensaios, embora ela nunca o chamasse de idiota. — Quer dizer, *eu acho* que essa é uma decisão precipitada. Um erro.

Jasmine deixou escapar uma risada contida.

— Claro que acha. Porque tudo sempre é sobre você. Nunca pensa em mim, nos meus sentimentos. Ou você acha que eu queria ter ficado sabendo... — Ela se interrompeu.

— Isso é por causa de Yadiel?

Ela o fuzilou com um olhar impaciente.

— Não. Isso é porque você não *me contou* sobre Yadiel. Por favor me diga que você entende a diferença.

Ele apertou o ossinho do nariz.

— Eu o escondi de *todo mundo*.

— Tudo bem, mas eu não sou *todo mundo*. — Ela aumentou o tom de voz, irritada. — Não me trate como uma pessoa qualquer que você encontra na rua pedindo para tirar uma foto com *o famoso Ashton Suarez*.

Ashton quase conseguia ver as aspas sarcásticas ao lado de seu nome.

— Jasmine, eu me abri mais com você do que com qualquer outra pessoa em... em muito tempo. — *A vida toda*. — E, como a mídia estava sempre no seu pé, acha que tenho culpa por não ter contado tudo para você?

Ela inspirou fundo, e seus olhos se encheram de dor. Aquilo tinha sido um golpe baixo. Ashton se sentia péssimo por ter tocado no assunto, principalmente porque sabia que ela não gostava de toda aquela atenção que a mídia dava a ela.

Jasmine, trêmula, soltou o ar.

— Ashton. *Não dá* para ter as duas coisas — disse ela, com voz firme.

Ele franziu a testa.

— O que quer dizer com isso? Estou nessa vida há muito tempo, e até agora tinha conseguido manter Yadiel em segredo.

Ela fechou os olhos ao ouvir aquelas palavras, e ele sabia que a havia magoado mais uma vez, mas não conseguia evitar. O estresse das últimas semanas o estava consumindo.

— Sabe, às vezes penso "eu não mereço isso" — disse ela numa voz baixa. — Mas a verdade é que, no momento em que assinei um contrato para aparecer na *televisão*, fiz um acordo com o público. Eles teriam parte de mim em troca de conhecer meu rosto e conectá-lo às personagens que interpreto. E você também. Não dá para ter as duas coisas, Ashton. Não dá para querer ser uma figura pública e ter uma vida totalmente privada. Você acha que os atores que ganham um Oscar têm *privacidade*? Não seja ingênuo.

Ele sentia como se as paredes ao seu redor estivessem se fechando.

— Eu estava conseguindo até conhecer você.

Jasmine perdeu o ar com o choque, e a dor em seu rosto fez com que Ashton se sentisse um merda. Tinha sido outro golpe baixo, e ele abriu a boca para pedir desculpa, mas o telefone do hotel o interrompeu. Os dois olharam para o aparelho, assustados com o toque de um telefone de verdade.

— Não fale mais nada — rosnou Jasmine para ele, com a voz rouca falhando, e então foi até a escrivaninha para atender.

— Alô. — Jasmine ouviu por um momento, então olhou para Ashton preocupada. — *Sí, él está aquí.*

A surpresa de Ashton ao ouvi-la falando espanhol mostrava que ele não fazia ideia de quem era no telefone. Quando ela estendeu o fone em sua direção, ele levou um susto ao ouvir a voz do pai do outro lado da linha. Ashton ouviu Ignacio com um horror crescente. A culpa e o medo o corroíam por dentro. Com movimentos frenéticos, ele pegou um papel e uma caneta em cima da escrivaninha e anotou uma informação.

— *Ya salgo para allá.*

Ele colocou o fone no gancho e foi até o sofá. Procurando entre as almofadas, pegou seu celular e olhou a tela. Havia cinco chamadas perdidas do pai e uma série de mensagens, contado o que agora ele já sabia.

— Yadiel caiu — disse ele, seco.

Às suas costas, Jasmine arfou.

— Ah, meu Deus. Ele está bem?

A preocupação na voz dela era genuína, mas Ashton estava aborrecido demais para ser gentil.

— Ele quebrou a clavícula. Estão na emergência e meu pai estava me procurando.

— Ah, não. Espero que...

— Jasmine, está vendo só?

Ashton não queria que ela tentasse fazer com que ele se sentisse melhor. O filho dele tinha se *machucado*, e ele não estava lá. Não importava que Yadiel estivesse *sempre* escalando coisas e caindo e se machucando. Ashton tinha anos de culpa acumulados e, pela primeira vez, podia direcionar a dor a algum lugar.

Ainda que, no fundo, soubesse que Jasmine não merecia.

Como ela não respondeu, ele a encarou, ignorando a dor em seu lindo rosto.

— Não tenho tempo para *isso*. — Ele fez um gesto vago com a mão, indicando eles dois e o que quer que houvesse ali. — Nada disso. Eu devia estar com a minha família. Se eu tivesse... — A culpa o atingiu. — Minha família e minha carreira são as coisas mais importantes da minha vida, e agora você deu um jeito de sabotar as *duas*.

Ele ignorou o soluço dela e se dirigiu para porta. Quando chegou lá, parou e disse a ela a verdade mais dolorosa:

— Me desculpe, Jasmine. Na minha vida não tem espaço para *você*.

Ele saiu sem olhar para trás e pegou um táxi para o pronto-socorro onde sua família o esperava. Durante todo o trajeto, relembrou as coisas horríveis que dissera. A culpa por magoá-la se misturava à culpa de não estar lá com o filho, até que ele sentiu que vomitaria. Ou talvez fosse o pé pesado do motorista de táxi no freio. De qualquer forma, quando chegou ao hospital, estava passando mal de preocupação.

Encontrou Yadiel sentado em uma cama de hospital brincando com um Lego de Star Wars. Uma tipoia mantinha seu braço esquerdo imobilizado. Ignacio estava sentado numa cadeira ao lado da cama lendo um livro policial em espanhol.

— *Mi hijo*, você está bem? — Ashton entrou apressado, procurando no filho qualquer outro sinal de ferimento ou angústia.

Mas Yadiel o recebeu com um sorriso radiante e banguela.

— Oi, *papi*. Já podemos ir para casa? Quer dizer, para o apartamento?

Ignacio fechou o livro e se levantou.

— Já está tudo resolvido — disse ele em espanhol. — Puseram o gesso mais rápido do que eu esperava. Você poderia ter ido direto para o apartamento, mas, como já estava a caminho, preferimos esperar. Seus avós já foram para lá, de táxi.

Ashton perdeu o equilíbrio, como se o chão tivesse se mexido. Yadiel estava... *bem. Todo mundo* estava bem. Mesmo sem ele. Ele alimentara toda aquela ansiedade e preocupação... para nada. E agora as emoções não tinham para onde ir.

Ignacio colocou o Lego e seu livro na mochila do Homem-Aranha de Yadiel e a pendurou no próprio ombro.

— *Vámonos, Yadi.*

— Ok, *buelo.*

Ashton fez menção de ajudar, mas Yadiel desceu da cama sozinho e saiu do quarto.

Se sentindo inútil, Ashton seguiu o pai.

— Me desculpe por não ter chegado antes.

Ignacio deu de ombros.

— *No es nada.* Você sabe que isso acontece com Yadiel o tempo todo. Como estamos na mesma cidade, achei que você poderia vir para resolver as coisas do plano de saúde e tudo o mais. Mas já cuidei disso. Sem problema.

Enquanto saía com o pai e o filho do hospital, Ashton sentiu seu estômago queimar de um jeito desagradável.

A família não precisava dele. Eles se viravam muito bem, funcionando como uma unidade coesa mesmo que ele não estivesse presente... O que acontecia na maior parte do tempo. Tudo o que ele fazia era pela segurança e pelo bem-estar deles. Mas, por mais que quisesse proteger o filho de tudo, talvez ele não fosse capaz. E talvez... não houvesse problema nisso.

Se aquilo fosse verdade... ele tinha sido tremendamente injusto com Jasmine.

Sua vontade era voltar correndo para ela. Para pedir desculpa, para dividir com ela todas as esperanças e todos os medos que sentia a respeito de Yadiel e de sua família.

Mas, depois de tudo o que dissera, não tinha o direito de exigir mais nada dela emocionalmente. Eles tinham terminado. E era melhor assim.

Ele estava por conta própria.

Capítulo 37

A festa de encerramento das filmagens era num espaço para eventos em Chelsea com um ar moderno e industrial. Tubulação aparente, luzes neon rosa e roxas, piso de cimento queimado e um bar redondo no centro, comandado por dois bartenders sobrecarregados de trabalho.

Jasmine estava odiando aquilo. O ar-condicionado estava no máximo e ela estava congelando em seu tomara que caia vermelho supercurto. Seus pés estavam doendo graças ao sapato de salto agulha e, como tinha medo de fazer alguma besteira se bebesse demais, estava virando copos de água com gás em vez de champanhe.

Isso significava que, além de tudo, tinha que fazer xixi de meia em meia hora.

Mas ela precisava sorrir e aguentar. Havia jornalistas por todo lado, além de atores de outras produções da ScreenFlix e algumas celebridades locais.

Por mais que Jasmine tentasse evitar Ashton, *todo mundo* queria tirar fotos dos dois juntos. A série girava em torno da química entre eles, que tinham feito um bom trabalho ao convencer a todos que estavam apaixonados.

Incluindo eles mesmos.

— Outra água com gás. — Lily voltou do bar caminhando com seus saltos incrivelmente altos e entregou o copo a Jasmine. — Juro, a única coisa que me faz conseguir usar esse salto são esses gim-tônicas. Quer apostar que daqui a uma hora eu vou estar descalça?

Jasmine bufou.

— Não quero perder a aposta.

Ela viu Tanya caminhando em sua direção e entregou o copo de volta a Lily.

— Já volto — disse ela. — Preciso ir ao banheiro de novo.

Antes que ela pudesse se afastar, uma mão firme a segurou pelo cotovelo. Jasmine se virou e Tanya abriu um enorme sorriso para ela. Com a outra mão, Tanya apertava o pulso de Ashton.

— Estão querendo outra entrevista com vocês dois.

Jasmine disfarçou um gemido e tentou sorrir.

— Claro.

Tanya os posicionou em frente a um painel coberto com o logotipo de *Carmen no comando*, que calhava de ficar bem debaixo de uma saída de ar-condicionado, então Jasmine teve que cerrar os dentes para evitar bater o queixo. Para sua salvação, tinha deixado o cabelo solto, o que protegia um pouco suas costas e seu pescoço.

Um animado repórter de um canal de notícias sobre celebridades se aproximou deles com um microfone. O cameraman ligou um refletor e fez um sinal de joinha.

Jasmine abriu o que ela chamava de seu sorriso de tapete vermelho — grande o suficiente para deixar claro que ela estava sorrindo, mas não tão grande que a impedisse de falar — e tentou ignorar o excesso de luzes e o ar congelante.

O entrevistador fez as mesmas perguntas que eles já tinham respondido inúmeras vezes naquela noite.

O que o público pode esperar de Carmen no comando?

Qual a diferença entre trabalhar em séries e em novelas?

O que a série representa para vocês enquanto atores de origem latina?

E, claro, *Como foi filmar as cenas românticas juntos?*

Nessa última, Jasmine brincava:

— É um trabalho difícil, mas alguém tem que fazer.

A mesma resposta todas as vezes. Com o mesmo tom sarcástico todas elas. Ela não ligava.

Ashton, aquele idiota, estava mais lindo do que nunca, usando um terno cinza-chumbo ajustado e o cabelo cacheado revolto. Ele respondia às perguntas com seu jeito tranquilo de sempre, mas Jasmine sabia que ele estava morrendo por dentro.

Os dois ficaram lado a lado para outras entrevistas e fotos, e ele tinha colocado o braço em torno dela quando necessário, mas se mantinha estático, pairando a mão sobre a pele dela sem tocá-la.

Por fim, Jasmine não aguentava mais de frio, e seu quinto — sexto? — copo de água com gás e limão estava testando os limites de sua bexiga.

— Com licença — ela sussurrou para Tanya e então traçou uma linha reta até o banheiro.

Passou por Lily, que estava conversando com Nino e namorado dele.

— Bebi sua água — gritou Lily, e Jasmine a dispensou com a mão.

No banheiro unissex, Jasmine deu uma olhada em seu reflexo no espelho sobre as pias. Merda, ela estava horrível.

Não o cabelo ou a maquiagem — esses estavam perfeitos, graças à equipe —, mas seus olhos estavam arregalados de ansiedade, o maxilar estava rígido e ela parecia... um pouco inquieta. Como se estivesse pronta para sair correndo a qualquer momento.

Que droga. Não, ela sabia com que cara estava: era a mesma daquela maldita foto na porta da geladeira da avó! Quase conseguia ver a palavra "ABANDONADA!" pairando acima de sua cabeça.

Não dessa vez, Kitty Sanchez, pensou Jasmine. *Dessa vez, fui eu que abandonei ele.*

Só que isso não a fazia se sentir nem um pouco melhor. E não era exatamente verdade.

Depois de sair do banheiro, ela mandou uma mensagem para Lily.

> **Jasmine**: Estou indo embora. Pé doendo. Muito frio. Vejo você depois. Beba mais água!

Então saiu por uma porta lateral e pegou um táxi de volta para o hotel.

Passou todo o caminho de volta segurando o choro. Aquela era a festa de encerramento de uma série estrelada por *Jasmine*. Um motivo para estar feliz!

Mas ela estava péssima.

É por isso que é errado namorar colegas de elenco, sua burra, seu cérebro gritou para ela. *Lá se vai a chance de ser uma Mulher de Sucesso. Volte para as* soap operas*, de onde não deveria ter saído.*

Ao entrar em seu quarto do hotel, Jasmine acendeu todas as luzes. Depois de tirar o sapato e o vestido, ela foi até sua bolsa, pegou a carteira e tirou lá de dentro o Plano da

Mulher de Sucesso que tinha criado com as primas. Observou o nome da avó no topo do papel por um instante e então, em movimentos decididos e deliberados, picou o papel em pedaços e os deixou cair na mesa de jantar, que estava cheia de lembranças de Ashton.

Ainda vestindo apenas um sutiã tomara que caia e uma calcinha modeladora, ela pegou as malas e começou a arrumar suas coisas.

Adeus, Nova York. Jasmine Lin estava voltando para Los Angeles.

E daí que ela nunca tivesse sido feliz lá? Que diferença fazia se ela se sentia traída por pessoas que davam declarações à imprensa sobre seu término com McIntyre?

Ela não ligava mais. Era o que merecia. Como tinha sido estúpida pensando que podia ter mais.

Seu Plano da Mulher de Sucesso estivera condenado desde o início. Ela nunca teria todas as coisas que desejava. E mais uma vez tinha arruinado uma coisa boa.

Se a ScreenFlix a chamasse para uma segunda temporada, ela faria o que pudesse para desfazer o contrato. Não tinha mais condições de trabalhar com Ashton.

Depois de terminar a primeira mala, ela parou por tempo suficiente para ligar para Riley. A chamada caiu na caixa postal. Ela deixou uma mensagem curta e direta.

— Oi, é Jasmine. Terminei por aqui. Vou pegar o último voo para Los Angeles amanhã à noite. Me coloque de volta em *O esquadrão do glamour*, por favor. Não quero fazer mais nada que tenha a ver com *Carmen*.

Sua voz falhou na última palavra e ela encerrou a ligação depressa. Depois ignorou todas as chamadas e mensagens de texto que chegaram em resposta enquanto agendava seu voo.

Por mais que quisesse ir embora naquele minuto, as primas a matariam se Jasmine não fosse à festa no dia seguinte.

Além do mais, Jasmine tinha dado duro na organização e queria ver a reação da avó.

Pena que não tinha conseguido a única coisa que realmente deixaria Esperanza feliz. Mais um ponto em que ela tinha falhado. Jillian sempre estaria mais alto no Ranking. E Jasmine... sempre estaria sozinha.

As lágrimas desciam por seu rosto quando ela jogou o telefone para o lado e voltou a fazer as malas. Era melhor estar sozinha em Los Angeles, onde os verões eram mais secos e os invernos mais quentes.

Quando terminou, colocou as malas ao lado da porta, separou a roupa do dia seguinte e tomou um remédio para dormir de uso não controlado para ajudá-la a apagar.

Só mais um dia. Jasmine só precisava enfrentar mais um dia e então poderia deixar tudo aquilo para trás.

Ashton estava no meio da arrumação de suas malas na manhã seguinte quando alguém bateu na porta de seu quarto no hotel.

Por um rápido e absurdo momento, ele ao mesmo tempo temeu e desejou que fosse Jasmine. Mas, depois da forma como ela tinha desaparecido da festa na noite anterior, ele tinha certeza de que não era.

Mesmo assim, tinha esperanças.

Quando abriu a porta, seu pai estava parado do lado de fora. Ignacio deu uma olhada nas malas abertas no quarto atrás dele e abriu um sorriso sem expressão para Ashton.

— Vai a algum lugar?

Ashton esfregou a nuca e olhou para baixo. Aquele olhar e aquele tom de voz sempre o pegavam, não importava que ele estivesse com quase 40 anos.

— Ah... só fazendo as malas. Não tenho mais por que ficar em Nova York.

— Vai voltar para Miami?

Ignacio avançou pelo caos da sala, observando as pilhas de roupa bagunçadas, os vários pares de tênis de corrida e os vidros de perfume espalhados. Ashton tirou umas coisas de uma cadeira para que Ignacio pudesse sentar-se.

— Não. Vou para Porto Rico com vocês. Não tenho nenhum trabalho agendado, então... — A voz de Ashton foi minguando, e o pai o fuzilou com um olhar severo.

— Você está fugindo — disse.

— Não, estou dando os próximos passos na minha vida e na minha carreira.

Ignacio riu alto daquela resposta.

— Sério? Porque, daqui de onde estou olhando, parece que você está fugindo.

Ashton parou com uma pilha de shorts de ginástica dobrados na mão. *Coño*, o pai estava certo. Desde o Incidente, Ashton deixara que o medo controlasse suas ações. Ele tinha sido reativo em vez de proativo.

Até conhecer Jasmine, que o tirara de sua concha. Com ela, ele tinha passado a fazer escolhas com base no que ele queria e poderia fazer para alcançar isso, e não com base em ter medo de alguma coisa e então evitá-la.

Mais alguém bateu na porta.

— Ah. — Ignacio apoiou as mãos nos joelhos e se levantou. — Eles chegaram.

Ashton franziu o cenho enquanto o pai ia até a porta.

— Quem chegou?

Em resposta, Ignacio abriu a porta e deu um passo para trás para deixar que *abuelito* Gus, *abuelita* Bibi e Yadiel entrassem.

Ashton suprimiu um suspiro e a vontade de esfregar as mãos no rosto. Ou de se esconder no banheiro. Ele sabia que se tratava de uma intervenção.

Ele respondeu ao sorriso do pai com uma careta.

— Isso é uma emboscada — disse ele.

Ignacio deu de ombros e fechou a porta.

— Você fez por merecer. Agora, *siéntate*.

Ashton se apressou para abrir espaço para que sua família pudesse se sentar confortavelmente. Na mesma hora Yadiel tentou escalar as costas do sofá preto, mas parou diante do olhar severo da bisavó.

— *¿Quieres volver al hospital?* — perguntou ela, mirando a tipoia que ele ainda usava no braço esquerdo.

— No, *abuelita* Bibi — disse Yadiel com um beicinho, mas sentando a bunda no sofá.

Depois que Ashton se sentou também, o pai foi direto ao ponto:

— Vou voltar para Puerto Rico.

Ashton assentiu.

— Ok. Vamos voltar todos juntos.

Mas Ignacio sacudiu a cabeça.

— Não. Você vai ficar aqui. E Yadiel também.

Ashton franziu a testa, mas abriu os braços quando Yadiel correu para ele e subiu em seu colo.

— Não entendi.

— Você não terminou seu trabalho por aqui — disse Ignacio. — E eu quero me dedicar mais ao restaurante, fazê-lo voltar a ser o que era antes do María.

— Já terminei. Não vai haver uma segunda temporada de *Carmen*.

Ignacio deu de ombros.

— E daí? Vai aparecer outra coisa. É melhor que você fique aqui ou em Los Angeles. Não vai voltar para Miami e as novelas.

Ashton resistiu à vontade de revirar os olhos, ignorando a irritação que às vezes o pai lhe causava.

— Você não tem como saber.

Abuelita Bibi então falou, sem levantar os olhos de seu tricô:

— *Eu* sei disso.

Abuelito Gus assentiu — ele acreditava firmemente nos "pressentimentos" da esposa. Ashton, que já tinha passado por aquilo antes, nem se preocupou em argumentar.

— Então por que Yadiel vai ficar? — perguntou Ashton, e uma mãozinha suja apertou a lateral de seu rosto.

— Porque eu *quero* — respondeu Yadiel, com um tom que dizia *Dã, é a resposta mais óbvia do mundo.*

— Yadi, você tem a escola... — ele começou a falar, mas o filho o interrompeu com um dar de ombros que era igualzinho ao de Ignacio. Ashton conteve uma careta.

— Escola não *tá* com nada — disse o menino. — Quero ter aulas em casa. Sabia que dá para fazer tudo on-line hoje em dia? E gastando poucas horas por dia. Parece muito melhor.

Aquele argumento claramente havia sido ensaiado.

— Não vai sentir falta dos seus amigos?

— Bem, vou, mas ainda vou poder visitar eles, certo? E fazer novos amigos.

Ashton engoliu em seco. Onde ele tinha arranjado um filho tão maduro? Ele olhou para o pai, que certamente merecia o crédito.

— Isso não é uma vida normal para uma criança — avisou Ashton. — Você tem certeza?

— Papaaaai — disse Yadiel, e foi então que Ashton soube que estava sendo manipulado. Yadi tinha pegado o hábito de chamá-lo de "papai" num programa da Nickelodeon, e usava aquele tratamento sempre que queria insinuar que Ashton estava sendo idiota. — Não sou mais um bebê.

— Todo mundo já sabe que ele existe — pontuou Ignacio. — Sua carreira está prestes a decolar, e você não vai ter tempo para ficar indo todo fim de semana para Porto Rico. Pode contratar professores particulares e babás. E, se eu puder passar mais tempo no restaurante, não vamos precisar de ajuda.

Ele queria dizer ajuda financeira. Ashton sabia que aceitar dinheiro feria o orgulho do pai.

Mas a família era maior que seu pai e seu filho. Ashton se virou para seus avós.

— E vocês? — perguntou ele. — O que vocês dois querem?

Eles trocaram um olhar, então *abuelita* Bibi anunciou:

— Vamos ficar com você.

— Parte do tempo — corrigiu *abuelito* Gus. — Passamos toda a nossa vida em Porto Rico e gostamos de viajar. Mas também queremos estar com Yadiel enquanto pudermos.

Ashton sentiu o coração apertar. Eles queriam dizer *enquanto estiverem vivos*.

— O que você acha, *papi*? — Yadiel puxou o pescoço de Ashton com o braço bom. — Posso morar com você?

E, quando Ashton olhou dentro dos olhos escuros e brilhantes de seu menininho, foi atingido pelo pensamento de que Yadiel não era mais um menininho. Ele estava com quase 9 anos. Ashton tinha perdido muita coisa durante aquele tempo, e não queria perder mais nada.

Jasmine estava certa. Ele não podia ter as duas coisas. Se queria ser famoso, tinha que aceitar o fato de que estaria mais exposto. Se quisesse manter sua vida pessoal completamente privada, então não poderia ser uma celebridade. As duas coisas não podiam conviver.

Ele a havia culpado injustamente. Jasmine lidava com a fama melhor que ele, com os olhos abertos e uma armadura.

E Ashton não podia continuar vivendo com medo por causa de um incidente terrível. Ele também merecia coisa melhor. Merecia se sentir livre e feliz... como ele se sentia quando estava com Jasmine.

Ele devia a ela muito mais que um pedido de desculpas. E finalmente sabia como se redimir.

Com um sobressalto, ele olhou o relógio. Que bom, ainda era cedo. Talvez ainda houvesse tempo para salvar... alguma coisa. Se ele estava disposto a mudar tudo em sua vida, então também podia apostar mais alto.

— Sim, você pode morar comigo — disse ele. Yadiel comemorou e socou o ar, quase acertando o nariz de Ashton. Ele tirou o filho do colo para poder se levantar. — Mais uma coisa. A mulher por quem estou apaixonado me convidou para o aniversário de 80 anos de sua *abuela* hoje.

Ignacio ergueu uma sobrancelha.

— Bem, então é melhor você ir.

— Chega de ficar aí sentado reclamando — provocou *abuelito* Gus.

— Por que você não me contou? — *Abuelita* Bibi jogou o tricô para o lado e se levantou tão rápido quanto a artrite permitia. Ela começou a remexer nas roupas que Ashton tinha espalhado pelo quarto.

— O que você vai vestir? Onde está aquele terno azul bonito?

Yadiel ficou em pé na cadeira que Ashton tinha acabado de deixar vazia.

— É aquela moça bonita que gosta de super-heróis? Posso ir também?

Ashton o pegou antes que ele pulasse da cadeira.

— Claro, *mi hijo*. De agora em diante, você vai aonde eu for.

Yadiel comemorou.

— Todos nós vamos — acrescentou Ashton, esperando que Jasmine reconhecesse a magnitude daquele gesto. Ele estava revelando sua família ao mundo por vontade própria.

E talvez também usando-a como escudo para que Jasmine não o matasse. Ela não faria uma coisa dessas na frente de uma criança e de três idosos, certo?

— *¡Caramba!* — *Abuelita* Bibi se endireitou e olhou para seu conjunto de moletom roxo. — Não posso ir a uma festa vestida desse jeito! E Yadiel precisa se arrumar. Precisamos voltar para o apartamento para trocar de roupa.

Ashton os apressou, expulsando-os porta afora e prometendo encontrá-los em uma hora.

Quando a porta se fechou depois da saída da família e o silêncio voltou a reinar, ele teve um momento de lucidez.

Aquela seria a última vez que ele ficaria sozinho. Depois, estaria junto com Yadiel o tempo todo, e às vezes com os avós também.

Ele olhou em volta para o quarto vazio e bagunçado e se sentiu o homem mais sortudo do mundo por ter um filho que queria estar perto dele.

E o maior dos idiotas por ter deixado que seus medos e ideias preconcebidas arruinassem uma coisa boa com a mulher mais doce que ele já tinha conhecido.

Ele pegou sua roupa e foi tomar banho, torcendo para que não fosse tarde demais para consertar as coisas.

Capítulo 38

Ava e Michelle estavam esperando na calçada quando Jasmine chegou num suv. Quando o motorista começou a descarregar as malas dela, as primas imediatamente a encararam.

Pelo menos tiveram a decência de esperar o motorista ir embora antes de começarem a falar.

Michelle foi a primeira.

— Tudo bem, pode ir falando. Que malas são essas?

Ava olhou o relógio.

— E não temos tempo para você ficar enrolando, então comece logo pela verdade, ok?

Jasmine piscou, um pouco surpresa. Ela estava acostumada com a rispidez de Michelle, mas não de Ava. Elas queriam uma resposta? Ótimo. Jasmine assumiria a responsabilidade por suas escolhas. Com o queixo erguido, disse:

— Vou voltar para Los Angeles e para *O esquadrão do glamour*.

Ok, ainda não tinha assinado o contrato, mas tinha 87% de certeza de que eles o aceitariam de volta.

Ava arregalou os olhos, mas Michelle estreitou os dela.

— Como assim? — O tom de Michelle era de descrença com uma pontinha de raiva. — Vai voltar para Los Angeles? Do nada? — Os olhos dela se desviaram para a pequena montanha de malas. — Hoje? Vai embora direto da festa, é isso?

Era exatamente o que Jasmine tinha planejado, mas ela não queria admitir. Ava interveio.

— E o Plano da Mulher de Sucesso? — Ela parecia pessoalmente ofendida com a decisão de Jasmine de desistir da ideia delas.

— Rasguei. — Jasmine deu de ombros, indiferente. — Era óbvio que não estava funcionando para mim.

Michelle revirou os olhos.

— Ah, por favor. Você adorou trabalhar em *Carmen*. E você detesta Los Angeles. Só que é atriz demais para admitir isso. Vai jogar no lixo todo o progresso que fez só porque as coisas não deram certo com um homem? É isso mesmo?

— Não é só que as coisas não tenham dado certo. — A voz de Jasmine tinha adquirido um tom defensivo, mas estava cansada demais para falar de um jeito mais doce. — Não posso continuar sendo íntima de Ashton na frente das câmeras enquanto finjo que não sou apaixonada por ele. E, quando a coisa aperta, ele desaparece. Tudo nessa série tem relação com ele, e a principal questão é que ele não confia em mim. Não posso continuar trabalhando com alguém assim.

— Ah! — Michelle assentiu, com um ar de sabedoria. — Nível quatro na Escala Jasminiana.

A voz de Ava era amigável.

— Meu bem, acha mesmo tão absurdo assim que ele não tenha contado sobre o filho? Me parece que ele estava acostumado a guardar esse segredo debaixo de sete chaves. E você...

— É um ímã de atrair paparazzi — concluiu Michelle bruscamente. — Agora entre, temos arranjos de flores para preparar.

As três levaram as malas de Jasmine para dentro e começaram a trabalhar.

— Quantas flores magenta são mesmo? — perguntou Michelle.

— Duas — respondeu Ava entre os dentes. — Pela quinta vez: são *duas* alpínias, *uma* rosa amarela.

— Saquei. — Michelle arrancou todas as delicadas flores tropicais do vaso e começou de novo. — E daí que Ashton não contou para você que tinha um filho? Você se abre rápido demais com as pessoas.

Jasmine bufou enquanto forrava o interior de um vaso de vidro retangular com folhas grandes. Elas ficaram tortas, então tirou todas lá de dentro e começou de novo.

— Eu sei.

— O que eu quero dizer é que você não pode medir a capacidade das pessoas de se abrirem com base na sua. Por exemplo, você nunca poderia ter um filho secreto, porque você não sabe guardar segredo. Fico impressionada que ele tenha conseguido manter isso em segredo por... quantos anos tem o menino?

— Oito — respondeu Jasmine, finalmente contente com as folhas. — Yadiel tem 8 anos.

Espera. Tinha algo naquela conta...

As mãos de Jasmine pararam em cima das folhas quando sua boa memória encontrou a peça que faltava no quebra-cabeça. Depois da Conferência de Arte Latina, Ashton tinha contado a ela sobre a tentativa de invasão em sua casa. O que exatamente ele dissera?

Há uns sete anos, tentaram invadir minha casa.

Sete anos. De acordo com a *Buzz Weekly*, Yadiel tinha 8 anos. O que queria dizer...

Merda. Yadiel já tinha nascido quando aquilo aconteceu. Ele devia ser bebê, mas, minha nossa, não era de admirar que Ashton fosse tão superprotetor no que dizia respeito à segurança do filho.

— É mesmo impressionante — concordou Ava, se referindo a quanto tempo Ashton tinha conseguido manter Yadiel em segredo. — E vocês estão certas. Essas decorações são complicadas demais.

Michelle ergueu um dedo, ameaçando-a.

— *Na-na-ni-na-não*. Você inventou essas decorações e insistiu que seria "fácil" arrumá-las no salão. Nós tínhamos nossas dúvidas, mas agora nos comprometemos a fazer esses centros de mesa e nós *vamos fazer* esses malditos centros de mesa.

Ava suspirou e continuou separando folhas de palmeira.

Jasmine não conseguia parar de pensar naquela sua nova descoberta. Ashton não tinha mencionado Yadiel quando contara sobre a invasão. Mas, ainda assim, confiara nela a ponto de revelar um de seus maiores segredos. Aquilo não devia ter sido fácil para ele.

Michelle estava certa. Jasmine de fato confiava demais nas pessoas, e olha aonde aquilo a tinha levado. Ela finalmente percebera que seu comportamento era uma reação à falta de atenção e credibilidade dada a ela pelos seus pais e irmãos. Era por isso que entregava seu coração a qualquer homem mediano que demonstrava o mínimo de interesse por ela. Queria a aprovação e o amor dos pais, então buscava estar sempre em um relacionamento, porque era isso que sua família valorizava.

Mas aquilo não era nada saudável. Confiança não era algo que se entregava de uma vez só. Precisava ser conquistada pouco a pouco. E não era isso que Ashton havia tentado fazer? De pouquinho em pouquinho, tinha deixado que ela se aproximasse. Quem era Jasmine para dizer que ele estava errado ao omitir Yadiel? Kitty Sanchez tinha forçado Ashton a se expor, e Jasmine era quem se sentia a maior vítima.

Então ela percebeu que, pensando bem, arrumar as malas com pressa e deixar uma mensagem de voz desconexa na caixa postal de sua agente talvez tenha sido um pouco precipitado.

A mente de Jasmine tinha voltado a algo que Michelle falara mais cedo.

— Você está certa em relação a outra coisa — murmurou ela.

— Claro que estou. — Michelle abriu um sorriso para mostrar que estava brincando. — Sobre o que eu estou certa dessa vez?

— Eu adorei trabalhar em *Carmen*. — Jasmine largou a tesoura de poda e tentou colocar seus sentimentos em palavras. — Trabalhar numa produção com tantos atores e membros da equipe de origem latina foi uma experiência incrível. Eu fiquei tão focada no drama com Ashton que não percebi enquanto ainda estava lá. Mas, quando comparo com o trabalho em qualquer outro programa em que eu já tenha atuado... foi, sei lá, mágico.

Ava assentiu, com um olhar cheio de compreensão, e tocou a mão de Jasmine.

— Continue cortando as folhas — disse ela num sussurro, de brincadeira. — Que pena que não vão fazer uma segunda temporada.

— Ah, eles ainda não decidiram — disse Jasmine distraidamente, medindo e cortando.

— Espera, o quê? — Michelle olhou para ela, e em seguida para as malas num canto. — Você nem sabe se vai haver uma segunda temporada e já vai voltar para O *esquadrão do glamour*? E seu contrato?

Antes que Jasmine pudesse responder, alguém gritou:

— Olá!

Ava deu um guincho de pavor.

— Ah, meu Deus, uma das *tías* chegou mais cedo.

— Pior que isso — murmurou Jasmine ao ver o familiar rosto sardento na entrada da pista de dança. — É minha agente.

— Sério? — Michelle largou as rosas e levantou a mão, acenando para Riley. — Ei, venha aqui e nos ajude a colocar um pouco de juízo na cabeça da sua cliente.

Riley Chen entrou correndo no salão. Seu cabelo era escuro e bagunçado, cortado na altura dos ombros, e seu rosto sardento estava vermelho. Ela puxava uma mala de rodinha e carregava uma pasta para laptop pendurada em um dos ombros, pendendo sua figura mignon para um lado.

— Graças a Deus consegui alcançar você — disse Riley, arregalando os olhos ao ver a pilha de malas de Jasmine.

— Você veio da Califórnia? — perguntou Jasmine sem acreditar.

Riley olhou para ela exasperada.

— Peguei o primeiro voo hoje de manhã, mas não precisaria ter feito nada disso se você tivesse atendido minhas ligações.

Jasmine fez uma careta.

— Eu juro que ia ligar para você quando chegasse em Los Angeles.

Riley balançou a cabeça.

— Eu não preciso de você em Los Angeles. Preciso de você aqui.

Jasmine apertou os lábios, e então algo lhe ocorreu.

— Falando nisso, como você conseguiu me encontrar aqui?

— Eu sigo a Michelle no Instagram.

Michelle levantou a cabeça de onde estava, tirando uma foto das flores num ângulo complicado.

— O que foi, você não sabia que eu e Riley nos seguíamos?

Ava entregou uma garrafa de água e um donut para Riley, que aceitou agradecida.

— Então, aproveitando que você está aqui — começou Ava, e lançou um olhar significativo para os centros de mesa ainda incompletos. — Quer nos dar uma mão com isso enquanto ajudamos Jasmine a tomar uma decisão?

— Eu já tomei uma decisão — disse Jasmine, ainda que estivesse se sentindo menos decidida a cada minuto.

— Sua decisão é uma porcaria — disse Michelle a ela. — Tome outra.

Jasmine olhou para ela, mas não respondeu.

Riley limpou os farelos de donut em seu dedo com um guardanapo e começou a cortar as fitas que Ava havia entregado a ela.

— Eu jamais diria que você tomou uma decisão errada — começou ela —, mas é meu dever como sua agente lembrar que você assinou um contrato para três temporadas e pedir que não decida nada por enquanto.

— Imagino que isso queira dizer que você não ligou para o Ben de O *esquadrão do glamour*.

— Ah, não, não liguei. Porque eu estava esperando as gravações de *Carmen* terminarem para contar que você tem recebido um monte de convites. As pessoas querem trabalhar com você, e estão tentando encaixá-la na agenda antes que a próxima temporada de *Carmen* comece a ser filmada.

— Não sabemos se isso vai acontecer — observou Jasmine, mas Riley a interrompeu.

— Ah, vai. Pode acreditar, com o tanto de atenção que a série está recebendo, eles seriam estúpidos se não filmassem mais episódios.

Jasmine franziu o cenho.

— Você está falando da minha história com o Ashton? Não é um jeito bom de chamar a atenção.

— Todo jeito de chamar atenção é bom. Você não viu... ah, espera. — Ela espalmou a mão na testa. — Eu esqueci que você deletou todos os apps de redes sociais. Então você não viu mesmo.

— Não vi o quê?

A perplexidade se misturou à apreensão. E agora, o que as pessoas estavam falando dela na internet?

Riley pegou o celular e abriu no perfil de Instagram de Jasmine.

Jasmine piscou.

— Puta merda. Desde quando eu tenho cem mil seguidores?

— Desde que a assessora de imprensa de *Carmen* tem trabalhado duro para promover o programa. — Riley pegou o telefone de volta. — Tanya tem postado fotos e vídeos do set desde o começo, mostrando as coisas tanto pelo ângulo da latinidade quanto pelo ângulo da comédia romântica. Comédias românticas estão em alta agora.

Jasmine balançou a cabeça, impressionada.

— Eu não tinha ideia. Depois de McIntyre, passei a ignorar completamente tudo isso.

— Pare de dizer "depois de McIntyre" como se ele fosse algum tipo de desastre natural que tivesse destruído sua casa — ralhou Michelle, batendo com uma rosa na mesa e fazendo pétalas voarem. — Ele foi só um babaca que partiu seu coração. Que por acaso era famoso.

— Michelle... — Ava ergueu as sobrancelhas em advertência.

Michelle balançou a cabeça.

— Não, eu estou cansada disso. Ela precisa saber.

Ava olhou para Michelle, e as duas começaram uma discussão sussurrada, enquanto Riley enchia vasos de vidro com folhas de palmeira como se sua vida dependesse disso.

Mas Jasmine as ignorou porque... Michelle estava certa.

O que viria a seguir? "Depois de Ashton"? Embora soasse bem, aquilo não era o que Jasmine queria para sua vida. Aquilo só servia para contribuir com o mito no qual a sociedade queria que ela acreditasse, de que sua vida amorosa era o mais importante. Não era, porra. Ela era uma pessoa completa, com esperanças, sonhos e medos — e cem mil seguidores no Instagram, aparentemente.

Ela ainda podia ser uma Mulher de Sucesso e viver sua própria vida.

Como seria aquilo? Como ela queria que fosse?

Sua decisão é uma porcaria. Tome outra.

E se fosse mesmo simples assim?

Jasmine remexeu sua bolsa à procura do celular.

— O que você vai fazer agora? — A voz de Michelle estava carregada de desconfiança.

— Cancelar meu voo.

Riley soltou um enorme suspiro de alívio.

Era provável que alguma parte do cérebro de Jasmine soubesse que aquela reação tinha sido exagerada, porque tinha comprado uma passagem com direito a cancelamento. Enquanto acessava o aplicativo da companhia aérea, sua mente processava tudo o que as primas haviam dito, incluindo as sábias palavras de Ava...

Acha mesmo tão absurdo assim que ele não tenha contado sobre o filho?

Na hora em que aconteceu, sim, ela tinha achado um completo absurdo. Como ele podia esconder dela uma coisa dessas? Jasmine tinha sido tão aberta com ele a respeito de sua vida.

Mas a verdade era que ela não tinha nenhum segredo nem de longe tão grande quanto o dele. Ora, sua vida já estava exposta em todas as capas de revista. E Yadiel era um segredo que Ashton tinha lutado para proteger por uma razão. Por mais que doesse admitir, fazia sentido que ele não tivesse lhe contado. Jasmine não deveria se sentir na obrigação de ser informada de cada aspecto da vida dele, especialmente não tão cedo.

Eles tinham falado coisas horríveis um para o outro, mas todos os relacionamentos têm altos e baixos, certo? Ela tinha briguinhas com as primas e os irmãos o tempo todo.

Tome outra decisão.

E se fizesse diferente de agora em diante? Em vez de se jogar logo de cabeça, e se fosse mais cautelosa? Jasmine tinha conhecido a família de Ashton, que era tão importante para ele, e talvez... bem, talvez ele pudesse conhecer a sua, mas Jasmine não ficaria ofendida se ele não quisesse passar muito tempo com os parentes dela. Ela mesma não queria.

Quando olhou para a frente e viu as primas brigando por causa dos arranjos de flores, porém, percebeu que aquilo não era inteiramente verdade. Claro, Ava e Michelle era suas primas preferidas, as Primas Poderosas, e Jasmine confiava nelas para qualquer coisa, mas, se fosse necessário, ela sabia que todo o restante da família a apoiaria. E seus pais a amavam, mesmo que nem sempre a entendessem.

O melhor a fazer era aproveitar a festa e tentar se divertir. Depois, quando acabasse, teria uma reunião com Riley sobre os próximos passos. Era hora de conversar com sua agente sobre o Plano da Mulher de Sucesso. Conhecendo Riley, ela ficaria feliz em colocar aquilo numa planilha.

E, depois disso... ligaria para Ashton. Pediria desculpas e, então... bem, ela veria onde aquilo daria.

Jasmine pegou as flores que Ava despejou em sua frente e voltou ao trabalho.

Capítulo 39

Os nervos de Ashton estavam fora de controle quando ele chegou ao salão de festas no Bronx. Ele tinha imaginado uma reunião pequena na casa de alguém, talvez num centro comunitário, mas aquilo era... *grande*.

A Marina Del Rey ficava à beira da água, com vista para o Estuário de Long Island. A parte externa era toda de pedra clara, num tom de areia, com fontes, arcos e colunas, e cercada de árvores e arbustos bem aparados.

— É um casamento? — perguntou *abuelita* Bibi enquanto Ashton a ajudava a sair do carro que alugara.

— Devem fazer casamentos aqui — respondeu *abuelito* Gus, então deu uma cotovelada em Ashton e piscou para ele. — Caso você queira fazer disso um verdadeiro espetáculo.

— Vai ter bolo? — Yadiel saltou do carro e começou a dar pulinhos.

— Vou estacionar — disse Ignacio. — Esperem por mim.

Eles entraram todos juntos. Algumas pessoas na porta olharam estranho, mas Ashton incorporou Victor e seguiu em frente, segurando a mão de Yadiel.

— Você vai subir num palco e contar a todo mundo o que você sente? — perguntou Yadiel num sussurro disfarçado.

Ashton lembrou de como Victor tinha chamado Carmen ao palco no último episódio. Mas ele era diferente de Victor. Na verdade, Jasmine era mais parecida com Victor e ele era mais parecido com Carmen. E Carmen... ela faria as coisas de um jeito diferente.

— *No, mi hijo*. Acho que não. Eu só preciso contar a *ela*.

Abuelita Bibi deu um tapinha de aprovação no braço dele e sussurrou:

— *Tengo un buen presentimiento*.

Encorajado pelo bom presságio de *abuelita* Bibi, Ashton conduziu a família até o salão principal. Sua boca ficou seca imediatamente.

Ignacio parou ao lado dele.

— Isso é que eu chamo de festa — disse ele, impressionado.

Havia pelo menos duzentas pessoas lá dentro. A pista de dança central estava movimentada ao som de salsa. Casais dançavam, crianças corriam pelo chão e pessoas sentadas nas mesas redondas espalhadas pelo salão conversavam e comiam.

Todos estavam bem arrumados, e Ashton fez um agradecimento silencioso ao "pressentimento" que tinha feito *abuelita* Bibi colocar o terno de Yadiel na mala, "só por garantia". O filho estava muito elegante, mesmo com o braço na tipoia.

As cores da festa eram magenta e amarelo, presentes nas flores e na arrumação das mesas, e também nas luzes neon que iluminavam o teto e os arcos nas paredes. As pessoas se serviam num bufê em uma das pontas do salão e havia um bolo enorme em uma mesa na outra extremidade.

Yadiel o avistou na mesma hora.

— Bolo! — disse ele num tom de reverência, e Ashton segurou uma risada.

Então o burburinho começou, e ele soube que havia sido reconhecido.

Uma semana antes, teria dado no pé. Mas hoje não. Seus pais sempre haviam lhe mostrado que, quando você se importa com uma pessoa, é preciso se fazer presente para ela.

Além disso, ele precisava fazer algo grandioso.

Endireitando os ombros, Ashton apertou a mão de Yadiel.

A multidão na pista de dança abriu caminho. Uma senhora idosa com um vestido rodado de paetês amarelos estava no centro da pista, dançando com um rapaz.

Por um segundo, o salão inteiro prendeu a respiração. Então a mulher de amarelo deu um berro.

Gritos começaram. Pessoas pularam da cadeira para ampará-la, mas tudo o que ela fez foi apontar para Ashton sem conseguir dizer nada.

Os outros, porém, conseguiam falar. E, de repente, de todos os cantos do salão, ele ouviu os nomes de todos os personagem de novela que já fizera.

— *É el matador*!
— *El diablo más sexy*!
— *El duque de amor*!

E então a voz de Jasmine:

— Ashton? É você?

Ele se virou para ela como uma planta moribunda à procura do sol. Ela estava radiante num vestido vermelho com decote ombro a ombro, o cabelo caindo em ondas brilhantes sobre o colo à mostra. Todo o resto desapareceu e ele sentiu seu estômago se repuxar, empurrando-o para ela. Ele notou o choque no rosto de Jasmine, mas havia mais alguma coisa. Algo parecido com gratidão.

Tudo o que ele queria era pegá-la nos braços e fugir com ela dali, ou — mais apropriado — se jogar a seus pés e implorar pelo seu perdão.

Mas era aniversário da avó dela. E por mais que ele estivesse ali para entregar seu coração a Jasmine, ela o convidara originalmente para fazer daquela festa algo que sua família jamais esquecesse.

Estava na hora de fazer a parte dele no acordo.

Incorporando o ar galanteador e confiante de *el matador*, Ashton se virou para Esperanza.

— Poderia me conceder essa dança? — perguntou ele em espanhol.

Esperanza parecia ter se recuperado do choque de vê-lo. Ela se empertigou, segurou a ponta de sua saia rodada e fez uma pose.

— Sabe dançar salsa?

Ignacio bufou.

— Claro que ele sabe dançar salsa.

Ashton deu um passo à frente e conduziu a velha senhora numa dança rápida e vigorosa. Ela dançava bem — muito bem —, e logo todos à volta deles estava dançando e comemorando. Câmeras e celulares haviam sido sacados, filmando-os, mas, pela primeira vez, Ashton não se importou.

A alegria nos olhos de Esperanza bastava para acalmá-lo. Quando tinha sido a última vez que ele se sentira desse jeito?

Talvez antes de Yadiel nascer. Desde então, ele vinha guardando um segredo, o tempo todo com medo de que alguém descobrisse ou de que algo terrível pudesse acontecer com as pessoas que amava e ele não estivesse lá para protegê-las. Embora a invasão de privacidade ainda o aborrecesse, Ashton tinha que admitir que se sentia leve como havia muito tempo não acontecia. Ele vinha se mantendo isolado, com exceção de sua família, que era pequena. Mas Jasmine... fazia com que ele se lembrasse de casa. Das grandes festas com os parentes de sua mãe antes que eles se mudassem para os Estados Unidos. Ashton não tinha se dado conta de como sentia falta daquele sentimento de comunidade.

Ele queria desesperadamente que Yadiel tivesse aquilo.

Quando a dança terminou, Esperanza sorria radiante para ele. Todos ao redor explodiram em aplausos e gritos de alegria.

O *abuelo* de Jasmine, Willie Rodriguez, se aproximou para apertar a mão de Ashton e agradecer a ele pela presença. Outros chegaram perto dele na pista de dança para contar quais de seus personagens tinham amado ou odiado. Embora sorrisse e conversasse numa mistura de inglês e espanhol, seus olhos varriam o salão em busca de Yadiel, que estava correndo com algumas das outras crianças, de seu pai e seus avós, sentados em uma mesa com Ava. Havia pratos cheios de comida diante deles.

Na beira da pista de dança, Jasmine esperava com duas pessoas que só podiam ser os pais dela. A pele de sua mãe era de um marrom dourado e macio como a dela e as duas tinham os mesmos olhos brilhantes, mas o sorriso de Jasmine era igual ao do pai, um senhor bonito de altura mediana.

Quando Ashton finalmente conseguiu chegar perto dela, ela fez as apresentações.

— Ashton, esta é minha mãe, Lisa, e este é meu pai, Julio.

— Ouvi falar muito sobre vocês — disse Ashton, segurando uma risadinha diante da expressão alarmada de Jasmine.

Os dois o abraçaram e disseram para ele se sentir em casa. Lembrando-se do que Jasmine tinha contado sobre sua família,

Ashton aproveitou a oportunidade para elogiá-la para eles, como tinha planejado.

— Tenho certeza de que já sabem como a filha de vocês é talentosa e trabalhadora — disse, saindo com eles da pista de dança.

Lisa deu um sorriso encorajador para a filha.

— Ela sempre corre atrás do que quer.

— A vida de atriz não é nada fácil — acrescentou Julio, e Ashton resistiu ao impulso de concordar. — Mas se é o que a faz feliz, o que posso fazer?

Às costas deles, Jasmine revirou os olhos, mas sorriu.

Michelle apareceu e deu uma cotovelada na lateral do corpo de Ashton.

— Não achava que você fosse aparecer, Leão Dourado.

— Obrigado por mandar o convite — disse Ashton baixinho enquanto Jasmine estava ocupada com os pais.

Michelle piscou para ele.

— Não estrague tudo.

Quando ela se afastou, Ashton tentou sutilmente levar Jasmine para um canto.

— Precisamos conversar — disse ele.

Os olhos dela estavam grandes e sérios, mas ela concordou.

— Mas não aqui. Vamos circular, apresentar você a todo mundo, e depois escapamos.

E então Ashton iniciou o ritual de cumprimentos de todo evento familiar porto-riquenho: andar pelo lugar e dizer oi para *todo mundo*. Abraço, beijo, aperto de mão, soquinho... e, em muitos casos, uma foto.

Em geral aquilo era o tipo de coisa que ele detestava. Mas, apesar de ser famoso — especialmente naquele grupo em particular —, todo mundo o tratava como se ele fosse da família. As pessoas o elogiavam por sua salsa, faziam piadinhas graciosas a respeito de seus papéis em novelas e perguntavam sobre ele e sua família. E pela primeira vez ele podia responder com sinceridade.

De sua parte, Ashton dava um jeito de dizer a todos como Jasmine era uma ótima atriz e como ele mal podia esperar para que eles vissem o programa — especialmente quando conversou com os irmãos dela.

— Sim, Jasmine herdou todos os genes criativos — disse Jillian num tom irônico. — Ninguém no meu trabalho acredita que minha irmã é atriz, porque eu sou tão sem graça.

Ashton olhou para Jasmine, que parecia ter perdido a língua. Quando eles enfim terminaram a ronda pelo salão, Jasmine o segurou pelo cotovelo.

— Isso não é uma festa de lançamento para a imprensa, você sabe — disse ela de canto de boca.

— Está brincado? — Ashton riu. — Essa série é sobre as raízes porto-riquenhas. Se conseguirmos fazer com que eles assistam, vai ser um sucesso.

Ela respirou fundo.

— Falando nisso…

— Sim.

Era hora de conversarem. Ele estava uma pilha de nervos, mas, assim como a *abuelita* Bibi, tinha um bom pressentimento.

Ela apontou com a cabeça para as portas que davam para fora.

— Vamos lá.

Ashton segurou a porta para ela, e então a seguiu pelo caminho à beira d'água.

Era agora ou nunca. Ele abriria o coração para ela, e então eles veriam como iam ficar.

Capítulo 40

— Então. — Jasmine cruzou os braços e encostou no gradil. — Em primeiro lugar, obrigada por ter vindo. Significou muito para minha *abuela*.

Ela estivera certa de que ele não apareceria. Por que o faria, depois das coisas horríveis que tinham dito um para o outro? Por diversas vezes, quase mandou uma mensagem para ele implorando que aparecesse — não por ela, mas por sua avó —, mas aquele era um comportamento da antiga Jasmine. Ela não ia fazer mais nada movida por desespero, medo ou falta de noção.

Mulheres de Sucesso são completas e felizes por conta própria.

Era isso, caramba.

Mas então ele aparecera, despretensiosamente sexy com aquele terno azul bem cortado e a camisa branca aberta no colarinho, revelando um pedaço daquele peito forte. O coração dela quase tinha pulado para fora ao vê-lo. E, quando Jasmine percebeu que ele tinha levado a família, entendeu o que aquilo significava — a maior prova de confiança que Ashton era capaz de dar.

— O sorriso dela valeu por qualquer agradecimento — disse ele baixinho. — De verdade. A reação dela e do restante da sua família... me fez lembrar por que estamos nesse negócio ridículo. Eu estava com saudade disso.

Jasmine franziu a testa.

— Estava com saudade disso? Mas você trouxe sua família. Aliás, também reconheço o gesto. Sei como é difícil para você exibi-los em público.

Ashton abaixou a cabeça.

— É, mas... eu confio em você.

Ela estava derretendo por dentro.

— Obrigada.

— Mas não foi isso que eu quis dizer. Antes da morte da minha mãe, a maior parte da família dela ainda morava na ilha. Nós fazíamos grandes festas no Natal, nos aniversários, tudo isso. Mas isso foi há muito tempo e... Eu não tinha ideia de como sentia saudade disso. Desde que Yadiel nasceu...

Ele não terminou a frase e deu de ombros, parecendo um pouco desamparado, então Jasmine tentou animá-lo.

— Eu posso imaginar... que seja difícil falar sobre ele com outras pessoas.

O alívio no rosto dele partiu o coração dela.

— *Sim*. — A palavra tinha sido proferida com um tom de gratidão. — Eu quis contar a você, Jasmine. Várias vezes. Mas... guardar segredos virou um hábito. E acho que perdi o hábito de confiar nas pessoas. Sou um pai solteiro, mas não sei como falar sobre isso. Não sei mais namorar. Minha vida... é complicada. E talvez tenha acabado de ficar mais complicada, ou menos. Não sei exatamente.

Ela queria ir até ele, abraçá-lo, tocá-lo enquanto ele falava. Aquele era o Ashton que ela tinha conhecido quando estavam a sós — o homem doce, sério, inseguro por trás dos heróis de novela. Mas ela precisava se segurar, para dar espaço para os dois falarem.

— O que você quer dizer com isso?

Ele suspirou e esfregou a parte de trás da cabeça.

— Meu pai vai voltar para Porto Rico e Yadiel vai ficar morando comigo. Em tempo integral.

Jasmine examinou a expressão dele.

— Você parece animado.

— Estou. — Um sorriso brotou nos lábios dele. — Eu sei que vou precisar me adaptar, mas é tudo o que eu sempre quis.

— Fico feliz.

Ashton abriu a boca, hesitando um pouco, e depois falou:

— Você namoraria um homem que já tem um filho?

Jasmine deixou escapar uma risadinha, liberando a tensão que a envolvera enquanto esperava que ele terminasse de falar.

— É claro que eu namoraria.

— Que bom, porque qualquer pessoa com quem eu me envolva… não sou só eu. É o pacote todo.

— Eu sei — disse ela baixinho. — Eu nunca esperaria outra coisa.

Ele respirou fundo.

— Jasmine, eu estou apaixonado por você.

O coração dela parou. Tudo nela ficou paralisado enquanto olhava para ele boquiaberta. Os olhos dela percorriam o rosto de Ashton, procurando qualquer sinal que indicasse que ela havia entendido errado, ou que ele estava brincando, ou que…

O olhar dele transbordava sinceridade. E uma boa dose de segurança. Ela conhecia as curvas e as linhas do rosto dele, a sutileza de suas expressões, as emoções que irradiavam de seus olhos. E sua voz… Ele dissera aquelas palavras com toda a seriedade.

— Sério? — A voz dela era um guincho, e os dois deixaram escapar uma risada nervosa.

— *Sí, cariño.*

Ela jogou os braços em volta do pescoço dele, e os dois trocaram um beijo de tirar o fôlego, com todo o amor que havia em seus corações. Ele a abraçou forte e ali, naqueles braços, ela se sentiu...

Igual. Ela estava feliz, mas não tinha mais aquela sensação de completude que sentia quando estava com um homem.

Não, ela se sentiu igual porque... já estava completa.

E aquele sentimento era adorável.

— Não sei como vamos fazer isso funcionar — disse Ashton, com o rosto enfiado no pescoço dela. — Nossa, como você é cheirosa.

— Fazer o que funcionar? — perguntou ela, ainda embriagada pelo beijo.

— Nós. Não sei onde vou morar, e Yadiel vai estar comigo...

— Yadiel é um menino maravilhoso — disse ela, se afastando para olhar nos olhos dele. — Você sabe que quero ter uma família. Não porque isso vai determinar meu valor, mas porque tenho muito amor para dar. Eu quero ser amada, sim, mas também quero *amar* alguém. E eu não sei por que, mas isso assusta as pessoas...

Ashton pegou as mãos dela e olhou no fundo em seus olhos.

— Eu não sou uma dessas pessoas.

Ela apertou os lábios, tentando segurar a enxurrada de emoções que ameaçava afogá-la.

— Eu sei.

— E eu não estou assustado.

Não. Ela percebia isso agora. Mesmo com todas aquelas pessoas e toda aquela atenção, aliado ao estresse de apresentar a família dele à dela, havia nele uma calma e uma sensação de contentamento que Jasmine nunca tinha visto antes. E aquilo a deixava muito feliz.

— Eu te amo — sussurrou ela, e as palavras eram um alívio. A leveza invadiu seu coração, e uma lágrima desceu por seu rosto.

Ashton a puxou para perto e a beijou, e então começou a murmurar um pedido de desculpas com os lábios colados aos dela.

— Desculpa por ter culpado você por... um monte de coisas. Por meu filho ter caído, quando a verdade é que ele está *sempre* caindo dos lugares. E pelas revistas de fofoca e...

— Está desculpado. Você estava assustado. E eu estava magoada. Eu entendo por que não me contou sobre ele.

— Eu devia ter contado. Desculpe por isso.

— Eu sei. Mas eu entendi. E me desculpe por ter chamado você de egoísta.

— Falando nisso... — Ele curvou os lábios. — Você vai ter que pedir a Yadi para chamar você pelo nome.

Ela franziu as sobrancelhas.

— Por quê? Como ele me chama?

— Moça bonita.

Ela riu.

— Em inglês?

— Sim.

— Ok, acho que podemos corrigir isso.

Por um longo tempo, os dois ficaram só se olhando e sorrindo. Jasmine tentava registrar cada detalhe, para que nunca se esquecesse daquele momento.

— Vai dar tudo certo — disse ela em voz baixa. — E vamos devagar. Acho... acho que nós dois precisamos disso.

Ele assentiu.

— Você é a pessoa mais incrível que eu já conheci — sussurrou ele, beijando-a mais uma vez.

Naquele momento, a porta do salão principal se abriu. Eles se afastaram um do outro e viram Riley correr na direção de onde estavam.

Seus olhos estavam arregalados, e ela agitava o celular, animada.

— Segunda temporada! — gritou ela. — A ScreenFlix já anunciou a segunda temporada!

O coração de Ashton subiu até a garganta. Apesar de tudo o que tinham acabado de falar, ele e Jasmine ainda não tinham conversado sobre a série. E ele não queria que ela pensasse que aquilo tinha sido uma tentativa de manipulá-la quanto a sua decisão.

Jasmine ergueu as sobrancelhas. Ela soltou Ashton e abraçou a agente.

— Ah, meu Deus! — disse Jasmine num soluço. — Tão rápido!

— Eu avisei! — guinchou Riley.

As duas pularam e se abraçaram, e então Jasmine abraçou Ashton também.

— Conseguimos! — disse ela no ouvido dele.

— Isso significa que você aceitou filmar mais uma temporada? — perguntou ele.

— Claro que aceitou — disse Riley. — A propósito, seu agente deve ligar para você a qualquer minuto.

E, dito e feito, o celular de Ashton apitou em seu bolso.

— Vou pegar uma bebida! — Riley voltou correndo para o salão.

— Você devia responder — disse Jasmine a ele, mas Ashton fez um sinal negativo com a cabeça.

— Você é a Carmen — disse ele. — A decisão é sua. E eu quero que você se sinta livre para escolher o que quiser, sem se importar comigo. A escolha é sua.

Ele tinha ficado tão assustado antes, quando ela lhe dissera que não aceitaria filmar uma segunda temporada. A vida dele havia desmoronado — ou pelo menos fora o que achara na hora. Ele tinha colocado muita pressão nesse único trabalho, achando que era tudo de que ele precisava para conquistar todos os seus sonhos e objetivos.

Agora... Ashton ainda tinha aqueles sonhos, mas conseguia entender que a jornada seria muito melhor se ele se abrisse para as pessoas, se confiasse que sempre haveria outras oportunidades.

Jasmine suspirou.

— Você está certo, assim como Michelle. Eu estava fugindo porque me senti rejeitada. É o que eu sempre faço. Mas a verdade é que eu adorei interpretar Carmen. Amo nosso elenco e a equipe de produção, adoro as histórias que contamos. Há tantos papéis para atores de origem latina além da empregada, do membro de gangue ou da gostosona... Por que eu fugiria disso? Seria um tiro no pé. E por quê? Para provar que Kitty Sanchez estava certa?

Ashton franziu o cenho.

— Quem é Kitty Sanchez?

— A colunista da revista de fofoca que nos persegue.

— Ah, essa Kitty Sanchez. — Ashton esperou para ver se ela ia falar mais alguma coisa. Como não falou, ele continuou: — Então isso é um...

Ela riu e o abraçou mais apertado.

— Isso é um sim! Vamos fazer a segunda temporada!

— Só tem uma coisa que eu não entendi — Ashton murmurou colado a ela. — Como sua avó não sabia que a gente trabalhava junto?

— Ah, Michelle ameaçou revelar os segredos de todo mundo se alguém contasse a ela. Se ela soubesse, estragaria a surpresa e, se você não aparecesse, ela ficaria desapontada. Então a família inteira se uniu para impedir que ela descobrisse.

— Uau. Estou impressionado.

Jasmine assentiu.

— Michelle sabe os podres de *todo mundo*, por isso a ameaça funcionou. Ainda bem que ela usa seus poderes para o bem.

Yadiel veio correndo na direção deles, olhando para a direita e para a esquerda. Quando os olhos dele encontraram os de Ashton, seu rosto se iluminou. Ele estava com a boca toda suja de chocolate.

— *Papi!*

Ele correu para o pai, e Ashton o pegou no colo, apoiando-o no quadril.

Lançando um olhar para Jasmine, Yadiel falou:

— Eu gosto de Nova York, *papi*. A gente pode ficar aqui? Ou voltar para visitar?

Ashton ergueu as sobrancelhas.

— Tem certeza de que não está falado isso só porque ganhou bolo de chocolate?

— Não foi só por isso. — Yadiel riu. — As crianças são muito legais. Todo mundo joga Minecraft.

O sorriso de Jasmine quando olhou para o rostinho de

Yadiel todo sujo de chocolate era de parar o coração de tão carinhoso.

— Bem, vamos falar sobre isso depois — disse Ashton ao filho. — Mas acho que podemos.

— Oba!

Yadiel levantou o braço bom num sinal de vitória e então desceu do colo do pai. Ele parou por um momento, olhou para Jasmine e em seguida, rápido como um raio, abraçou-a pela cintura. Antes que Ashton pudesse falar qualquer coisa, Yadiel já estava correndo de volta para dentro.

Imitando o gesto do filho, Ashton passou o braço em volta de Jasmine e a puxou para ele.

— Vai dar tudo certo — disse ele, baixinho.

— Mais nenhum segredo? — perguntou ela.

— Nenhum.

Ele a beijou e, quando alguém pigarreou, Ashton a soltou. Riley estava parada diante deles com uma garrafa de champanhe e uma pilha de copos de plástico transparente.

— Temos motivos para comemorar? — perguntou ela, esperançosa.

Jasmine pegou a garrafa.

— Sim, mas vou querer crédito de produção.

Riley comemorou socando o ar quando Jasmine estourou o champanhe.

Quando Jasmine encheu os copos, Riley levantou o seu num brinde.

— Ao sucesso.

— À família — acrescentou Jasmine, olhando para Ashton.

Ele levantou o copo e encontrou seu olhar.

— Ao amor.

Epílogo

Eles estavam mais uma vez num tapete vermelho, só que agora era um de verdade.

Jasmine segurou o braço de Ashton enquanto eles atravessavam a passarela, parando para conversar com repórteres e posar para fotos, exibindo o vestido vermelho Carolina Herrera dela e o terno azul-marinho Tom Ford dele.

Aquilo tudo era surreal. Ela não imaginara que *Carmen no comando* se tornaria tão grande, mas aparentemente uma mulher tentando equilibrar carreira, família e amor era uma história universal. Quem diria?

Bem, *Jasmine* diria. Pela primeira vez na vida, estava enfim conseguindo equilibrar as três coisas com sucesso.

Dava muito trabalho, de um jeito que ela nunca tinha imaginado. Mas, por meio da comunicação aberta — obrigada, Vera! —, da confiança crescente e da prática intencional da vulnerabilidade, ela e Ashton estavam fazendo planos para o futuro. Com mais episódios de *Carmen* à vista, eles tinham alugado juntos um apartamento no Brooklyn. Yadiel estudava em casa, acompanhado por um time de professores. Ashton tinha participado de uma montagem bilíngue off-Broadway de *Cyrano* que estava sendo cotada para estrear na Broadway no ano seguinte e era um dos favoritos ao Tony Award de Melhor Ator. Além disso, tinha ganhado o prêmio de *villano favorito* por seu papel em *El fuego de amor*. Jasmine vinha fazendo bom uso das aulas de luta cenográfica ao ser escalada para uma comédia da ScreenFlix sobre um esquadrão de super-heróis latinos. Ela havia começado a frequentar sessões semanais de terapia, que a estavam ajudando a lidar com sua necessidade de aprovação externa e a tendência de usar o álcool como calmante. Ashton também estava tratando sua ansiedade e o transtorno de estresse pós-traumático causado pela tentativa de invasão de sua casa, e seu comportamento tinha adquirido uma leveza que não existia quando eles se conheceram. Embora Jasmine suspeitasse que ter Yadiel por perto também ajudasse.

E, quando ela pensou que as coisas não podiam melhorar, *Carmen no comando* foi indicada ao Globo de Ouro.

Ela se aconchegou ao lado de Ashton e suspirou de alegria.

— Eu te amo — ela disse baixinho, para que só ele escutasse. Nunca se cansava de dizer aquilo.

Ashton sorriu para ela com um olhar carinhoso.

— *Te quiero* — disse ele.

Ela nunca se cansava de ouvir aquilo também.

Atrás deles, Ava e Michelle também atravessavam o tapete vermelho, segurando as mãos de Yadiel para que ele não saísse correndo.

— Você preparou seu discurso? — murmurou Ashton.

— Preparei. — Ela sorriu para ele com deboche. — Vou agradecer a seu gêmeo mau, Hector.

Ele riu. O público tinha adorado a revelação no final de *Carmen no comando*, quando Victor abria a porta do ônibus e encontrava seu gêmeo idêntico perdido, Hector — interpretado por Ashton de barba.

Uma barba muito sexy, na opinião de Jasmine.

Naquele momento, um assessor os chamou e os levou até uma mulher com um microfone. À medida que se aproximavam, perceberam que a mulher era...

— Kitty Sanchez! — disse Jasmine, em choque.

Kitty abriu um enorme sorriso, balançando-se levemente nas pontas dos pés.

— Jasmine Lin! — Ela pegou a mão de Jasmine e a cumprimentou com muita empolgação. — Estou tão animada por conhecer você! Sou uma *grande* fã.

Jasmine se esforçou para não demonstrar sua surpresa. O quê? Ela era uma *fã*? Então por que havia passado um ano aterrorizando Jasmine em sua coluna de fofoca?

— Acompanho sua carreira desde o início — continuou Kitty. — E, como uma conterrânea porto-riquenha, queria garantir que você tivesse destaque, para que as pessoas a conhecessem e você conseguisse os papéis. Parabéns pela indicação ao Globo de Ouro. Estou incrivelmente feliz por você.

Era mesmo inacreditável, mas Jasmine não pôde evitar sorrir para ela. E, ainda que quisesse perguntar o motivo daquelas matérias e manchetes tão maldosas se ela era uma fã, não disse nada. Porque, naquele momento, ela olhou para Kitty e viu a si mesma alguns anos antes, lutando para se manter numa profissão que não a valorizava, esforçando-se para fazer sua voz ser ouvida e tornar seu trabalho visível. Na verdade, provavelmente não era Kitty quem escrevia aquelas manchetes. Devia ser um editor ou algum profissional de marketing, que as escolhia com base no que rendia mais audiência. E, de fato, ela tinha ajudado Jasmine a se tornar conhecida.

Além do mais, tudo tinha dado certo no final.

Jasmine deu um abraço em Kitty.

— Obrigada — sussurrou ela. — Sei quanto é difícil.

Quando Jasmine a soltou, os olhos castanho-claros de Kitty estavam cheios de lágrimas.

Ela apontou o microfone para baixo e disse numa voz suave:

— Você é uma atriz incrível, e eu só queria que fizesse sucesso. — Ela fungou e se dirigiu a Ashton. — Você também. Precisamos de mais atores latinos conquistando espaço na indústria do entretenimento.

Ashton assentiu.

— Estamos tentando.

Kitty se recompôs e empunhou o microfone de novo.

— Ok, tenho algumas perguntas para uma entrevista de verdade, vocês têm tempo?

Quando tudo terminou, Ava e Michelle se aproximaram. Yadiel largou as mãos delas e segurou a de Ashton, fazendo um relatório de todos os atores que ele tinha visto e reconhecido. Ele estava nas nuvens com a quantidade de super-heróis que havia encontrado.

— O que houve ali? — perguntou Ava discretamente.

Jasmine suspirou.

— Aquela era Kitty Sanchez. No fim das contas é uma grande fã.

Michelle soltou uma risada.

— Claro que é. — Então deu o braço a Jasmine. — Obrigada por nos convidar. Talvez eu saia daqui namorando um dos Vingadores.

Jasmine sorriu, mas sabia que Michelle estava brincando. Michelle não namorava.

Ava deu o braço a Jasmine pelo outro lado.

— Acabei de ver Rita Moreno. Agora posso morrer feliz.

— Foi um longo caminho até aqui — murmurou Jasmine, relembrando os dias em que assistiam às coberturas do tapete vermelho na sala da avó. Ela sabia que todos em sua casa estavam assistindo naquela noite e, embora quisesse ganhar, não se sentiria mal se isso não acontecesse.

Era apenas o começo.

E ela estava feliz de poder dividir aquele momento com as pessoas que amava.

Agradecimentos

Em primeiro lugar, quero declarar meu amor a Porto Rico. Ainda que nunca tenha estado lá, sinto uma profunda conexão com a ilha. Também tenho família lá, o que torna o laço ainda mais forte. Nos últimos anos, a população de Porto Rico tem sido afetada por uma série de catástrofes, mas os porto-riquenhos são resilientes e compassivos, e eu me inspiro em sua força dia após dia. Com estas histórias, espero mostrar *mi gente* em seu melhor: com sucesso, felicidade e, o mais importante, amor.

Esse livro nunca teria acontecido se não fosse pelo inabalável apoio e entusiasmo de minha agente, Sarah E. Younger. Ela se supera em todas as etapas, e sou grata por tê-la em meu time.

Também sou tremendamente grata a minha editora, Elle Keck, por sua orientação e seu encorajamento. Ela foi meu suporte nos momentos difíceis durante o processo criativo e se animou comigo nas conquistas.

Sarah e Elle, nunca poderei agradecer o suficiente.

Agradeço ainda ao time de marketing da Avon, incluindo Rhina, Pal e Kayleigh; ao departamento de arte, especialmente Elsie; a minha editora de texto, Cecilia, e à equipe de produção, Rachel W., Rachel M., Pamela, Lizz e Diahann. Não estou sozinha! Obrigada por tudo o que vocês fizeram.

Agradecimentos especiais a Bo Feng Lin por criar a ilustração de capa que superou todos os meus sonhos. É perfeita, e eu a amo mais do que consigo expressar.

Tenho mais um monte de gente para agradecer, por isso sejam pacientes comigo. Livros podem ser escritos pelos autores, mas a rede de apoio é enorme.

Às minhas companheiras, autoras de #LatinxRom — Adriana Herrera, Priscilla Oliveras, Mia Sosa, Sabrina Sol, Zoraida Córdova, Lydia San Ares, Angelina M. Lopez, Diana Munõz Stewart, Natalie Caña, Liana De la Rosa e muitas outras —, vocês me lembram o motivo de eu estar fazendo isso, e me sinto honrada de fazer parte dessa crescente e vibrante comunidade ao lado de vocês.

Às minhas Rebeldes de Coração de Ouro, vocês são uma força infinita de amor e coragem. Agradecimentos especiais a Evi Kline, Scarlett Peckham, Laurel Kerr e Sarah Morgenthaler pelo rápido feedback.

À minha amiga Susan Lee, que por vezes funciona como minha babá de escrita e que ainda me obriga a fazer intervalos para assistir a musicais da Broadway.

À minha equipe no grupo de mastermind RWcat, obrigada por estarem comigo a cada passo do caminho — Kimberly Bell, C. L. Polk e especialmente Robin Lovett, que leu cada cena que escrevi e me assegurou de que estava bom e de que eu deveria continuar seguindo em frente.

Às minhas primas Kathryn, Lisa e CarlyAnn, que apoiaram este livro desde que ele era apenas um lampejo de uma ideia rascunhada num notebook.

Aos meus colegas escritores de Nova York, que sempre me lembram de comemorar. *Cheers*!

Às minhas leitoras-beta, que me deram *insights* inestimáveis: Ana Coqui, Audrey Flegel, Elizabeth Mahon, Marianne Robles e Amber Friendly. Este livro ficou melhor com a ajuda de vocês. E a Laura Clifton, que me deu força e me encorajou desde o princípio.

A Kate Brauning, minha excelente *coach* de escrita, que faz as melhores (e mais difíceis) perguntas, e a sua comunidade, Breakthrough Writers, por sua transparência.

Também preciso agradecer aos meus pais, que encorajaram minhas pretensões artísticas, e aos pais de meu namorado, por seu apoio incondicional.

E, como sempre, agradeço ao meu namorado, que reabasteceu minha xícara com chá e minha confiança com incontáveis discursos motivacionais. Obrigada por acreditar em mim quando eu nem sempre acreditava.

E por último, mas certamente não menos importante, sou grata a meus leitores. Obrigada por dedicarem seu tempo, sua atenção e seus sentimentos a este livro. Significa muito para mim.

Este livro foi impresso pela Geográfica, em 2022, para a Harlequin. A fonte do miolo é Bembo Book MT Std. O papel do miolo é pólen natural 80g/m² e o da capa é cartão 250g/m².